J o n a t h a n
Ruvalcaba

Titulo original: Sangre sobre la carretera
Diseño de portada: R. Díaz Santiago

Primera edición Noviembre 2017

©2017 Jonathan Ruvalcaba
Publicado de acuerdo con el autor.

Queda rigurosamente prohibida, sin la autorización escrita de los titulares del *Copyright,* bajo las sanciones establecidas en las leyes, la reproducción parcial o total de esta obra por cualquier medio o procedimiento, comprendidos la reprografía y el tratamiento informático, y la distribución de ejemplares de ella mediante alquiler o préstamo públicos.

Printed in USA - Impreso en EUA

ISBN: 9781973326571

NEBLMI
PRESENTA

A

Liam James
Rene Montesco
Alan Jackson

Melinda Fisher
Liliana Farsi
Hopper Wallace
Tom Henson
Angélica Fisher
Y Dine *"Dizzy"* Zeno

En…

Jonathan Ruvalcaba

Sangre
sobre la carretera

Para Sophia

*Espero que cuando leas esto,
dentro de algunos años, no seas tan rebelde
como lo fui yo en mi época,
y entiendas que pase lo que pase,
te quiero mucho...*

Prólogo
Medianoche

El sonido de las sirenas en los coches patrulla y ambulancias, cubrieron casi por completo los alrededores. El tráfico era un total caos vehicular, algunos uniformados trataban de aligerarlo, pero no faltaba algún que otro conductor curioso disminuyendo la velocidad para ver a detalle lo que ocurría.

Los cuerpos yacían inertes sobre el asfalto, cubiertos por sábanas blancas, mientras los que aún tenían señales de vida eran transportados a la ambulancia más cercana...

Aunque los paramédicos lo discutían entre ellos, las posibilidades de que sobrevivieran eran casi nulas.

Apartada del accidente, se hallaba la motocicleta en la que viajaba la pareja de la estación de gasolina, completamente destrozada. Era una fría noche, con el aullido de coyotes a lo lejos, las luces de los vehículos que se acercaban y alejaban, el tráiler sobre el cual había colisionado el neumático delantero, para después girar más de catorce veces antes de golpear con fuerza suficiente, sobre el cristal de la camioneta que los perseguía...

El conductor del tráiler, un hombre de aspecto demacrado, posiblemente por cada noche en vela que sufría en consecuencia de su trabajo. Se enjugaba las lágrimas, no tenía intención de ocultar el llanto, pues conocía a la joven pareja, tiempo atrás. Vestía pantalones vaqueros, camiseta a cuadros, y una gastada gorra de béisbol. Yankees de Nueva York.

Al pasar los paramédicos con la camilla, aquel conductor se quitó la gorra en señal de respeto. La mano de la joven asomaba fuera de la sábana. Visible aún la pulsera que su amado le obsequio, la noche en que se conocieron.

—Ella murió al instante —dijo el paramédico a su compañero, e hizo un gesto con la mano señalando en dirección a la manta blanca, debajo de la cuál reposaba una mujer esbelta y de cabello negro. Después de acercarse, levantó la manta para tomar el pulso y anotar la hora del deceso. Pero el joven amado no estaba muerto, y no moriría aún. Inconsciente, tendido en la camilla, con el brazo derecho completamente destrozado, la ropa bañada en sangre, y algunos cristales del vehículo que los embistió, dentro del torso.

— ¿Y de éste que puedes opinar? —dijo el paramédico después de examinar las heridas —. ¿Vivirá?

—Parece que sí, aunque debemos revisar fracturas y golpes internos. Pero puede ser que ese brazo sea historia. Creo que intentó salvarla del impacto, utilizando su cuerpo —señaló el cadáver de la joven bajo la manta—. Lástima que haya sido en vano.

Sin duda alguna, era una noche trágica. Y apenas comenzaba.

**Primera parte
El anciano del bar**

Tras su repentino aburrimiento, Alan Jackson está convencido de que su vida ha sido de lo más patética, lamenta tener que presentarse puntual en un trabajo que tiene como principal regla, la regia cordialidad. Y justo cuando opta por tomar el camino de una rápida sobredosis, conoce a un viejo de barba blanca.

Capítulo 1
Aquella noche

Un tráiler de carga pesada con doble semirremolque conducía entre los cincuenta y sesenta kilómetros por hora, alta velocidad considerando que era un gran vehículo, pero eso no evitó ser rebasado por el carril contrario en aquella carretera de sólo dos carriles, por la veloz motocicleta negra.

Rene Montesco sostenía con firmeza el manubrio, acelerando y cambiando las velocidades con fluidez. Un rugido estremecedor se escuchaba abrazando la noche, acercándose y alejándose mientras el viejo se concentraba en el camino. Sin dar tanta importancia, consultó su reloj de pulsera, decidiendo que era ya muy tarde y mejor sería buscar donde dormir, su viaje quedó suspendido en uno de tantos hoteles de carretera.

La motocicleta quedó estacionada bajo el luminoso letrero que rezaba "abierto 24 horas" con luces rojas para llamar la atención de cualquier viajero cansado o extraviado. Y mientras apagaba el faro de la motocicleta para desmontar, se escuchó el trailer acercarse con aproximadamente diez minutos de distancia entre ambos. Rene sonrió ante la idea de que su motor era tan poderoso, como para dejar atrás a cualquier vehiculo con mucha facilidad.

Ajustó el cinturón y el cuchillo de cacería en la funda con dirección a la mano diestra. Dio un par de golpes al suelo con ambas botas, intentando normalizar la circulación de la sangre. Y se irguió, su vista fija en la carretera, la larga barba blanca lucía obscura y brillaba bajo la luz de la luna, moviéndose al ritmo del viento. Rene se quitó las gafas de cristal trasparente y las guardó en uno de los bolsillos de la chaqueta, justo al lado de las gafas para sol negras.

Y alegre avanzó hasta llegar a la entrada de recepción del hotel. No tenía intención alguna en dejar la motocicleta a la intemperie, así que decidió hacer lo posible por no tardar demasiado en conseguir habitación.

Al entrar, el débil tintineo de una campana se escuchó tras abrir la puerta. El lugar estaba vacío, no había nadie para atender el llamado, sin pensarlo dos veces avanzó hasta la barra que estaba delante de un escaparate con varios cubículos sobre la pared, de los cuales algunos los ocupaban llaves y letreros con el respectivo numero de la habitación, Rene alcanzó a notar un "37" como número más alto, pero tal vez pudiera haber unas cuantas más.

Por fin, luego de hacer sonar otra campanilla, una especie de timbre sobre la barra de madera al lado de un pequeño letrero de escritorio se leía: "Recepción 24 horas. Bienvenidos sean todos". Atendió un joven de aspecto triste, quién al ver la funda con el enorme cuchillo, no hizo más que abrir los ojos como platos y poner a temblar los dedos de ambas manos.

—No te preocupes chico —anunció Rene quitando importancia al cuchillo y contemplando el papel tapiz a su lado—. Soy un simple viajero que regresa a casa tras haber estado buscando una querida nieta, pero aún estoy lejos de llegar a mi destino, por lo que me preguntaba si... ¿Aún tienen habitaciones disponibles?

—Bueno, yo no lo sé, sería cuestión de revisar —los nervios del joven eran más que evidentes, sus manos comenzaron a sudarle sin parar de temblar, sus ojos buscaban por toda la recepción alguna respuesta, pero solo encontraron vacío y mal gusto por la decoración en el poco agraciado color café del papel tapiz—. Puede que ya no tenga habitaciones señor...

—Montesco, Rene Montesco, y disculpa mis modales hijo lo que pasa es que estoy muy cansado y necesito un lugar seguro para guardar mi motocicleta.

El viejo Rene pasó sus manos bajo la chaqueta de

piel para liberar el cinturón con el cuchillo todavía en la funda y se lo entregó al joven.

— ¿Pero, que hace señor Montesco? —preguntó desorientado el joven recibiendo de buena gana el cinturón y colocándolo por instinto sobre la barra.

—Así te sentirás mas tranquilo hijo —la sonrisa de Rene le suavizó la crudeza de su tono de voz—. ¿Que me dices, sólo por esta noche? Te prometo que no causaré problemas, pero la moto debe estar segura.

—Hecho, señor —el joven se contagió de la sonrisa del viejo, mientras le estrechaba la mano—. Ya tiene habitación, será la número 32. ¿Le parece bien?

—Perfecto...

—Y la cochera corre por cuenta de la casa. Sígame para decirle donde se encuentra.

Ambos salieron de recepción al estacionamiento, el joven con la vista dirigida de primera impresión en la motocicleta, que bajo el resplandor de la lámpara lucía el brillo del acero color negro sobre el tanque de la gasolina y la leyenda "Harley Davidson" en letras resaltadas de la placa plateada. El cromo del tubo de escape y los amortiguadores delanteros, así como los rines de aspas metálicos y los demás accesorios brillaban con total intensidad, muy parecidos al brillo perplejo en los ojos del joven. Anchos neumáticos, el trasero más grueso, casi el doble comparado con el delantero. Dos bolsas para el portaequipaje de piel negras con una cruz chopper tejida perfectamente utilizando hilo de plata, y un respaldo cómodo para el asiento trasero. Lo que más lucía era el tubo de escape, un poco grueso y justamente a la altura de medio neumático, formando una línea paralela con el asfalto, aquel cromo que predominaba en la noche, gritando a los cuatro vientos, anunciando su majestuosa presencia.

—Parece que ha viajado mucho señor —dijo el joven con la voz entrecortada por la impresión y señalando el portaequipaje a ambos lados del asiento, sobre la llanta trasera.

—Un largo viaje, pero sin el resultado que buscaba —el viejo Rene estiró los brazos para relajar los hombros, una manera de señalar lo cansado que había sido dicho viaje—. Mucho me temo que estoy por terminar mi camino sin encontrar el resultado que tanto deseo...

—¿Se refiere al camino a casa?

—No hijo, me refiero al camino de la vida. Ese que te alcanza tarde o temprano, llevándote por toda clase de rutas, sinuosas, escarpadas, en picada, rectas, y sin embargo el final llega aunque no lo quieras.

El joven inclinó la cabeza, triste, el tono melancólico que Rene utilizó para expresarse le golpeó duramente los pensamientos, lamentando que el hombre estuviera en lo cierto.

—Aquí es señor Montesco —dijo al fin el joven acercando las llaves con el dedo índice después de abrir la cochera—. Le entregaré una copia de éstas, para que pueda meter y sacar la moto a la hora que más le convenga.

—Que gentil por tu parte —Rene consultó su reloj de pulsera, eran casi las dos de la mañana con la carretera completamente obscura—. ¿Sabes de algún bar o restaurante abierto a esta hora?

—Restaurante no señor, pero el bar que esta a un par de kilómetros delante siempre se encuentra abierto hasta tarde, no hay mucha variedad en cuanto a comida pero preparan unas estupendas hamburguesas.

—Con eso basta. Las probaré y te traeré para que también las disfrutes, llevaré la motocicleta y vuelvo en un par de horas, o tal vez menos...

—De acuerdo señor Montesco, pero antes lleve consigo su cinturón y el cuchillo —el joven entregó ambos al viejo demostrándole más confianza—. Aquí no le servirán de nada, y creo que si quisiera hacer algo malo en mi contra, ya lo hubiese hecho.

—Lo que tú digas hijo, y de nuevo gracias por todo.

Rene encendió el motor con un fuerte pisotón a la palanca de marcha, y dio tres pequeños acelerones con el puño, después giró un cuarto de vuelta y avanzó arrojando pequeñas piedras tras de sí. Una vez sobre el asfalto se alejó con un rugido que se fue apagando conforme las luces traseras se perdían en la noche.

Con el número de la habitación 32 bien puesto en su mente, aceleraba guiado por las líneas de la carretera iluminadas con un enorme círculo de luz que se extendía hacia el frente casi diez metros, desvaneciéndose con la negrura del camino. Tomaba las curvas con naturalidad, como si él y su motocicleta fueran parte del asfalto. En ocasiones cruzaban frente a él ardillas o conejos, incluso una vez vio un venado de cola blanca con la mirada hipnotizada ante el círculo de luz que emanaba el faro delantero, inerte justo al lado de la carretera. Tantas cosas que le habían pasado, tantos kilómetros recorridos, y lo que realmente buscaba, seguía sin dar rastro de presencia, haciéndole pesar la carga de una realidad donde no conseguía ver nuevamente a su nieta, riendo a carcajadas con él. Esa triste imagen le hizo humedecer los ojos, levantó el brazo izquierdo limpiando los lagrimales tras los lentes de cristal transparente con la manga de la chaqueta de cuero.

Y aceleró para llegar al bar antes de que el estómago comenzara a rugirle, hambriento. Un letrero se iluminó al ser golpeado por el círculo de luz, indicaba claramente que cien metros más adelante se encontraba el bar a mano derecha, y Rene sonrió agradeciendo mentalmente al joven del hotel.

El sonido de música se oía salir del bar, mientras él

aparcaba en el área de motocicletas, era un sonido débil que iba en aumento conforme se acercaba a la puerta de entrada, moviendo la tierra suelta con la suela de las botas al avanzar con porte audaz.

Entró oyendo como el rock and roll iba en aumento.

El bar estaba lleno, había una barra algo similar a la que tenía el chico de recepción en el hotel, varias mesas rodeaban la barra, tras la misma estaba el tabernero delante de una estantería con múltiples botellas de vidrio, algunas con whisky, otras con vodka, incluso tenían vino tinto y blanco. En el fondo del todo, a mano izquierda, un par de grandes lámparas iluminaban las cortinas azules de un escenario de madera vacío con un micrófono en medio. El lugar estaba callado, todos los comensales y bebedores se hallaban sumergidos en sus asuntos, lo que facilitó que Rene se acercara a la barra de bebidas sin llamar tanto la atención. Sentado sobre un banco de madera, gastado pero no incómodo, ordenó la hamburguesa especial con papas fritas y un vaso de whisky. El tabernero le atendió, un poco curioso, a lo que Rene no prestó tanta atención y continuó examinando el lugar.

La rockola del fondo sonaba al ritmo de "Black Magic Woman" con la rítmica guitarra de Carlos Santana haciendo compañía al ambiente de tristeza que se apoderaba del lugar. Rene comenzaba a seguir el ritmo con la pierna derecha y tararear mentalmente la canción, cuando alguien interrumpió el aparato, apagándolo en seco y pasando a sentarse nuevamente. El viejo se confundió cuando todos desviaron sus ojos hacia el improvisado escenario. De entre las cortinas azules salía una chica contoneando las caderas con música de jazz suave al fondo. Con lentitud se acercó al micrófono mientras el cabello le descendía por los hombros sobre el escote del vestido negro que hacia lucir un par de senos firmes, no muy grandes, pero con el tamaño justo para atraer las miradas de la multitud.

El viejo Rene tomó la copa de whisky y bebió sin despegar la vista de la chica que se preparaba para cantar. Soltando un fino y acorde hilo de voz, la música de una canción era interpretada por la dama, estaba por mucho alejada de la mejor voz del mundo, pero dejaba apreciar la atrayente vanidad de su presencia. Poco a poco las sillas de los espectadores se acercaban al escenario. Las novias de varios de ellos se percataron sin demora, de que sus parejas estuvieran con la boca abierta por aquella mujer, y cruzaron los brazos en señal de reproche.

Rene se convenció. Estaba más que decidido a hablar con ella, una vez que terminara su trabajo. Llamó al cantinero para preguntarle si podía reunirse con ella, en una plática privada. El sujeto frunció el ceño y alegó al instante que la chica no era una prostituta. Esas palabras ofendieron a Rene quién lamentaba que malinterpretaran sus intenciones con la dama, por que después de todo era eso; una dama.

Y tras varios intentos para aclarar que solo deseaba tener una amistosa charla, el cantinero terminó convencido de que en el fondo, el viejo decía la verdad, y le consiguió una cita tras vestidores, obviamente Rene tuvo que soltar algo de dinero para ayudar a convencerle.

Capitulo 2
Una mujer y un viejo

El señor Montesco siempre consideró que manejar de noche por carretera era más emocionante, pero también más peligroso, y debido a su edad siempre que podía, prefería evitarlo. Aunque de haberlo hecho jamás hubiese llegado a ese bar y conocido a esa chica.

Ahora de pie frente a la puerta de su dormitorio, tragaba saliva pensando en la primera palabra que diría al estar frente a frente. Tocó tres veces con los nudillos, y la dama respondió que en seguida atendería.

—Hola, siento molestar a esta hora, debe usted estar cansada —se disculpó el viejo mientras admiraba la silueta con el vestido pegado a su cuerpo resaltando las caderas y la cintura, llevó su mano al bolsillo trasero del pantalón y sacó una fotografía gastada enseñándola con dos dedos—. Estoy buscando a esta joven, la foto es algo vieja, pero su sonrisa y otros gestos son inconfundibles. Me serviría de mucha ayuda cualquier información que pudieras darme. Es mi nieta y quisiera verla una vez más, antes de...

—No. Lo siento, pero no la he visto nunca —contestó la dama sin dar tanta importancia a la fotografía, quitando el diminuto broche de la cadena de plata que tenía alrededor del cuello, con una joya entre el pecho. Su cabello despidió un aroma a perfume romántico al ser agitado cuando retiró la cadena. Se acercó al viejo y dio media vuelta levantando el cabello para dejar al descubierto el pequeño cierre del vestido—. ¿Podrías ayudarme a quitarme esto de encima?

El viejo sonrió, la mujer le atrajo desde que la vio entrar en escena, caminando con el sensual movimiento de caderas. Por su mente nunca pasó el que la chica fuese prostituta, la vio simplemente como una dama elegante cantando, parada frente a gente desconocida para solventar sus gastos, metida en ese bar sombrío, sin la menor protección que la de un cantinero que le negaría la entrada a cualquiera, a menos que tuviera dinero para comprar una cita, le dio la impresión de una mujer indefensa. Y ahora, ella de espaldas a él, con la silueta perfectamente marcada y el aroma a aquel perfume solo para él. Bajó el cierre, le descubrió la espalda, con una piel blanca, suave y deliciosa, la tensión que sintió era tanta que no resistió el impulso de acariciarle el hombro. Aquello hizo que la mujer se retirara un paso al frente.

—Quiero saber tu nombre —dijo el viejo sin perderla de vista y regresando la fotografía de su nieta al bolsillo—. Yo soy Rene Montesco.

—Mi nombre es algo irrelevante —respondió ella con tono despreocupado, un poco triste—. Al fin y al cabo, acabas de conocerme, a quien buscas es a tu nieta, yo no soy mas que una experiencia en tu largo camino, me verás desnuda a la luz de la vela, besaras mi cuerpo con pasión desenfrenada, despertaremos juntos por la mañana abrazándonos felices, después me dirás que soy una mujer especial, tal vez prometas verme algún otro día, y yo me ilusionare con la triste idea de volver a verte, creyendo que cuando menos lo espere te veré entrar por esa puerta, pero no será cierto, no volverás nunca, probablemente te acor-daras de mí, eso podría saberlo pero, ¿que ganaría yo con que me recordaras? ¿Cuál es mi beneficio de estar contigo esta noche? Creo que lo mejor sería que te alejaras ya de mí. Al fin y al cabo, ¿es importante mi nombre?

—Tal vez para el resto del mundo no sea más que otro nombre común —Rene avanzaba por la habitación alejándose de la puerta que se cerraba tras él— pero para mí es el resultado de todo lo maravilloso que fue el haberte conocido, el resumen más adecuado de lo que significó ver tu belleza obvia, tu perfume embriagante, esa alegre y suave voz hipnótica, pero sobretodo tu cuerpo; el asombroso medio de llegar a ti, el camino mas duro y placentero de llegar al cielo. Todo eso que representas para mí, culminaría en decir que conocí...

—A Esmeralda. Ese es mi nombre, pero puedes decirme simplemente; Mera, así me llaman mis amigos.

Rene no espero una invitación formal y se acercó a besarla con un abrazo que terminaría en su lecho limitándose a decir:

—Es un placer conocerte Mera. Esmeralda la piedra preciosa que ahora más atesoro. La que guardare por siempre, aunque lamento que no conozcas a mi nieta. Es... —las palabras le flaquearon en su lengua como un leve sollozo que se apaga—. Fue una niña maravillosa, ahora debe ser una gran mujer, aunque no estoy seguro de eso.

El beso, al parecer de Mera, fue algo tierno, simple pero cargado de emociones latentes de quién guarda tanto cariño en su corazón, a la espera de alguien que sepa aprovecharlo. Ella se contagió de su alegría, y al mismo tiempo de su nostalgia.

—Esto es raro —continuó Mera con la mirada en el suelo, similar a una niña que le han llamado la atención—. No te conozco de ninguna parte, ni siquiera sé qué haces, o dónde vives. En lo que a mí respecta esto es muy peligroso.

—Entonces, como ya te dije soy Rene, y conduzco mi motocicleta, es una chopper que está estacionada afuera, al menos eso espero —soltó una leve risita preocupada—. Aparte de buscar a mi nieta, no hay nada sorprendente en mí, o en lo que hago. Recibí dinero hace mucho tiempo del fondo para el retiro personal, de vez en cuando trabajo en alguna granja, cultivo verduras o reparo cercas, también cuido ganado de todo tipo, otras veces ayudo a sujetos como el dueño de este lugar, con los bares y hoteles, a cambio de residencia y comida. Pero la mayor parte del tiempo viajo en la motocicleta, tengo una tienda de campaña, un cuchillo de cacería, sedal y anzuelos para pescar cuando me encuentre cerca de ríos, lagunas, incluso he estado varias veces frente a una fogata descansando a la orilla del mar.

—Eso es asombroso —Mera se ponía una túnica de seda fina para dormir, provocativa y con la intención de que Rene le prestara atención a sus hombros, cada vez más sensuales a la leve iluminación del dormitorio—. Te creo que busques a tu nieta, incluso que la quieras tanto, pero no entiendo por que viajar y dedicarte por completo a eso. No me mal interpretes, admiro tu dedicación y esfuerzo, pero creo que es mas fácil buscar información en las ciudades principales, hasta podrías pedir ayuda a un familiar. ¿Que te parecen mis ideas?

—Veo que no entiendes absolutamente nada —el viejo se quitó la chaqueta y la dejo caer sobre una silla de madera que estaba a su lado, Mera notó lo marcado que tenía el abdomen bajo esa camiseta de tirantes blanca—. La realidad es que mi familia hace hasta lo imposible por mantenerme alejado de ella, la causa es por un error que cometió mi padre hace ya mucho tiempo. Y por otro lado, la razón para que este tan apurado por conducir y encontrarla. Es por que tengo cáncer, así que no tengo tiempo que perder querida...

Mera giró la cabeza para verle directo a la cara, estaba entusiasmada por decirle al viejo su completa opinión con lujo de detalle, pero se contuvo al examinarle. Era un hombre de edad avanzada pero de aspecto fuerte, de hecho los rasgos del cáncer no parecían visibles a menos que le miraras detenidamente, un poco de oscuridad en sus mejillas y algunas manchas alrededor del cuello, pero nada exagerado.

—Quiero que me beses Rene —dijo ella acercándose sensualmente, levantando una mano para acariciarle la mejilla y hacer que él la mirase como le había visto en el bar, cuando ella cantaba. Una mirada enamorada y libre de prejuicios.

Se besaron con entusiasmo, después Rene salió para guardar la motocicleta en la cochera que el cantinero le prestó. En seguida volvió al dormitorio de Mera y pasó allí el resto de la noche. El viejo estaba un poco nervioso, llevaba algo de tiempo sin estar con una mujer, al punto que no recordaba bien hace cuanto había sido, temía no poder responderle físicamente, estaba cansado por el viaje y temía estar con ella, pero Mera parecía estar consciente de ello, cuidaba de él tan bien como lo haría la mejor enfermera. Y así, muy juntos, se abrazaron hasta el punto que terminaron envueltos entre las suaves telas que cubrían la cama.

Fue una noche vigorizante hasta el amanecer.

Capitulo 3
Esmeralda y Henry

¿Qué por qué lo hace? Se preguntaba una y otra vez Esmeralda al ver al viejo desnudo descansar a su lado, sobre la recamara y con la mitad de la sábana mal doblada, dejando al descubierto la pierna derecha. La mujer sonrió y se sonrojó ante esa escena tan extraña, el hombre lucía como un niño pequeño que luchaba contra las cobijas al dormir.

Se levantó para tomar una ducha, con nada más puesto que una delgada bata blanca de dormir, por la cual se asomaban sus suaves piernas.

Cuando Rene se despertó, el desayuno estaba al lado de la cama, una charola con huevos fritos, tocino y jugo de naranja sobre la mesita de noche. Una sonrisa se le escapó mientras veía de reojo la puerta principal con la esperanza de que entrara Esmeralda, pero terminó su desayuno sin que ella llegara.

Se vistió, dispuesto a buscarla, pero sólo con acercarse a la puerta, ésta se abrió y entró el cantinero con un rostro inexpresivo.

—Buen día, señor Montesco —saludó el cantinero mientras examinaba la habitación.

—Hola, espero que todo haya salido bien durante la noche —Rene trató de mantener una sonrisa que no pareciera falsa.

—Estoy aquí por Mera, ayer ella...

—Por favor dígame que no le pasó nada.

—Es lo que desearía saber. Se fue de casa llevándose consigo a su hijo.

—¡Un hijo! Mera no mencionó ningún niño —Rene retrocedió golpeando la puerta tras de sí con la espalda—. Esto es malo, ella no pudo haberse ido así sin más.

—No te preocupes tanto —el cantinero y padre de Mera se sentó sobre una silla que había al lado de la cama—, la idea de marcharse lejos de aquí siempre ha estado en los planes de Mera, desde antes de que el chico naciera, un día esa idea simplemente llegó, creo que se hartó de vivir aquí, aunque tal vez tenga la necesidad de probar suerte por su propia cuenta.

— ¿Sabes hacia donde pudo haberse dirigido?

—Lo mejor será que tomes una ducha, y reanudes tu viaje. Mera ha desaparecido sin dejar rastro, porque no quiere ser encontrada —el hombre se levantó y avanzó a la salida, se detuvo para sacar un sobre con una carta del bolsillo trasero del pantalón y lo entregó a Rene, era de parte de Mera, se leía por encima del sobre—. Puedes quedarte el tiempo que quieras, aunque sé que te iras nada más regrese a mis actividades diarias, y si alguna vez vuelves a pasar por aquí, no dudes en llegar a saludar. Que tengas un feliz viaje. Y me alegro de que llegaras a éste bar anoche, no sé que le dijiste a mi hija, pero sea lo que sea, ella decidió al fin enfrentarse contra el mundo por su cuenta. Tan solo espero que le resulte todo bien.

La puerta se cerró. Rene veía el sobre en sus manos, con la sensación de que el paradero de Esmeralda estaba dentro, y tras pensarlo varias veces, finalmente decidió guardarlo para tomar la esperada ducha. Un par de horas después estaba en el bar despidiéndose del cantinero y pidiendo que si Mera llegara a volver, le diera las gracias por haberse conocido.

Dentro de su cabeza, el viejo sabía que ella lo quería, aunque la realidad era que, siempre su hijo estaría antes que todo. Se sintió orgulloso al saber que Mera era una madre que anteponía a su hijo por sobre cualquier cosa, incluso sobre ella misma y al mismo tiempo se daba el lujo de conocer a un misterioso hombre que llamaba a su puerta sólo para preguntarle si conocía a una niña, le resultó impresionante ver detalles y cosas minúsculas que llegan a la vida dejándose ver, después de no esperar cambio alguno, y que con esa misma fugacidad desaparecen sin nada más que un ligero rastro de aroma a nostalgia tras de sí. Y con esos vagos pensamientos, reanudó su viaje sobre la flamante motocicleta negra. Con rumbo a la ciudad donde residía, sin saber que le esperaba un último viaje después de conocer al joven, que sería quien continuara la búsqueda por él.

Una vez en la motocicleta aceleró tomando la carretera, mientras pensaba en ver una vez más a Esmeralda y desearle buen viaje.

El chico del hotel se preocupaba tras pasar más de tres horas sin que el viejo Rene Montesco llegara a ocupar la habitación que previamente había reservado, en ocasiones pensaba lo peor, ya que un accidente por carretera no era raro de ver, de hecho, los accidentes eran de lo más comunes, y con ayuda de la reciente nevada tranquila, todos los caminos resultaban resbaladizos, aunque esas ventiscas eran ligeras, no quitaban el hecho de ser peligrosas, y justo esa noche, una ventisca comenzó a caer.

Rápidamente se levantó del sofá donde veía frente al televisor un programa de comedia, se puso su abrigo de piel y un par de botas cálidas para salir al aparcamiento, revisar que el viejo estaba de vuelta y sin un rasguño, y por último volver a la cómoda seguridad del sofá.

Pero al llegar a recepción no tuvo que salir al aparcamiento, encontró una hamburguesa caliente en un empaque para llevar, una orden de papas fritas, refresco de cola frío, un par de billetes, la cantidad exacta por la habitación, y una servilleta mal doblada con una nota que decía:

Gracias chico, pero no necesitaré la habitación, por

cierto, la hamburguesa estaba deliciosa. Disfrútala.

El joven sintió tristeza, pues quería ver al viejo y desearle buen viaje.

Capitulo 4
Sin pensarlo demasiado

Alan Jackson, un chico de mediana edad, no precisamente un hombre hecho, y tampoco un adolescente sin vergüenza. De hecho era un joven de 27 años de edad amable y pasivo, al cuál no le parecía nada agradable tener problemas. Era preferible vivir tranquilamente y sin presiones de ningún tipo, el trabajo por ejemplo. Trabajaba en una empresa de contaduría en el centro de la ciudad, a media hora de distancia del departamento donde residía.

El trabajo era tedioso y repetitivo, a diario, al llegar a casa, después de una jornada larga y con nada mas que números en la cabeza, pensaba seriamente en alejarse de todo y vivir la aventura que él creía, estaba allí fuera esperándolo.

Un día común, Alan llegaba de trabajar, se detuvo frente a la puerta del edificio, estaba a punto de entrar, buscar su departamento, encender el televisor, y quedarse dormido en ese asqueroso sofá. Temiendo que el día siguiente llegara y todo se repitiera de nuevo.

Metió su mano en los bolsillos de su chaqueta, pero por suerte la llave no estaba, buscaba en toda la chaqueta, continuaba con el pantalón, y la maldita llave no aparecía.

Tomó asiento en las escaleras, justo al lado de la entrada del edificio. Miraba la calle frente a él, y pensaba en la razón por la cual había dejado su hogar en el campo para viajar a esa aburrida ciudad, hacía ya mucho tiempo que no veía a sus padres, pensaba en cuanto los extrañaba, como era posible seguir con esa vida tediosa sin siquiera hablar con esos viejos que lo querían tanto.

Pensó en lo que pasaría si de pronto llegara a casa

de mamá. La felicidad que sentiría al ver a su hijo de vuelta. Y recordó a su hermano...

¿Pero como volvería, después de tanto tiempo? Tal vez no sería correcto, pensaba, tal vez ni siquiera vivían allí. ¿Habrían vendido la casa y se mudaron? No, eso era imposible, papá amaba esa pequeña granja. Jamás la vendería.

Se encaminó hacia una taberna a un par de calles abajo, últimamente lo hacía, bebía un poco no lo suficiente para embriagarse pero si para estar con personas, sujetos que solo estaban en aquel lugar por el licor, mismo que en casa no podían consumir con total libertad sin temor a ser descubiertos por sus hijos, o esposas.

Alan deseaba poder experimentar aquel peligro que, cuando niño, siempre estaba presente en su vida. Siempre metido en problemas de aquí para allá.

Ahora toda la emoción de su vida se resumía a un par de noches a la semana en esa taberna llena de gente que prácticamente no conocía. Tal vez la única persona patética en ese lugar, era él.

De pronto, así sin más, un anciano con chaqueta de cuero en color negro, con su larga barba blanca, se sentó a su lado.

—Buenas noches hijo —anunció el viejo—. Soy una persona afortunada, y tan desdichada al mismo tiempo. ¿Viste aquella motocicleta negra cuando entraste aquí?

Alan no contestó, pero claro que la notó, era una Harley Davidson genuina, de 1200 centímetros cúbicos muy al estilo chopper. ¿Cómo no notarla?

—Esa moto fue un obsequio de mi nietecita— continuó el anciano, contemplando la copa de whisky que sostenía con su mano—. Mi padre falleció hace ya mucho tiempo, pero me gusta pensar que siempre me acompaña en todos los viajes.

— ¿Que clase de viajes?

Esa palabra siempre había despertado en Alan cierta curiosidad, desde que era un joven estudiante de preparatoria. Imaginaba lo que sería conocer el mundo, y cada pueblo por muy alejado que esté, y sin importar tanto, las personas que vivan allí.

De pronto, la rockola de aquel bar comenzó a sonar, John Lennon cantaba, y el sonido de la guitarra eléctrica sobresaliendo por encima de todas las voces, pero el anciano se escuchaba con toda claridad hablando tan cerca del joven.

—Los más grandes viajes a través del país— explicaba el viejo—. Pero eso se acabó. Ya no podré tener mas aventuras.

— ¿A que te refieres? —Alan le miró confundido.

—Mi vida se acaba dentro de poco. Tengo cáncer hijo, y según la opinión de los médicos me queda poco tiempo de vida pero, ¿ellos que saben, no?

—Lo siento mucho —Alan tocó el hombro del anciano.

—No te preocupes, tuve una vida plena y maravillosa, lo que ahora me preocupa es mi nieta —la voz del viejo se quebró— hace tanto que no la veo, y me gustaría poder verla una vez más antes de partir, para comprobar que esta bien.

Alan comenzaba a entender por que ese hombre se había sentado a su lado y es que ese sueño de ver a su nieta antes de morir, le resultaba tan noble. El joven no demoró en pensar la posible respuesta a la pregunta que el viejo haría.

Y no demoró en hacerla.

—Mi nieta no vive muy lejos, y necesito un copiloto. ¿Quieres acompañarme? Prometo que después de este viaje —hizo una pausa para beber tequila blanco— la moto será tuya.

Alan terminó su bebida de golpe, y se puso en pie.

—Lamento mucho no poder ir con usted —dijo el joven, lamentando cada palabra—. Pero mi trabajo me lo impide.

No era del todo cierto, realmente su trabajo podía esperar un par de semanas. Y el asunto del dinero para el viaje, la verdad era que había estado ahorrando tanto desde el día que llegó a esa ciudad. Y la idea de viajar le parecía una locura que deseaba con toda ansia poder vivir. Aun así, la respuesta era no, y pasó a retirarse del bar.

—Piénsalo —dijo el anciano, a lo lejos—. Te espero aquí este sábado, partiré camino a la media noche, con, o sin tu compañía. Espero que estés en la entrada del bar, ya preparado...

Después de tanto caminar, finalmente llego a casa, el recorrido jamás fue tan largo, pensó. Estaba frente a las escaleras del edificio, pero no deseaba entrar. Pensaba en sus padres, en la aventura que podía tener, solo tenía que hablar con aquel viejo del bar. Por un momento se dio cuenta de lo patético que sonaba eso, un anciano se presenta en un bar y le ofrece una fabulosa motocicleta, sonaba muy sospechoso, pero era un maldito bar de baja categoría, y los sujetos extraños e historias aún mas extrañas eran cosa de todos los días.

Finalmente entró en el edificio, llegó a su habitación, ya era un poco tarde pero no se sentía cansado. Buscó bajo la cama, un pequeño frasco de vidrio. Lo sujetó con ambas manos alzándolo para poder contemplarlo contra la luz del foco. El frasco estaba medio vacío pero aún tenía algo de producto. Lo dejó caer sobre las sábanas.

Se dejó caer sobre la almohada y miró el pequeño cajón de la recamara, allí guardaba un arma.

El maldito sonido de la alarma en el reloj, despertó en Alan el sufrimiento de la resaca del día siguiente.

Rápidamente se levantó de la cama sujetando su cabeza. No soportó el sonido del despertador. Con gran fuerza lo cogió y desesperadamente lo arrojó contra la pared. El hijo de perra calló al suelo destrozado. No podía ir en ese estado a trabajar. Necesitaba algo para poder despertar, y sentirse activo...

Eso era. El frasco de vidrio.

Buscó sobre la cama, pero no estaba, se había caído debajo. Lo cogió, lo puso sobre el viejo escritorio de su padre. Desenroscó la tapa, y esparció el polvo, con un billete de un dólar hizo un pequeño rollito para poder fumar esa maldita cocaína. Solo lo suficiente para poder despertar, pensó.

De inmediato se sobresalto.

Sintió como entraba por su nariz y pasaba por todo el sistema respiratorio hasta su cerebro. El joven se encontraba en un estado total de adrenalina pura, en el cual tenía tanta energía que, necesitaba descargarla de inmediato.

Salió del apartamento, en el menor tiempo posible utilizando las escaleras llegó a la recepción, y justo al salir, se dio cuenta que el autobús lo dejaba a tan solo un par de metros, pero por mas que corría, no lograba alcanzarlo.

Después de perseguirlo por un par de calles, prefirió caminar hasta el trabajo, al fin y al cabo ya solo faltaban un par de calles para llegar, lo cual le haría llegar con retardo una vez más. Con el efecto de la cocaína todavía en su sistema, circulaba por la acera, viendo con curiosidad los viejos locales de aquella calle plagada de comercio.

Con antiguos puestos callejeros donde se vendía fruta, pescado, pollo, y demás alimentos comunes de cualquier mercado. Inclusive algunas personas con una sucia manta tirada a la orilla de la calle sobre el pavimento. Como un viejo de barba corta y maltrecha al igual que su harapiento vestuario que, de no ser por la manta llena de cháchares, fácilmente sería alguien que aterre a los demás vendedores, los cuales pensarían que era alguna clase de ladrón, catalogándolo sin pensarlo mucho.

Dicho sujeto exhibía artículos viejos de metal oxidado, uno que otro cuadro de personas que nadie conocía, familiares del hombre tal vez. Pero lo que llamó mas la atención de Alan, fue una pequeña caja de munición para revólver. Curiosamente el mismo tipo de calibre que necesitaba para el arma que él poseía.

Tal vez necesitaré municiones si decido viajar con el anciano del bar. Pensó mientras levantaba cuidadosamente la malgastada caja, tratando de no despilfarrar las balas.

Giraba una y otra vez, leyendo con atención la descripción de la misma.

— ¿Cuánto por ellas? —Preguntó al fin.

Después de pagar, las metió en la mochila y agradeció al hombre de la barba. Se alejó a prisa pues no tenía mucho tiempo para llegar al trabajo. Estaba hecho. Ahora no tenía un inofensivo revólver, que alguna vez sirvió para asesinar a un sujeto calvo llamado Silvio. Alan aún recordaba a ese infeliz.

Las historias que cuenta una simple arma vieja, gastada y que algunas veces solía fallar.

Capitulo 5
Reunión consigo mismo

Alan se reportaba al trabajo, media hora tarde. Y como era costumbre, el supervisor no demoró en hacérselo notar.

El sujeto, mediano, de piel morena, mirada inexpresiva y que siempre se encontraba de mal humor. Por debajo de su nariz, asomaba la sombra de un horrible bigote mal cortado. Alan trataba de justificar el mal humor de ese idiota, pero prefería no pensar en él. Era como si todos los fracasos de su vida fueran culpa de los demás, y tuvieran que pagar por ello.

El joven lo observó, desde su lugar de trabajo, antes de que llegara. Caminando como si fuera el centro del universo y todos los demás vivieran para servirle.

Se escuchaba el ruido de los malditos zapatos finos, acercarse a él. Hasta que cesaron. Alan le miró, a pesar de no querer hacerlo. No pudo evitar ver ese estúpido bigote, y soportó una gran carcajada sobre la pose que tomaba al llamar la atención.

— ¿Qué hora es esta de llegar, señor Jackson?

Alan desvió la mirada, para intentar hacer más fácil contener la risa. Pero fue inútil, y la gran carcajada se apoderó del lugar, haciendo que todos los miraran.

—Por favor —anunció el joven— deberías verte en un espejo. ¿Acaso no te das cuenta de lo ridículo que te vez? Vete a la mierda. ¡No eres más que un hijo de perra!

Todos los trabajadores alrededor, lo miraron perplejos. Más de la mitad sentía la necesidad de decirlo, pero nadie se atrevía. Algunos incluso trataron de aplaudirle a Alan lo que había dicho, pero simplemente no pudieron. Se limitaron a ver como el joven se alejaba rumbo al pasillo principal del edificio.

¿A dónde se dirige? Pensaron todos.

Alan entró en el sanitario para hombres pensando en que nadie lo veía. Desesperadamente, buscando en el bolsillo del pantalón una pequeña bolsa con cocaína, la derramó sobre el váter y la organizó con ayuda del carnet de conducir, haciendo una larga línea, la misma longitud que su dedo anular. La contempló unos instantes, con mirada perdida, pensando en su hermosa prometida, ingenua y tierna. ¿Qué clase de vida le esperaba, a su lado? Con todo y lo del viaje, que cada vez consideraba una posibilidad real.

Después de haber sentido que su estomago se le revolvía. Tuvo nauseas.

Aquel lugar olía a lavanda, la encargada del aseo hacía muy bien su trabajo, siempre lograba dejar cada baño perfectamente. Y eso lo disgustaba mucho. Miro con curiosidad un pequeño florero, sobre el cual reposaban unas nuevas flores artificiales, completamente perfumado, justo encima del tanque del agua. Apestaba a pino fresco.

La línea de cocaína brillaba con la iluminación del lugar. Él trató de fumarla rápidamente, volver a su puesto de trabajo y olvidarse del viaje. Pedirle perdón al estúpido supervisor, quién con mucho placer y soberbia, lo aceptaría de vuelta sólo para poder seguirlo tratando inferior a él. Regresar a su mundo y tratar de pensar en que nunca conoció al anciano del bar. Pero se detuvo, con la nariz delante del polvo.

Una vez había soñado con besar a su prometida en un baño público, hacerle el amor, y después largarse y mantener un recuerdo alegre, para cuando estuvieran ancianos sentados sobre el porche de su casa. Pero ella era demasiado recatada, tímida e insegura. Jamás aceptaría tal cosa. Divagó unos instantes mientras veía las baldosas de aquel baño. Había una mancha de orina sobre ellas, posiblemente de él.

Desorganizó la línea de polvo, con el dedo índice, se encontraba sentado al lado del retrete. Levantó la tapa, y vertió el contenido de la bolsa de cocaína junto con la línea. Después tiró de la cadena. En segundos, el agua había desaparecido todo rastro de la substancia.

Alan comenzó a llorar, pero no se sentía triste, sino lo contrario. Ella, su prometida sería su confidente de viajes, él se reportaría todos los días por teléfono, y superar la distancia reforzaría la relación. Con eso en mente, el joven Alan ya estaba decidido a tomar la oferta del anciano.

Esa misma tarde llegó a casa, colocó la munición en el revólver, le quedaron perfectamente, después las guardo en una caja de madera junto con el arma. Buscó el frasco de cocaína e hizo lo mismo que con la bolsa, y lo tiró al escusado. Una gran sonrisa se dibujo sobre su rostro, sentía un inmenso placer al ver la droga irse. Preparó su ropa en una pequeña maleta, intentaría no llevar muchas cosas, un par de pantalones, camisas, ropa interior limpia. Te lavas bien los dientes y a dormir, pensó en lo que su madre decía antes de ir a la escuela, y nuevamente sonrió.

Al caer la noche, Alan Jackson iba camino al bar, preparado mentalmente para ver al viejo. Inconcientemente lo había estado extrañando.

Había extrañado a aquel hombre de larga barba blanca...

Capitulo 6
Calor de hogar

Hacía mucho frío, probablemente se consideraría la noche mas helada del año, y era extraño. Alan no comprendía por que sentía extrañeza. Ya se había decidido a viajar, pero no dejaba de sentir la necesidad de que algo faltaba.

Ya tenía sus planes, para después de ver al viejo. Visitaría a Helena, su prometida, para pedirle que fuera su confidente. No estaba seguro de qué diría ella, y lógicamente no aceptaría la decisión que había tomado el joven. Lo cierto era que ella lo amaba y con todo el corazón, le pediría que se cuidara mucho, tal vez un beso, posiblemente harían el amor hasta que amaneciera, y él, besando y acariciando su cuerpo sentiría la necesidad de quedarse para siempre. Te amo Helena y espero que entiendas que esto es algo que tengo que hacer, pensó mientras caminaba rumbo al bar.

Cayeron unas cuantas gotas de lluvia sobre sus hombros, pronto comenzaría a llover. Eso no arruinaría su deseo de despedirse de ella. En absoluto.

Al llegar al bar, con mucho nerviosismo cruzo la puerta principal pero se sorprendió, el lugar estaba casi vacío. El anciano aún no llegaba, o tal vez ya no vendría, incluso puede que ya hubiese llegado y desesperado al ver que Alan no llegaba, se marchó. Para despejarse de esa duda, el joven se acercó a la barra y preguntó al cantinero averiguando que sabía al respecto.

—Disculpe señor. ¿Sabe si ha venido un viejo de barba blanca, preguntando por mí?

El tabernero respondió que no, con la cabeza y le ofreció algo de beber, para que esperara al hombre. Alan ordenó solamente una cerveza, después avanzó a una mesa.

Después de tomar asiento, se le pasó por la cabeza, la idea de haber tomado asiento en la barra, después de todo, esa sería la mejor posición para verle.

Sonrió un poco, ante la idea de extrañar a ese viejo.

Pasó media hora, y la idea de que no llegara era a cada minuto más posible. De pronto, recordó lo enfermo que se veía aquella noche, cuando lo conoció, no hablaba con claridad, y casi derramaba lágrimas cuando mencionó la posibilidad de no ver a su hija antes de morir. Sería trágico terminar el viaje de una vida, sin despedirse y agradecer a los que hicieron de ella algo maravilloso, pensó Alan mientras tomaba un trago de cerveza, era la cuarta de la noche.

Le dio curiosidad la joven nieta del anciano, ella merecía saber cuanto la quería y que tan agradecido estaba con ella. ¿Que tal si el viejo ya murió? Alan se levantó de golpe al ver el reloj, había pasado la medianoche y el viejo no llegaba. Cuando sintió que alguien le tocaba el hombro.

—Perdón por la tardanza —anunció el viejo— pero estaba revisando la motocicleta. Todo debe quedar perfecto antes de partir.

Alan no soportó más la alegría de verlo al fin, y se desplomó para abrazarle, le daba mucho gusto. Estaba emocionado, el anciano emanaba respeto, con su vestuario de cuero negro, al igual que su grandiosa motocicleta.

— ¿Cómo sabías que vendría? —preguntó el joven.

—Sólo mírate —el viejo hizo un gesto con la mano señalando las expresiones corporales de Alan— se nota que te urge un viaje, hasta por debajo de las narices.

Ambos rieron a carcajadas. Después tomaron asiento.

—Se agradece que eligieras una mesa en lugar de la barra —dijo el viejo, señalando el acierto del muchacho— aquí es mas privado. Y eso es bueno por que antes de viajar, debes saber la historia de mi nieta y yo. No quiero que pienses que estas en presencia de un loco.

Alan sonrió para sí, esa idea de locura había pasado por su mente varias veces. El viejo notó la acción de él, y también sonrió

—En fin... —continuó viendo el tarro de cerveza que Alan colocaba delante él— será mejor que comience con mi historia.

Bebió un largo trago, una gota se deslizo por su barba. En serio disfrutaba mucho aquella cerveza. Después prosiguió con su historia...

El anciano del bar, llamado por sus padres, Rene Montesco, había crecido en San Francisco, California. Pocas veces veía a su padre, el señor Montesco, quién se encontraba tras las rejas desde mucho antes que él naciera. Había sido condenado por asesinar a un ladrón en una farmacia local.

A pesar de la falta de un padre, Rene no se debilitó tras las burlas de sus compañeros de clase, vecinos, inclusive sus propios familiares de los cuales solo ella, su nieta Mary, era la única que lo quería. Desde aquel día que la niña nació hacía ya veintidós años. Se volvieron muy unidos, haciendo cosas juntos cómo, reparar motocicletas, pues Rene era el dueño de un pequeño taller con refacciones a las afueras de la ciudad, y para Mary eso era fabuloso. Siempre, al salir de la escuela, pasaba a visitarlo al taller, poco a poco aprendió como cambiar neumáticos, cambiar aceite, engrasar, inclusive hasta reparó una vez un motor, conocía las partes del mismo, casi por completo.

Su abuelo se sentía muy orgulloso, pero sucedió lo inevitable, la familia de Mary comenzó a darse cuenta de las pequeñas visitas a su abuelo. Fue reprendida, ellos enfurecieron hasta tal punto de levantar una orden de restricción en contra de Rene, alegando acoso sexual. Eso destrozó por completo al abuelo.

A pesar de dicha orden, Mary no se rindió, y siguió visitando a su abuelo, siendo ella apenas una niña no entendía la seriedad de una orden de ese tipo, pero Rene sí. Tuvo que tomar medidas drásticas, y alejarse de ella. Viajando hasta Nueva York, tratando de estar lo mas alejado posible.

Ahora la extraña, demasiado, y gracias a que la pequeña Mary es toda una mujer, con mayoría de edad, puede ella misma tomar la decisión de no obedecer esa maldita orden de restricción en su contra, y poder permitirse ver a su abuelo, una última vez antes que él parta, para siempre.

Alan había escuchado con total atención al viejo Rene.

Por fin, cuando el relato terminó, ambos hombres se levantaron de sus respectivas sillas, y se abrazaron, no tan intenso como la primera vez, pero con el mismo cariño. El viejo agradeció el haberle escuchado. Alan pidió que ya no bebiera mas, pues sin darse cuenta ya comenzaba a sentirse mareado.

Salieron del bar, veían la motocicleta.

—¿Sabes que es lo más increíble? —preguntó Rene, y señaló con el dedo índice—. Mary ahorro durante toda su infancia, trabajando a hurtadillas después de clases, y durante sus vacaciones para comprarme esa motocicleta. Creía que había sido culpa suya el asunto de la orden. Y lo peor fue que no pude agradecerle.

—Ahora lo hará, no se preocupe —anunció Alan.

Capitulo 7
Amor y ausencia

Había pasado media hora desde que Alan se despidió de Rene. Ahora se encontraba frente a la casa de Helena. Sin saber los motivos exactos, aún no se despedía y ya la estaba extrañando.

Tocó el timbre, esperando que ella no acudiera, así tendría un pretexto para volver mañana. Pero Helena atendió de inmediato.

—Buenas noches mi amor —saludó él con voz entrecortada— te vez fabulosa.

Su vestido color azul claro, casi transparente, dejaba al descubierto sus perfectamente bien torneadas piernas, y la silueta de sus caderas resaltaba gracias a sus grandes zapatillas en color negro charol. Su cabello negro, lacio y perfumado, llamó la atención del joven quién no soportó mas la idea de abrazarla y llenarla de besos. Ella lo tomó de la cintura y lo llevó dentro del apartamento.

Una vez dentro, Helena, empapada de su camiseta por haber abrazado al joven quien, gracias a la lluvia, estaba húmedo. Ella le quitó su camisa y la dejo caer al suelo, mientras admiraba el pecho de su amado.

Él, de igual manera, la despojó de su vestido dejándola solo con ropa interior. Después de eso, ambos se recostaron en el sofá. Ella encendió el televisor sin soltar a su hombre y apoyada contra su pecho.

Alan la abrazó con el mismo cariño. Susurrándole al oído le dijo lo mucho que la amaba.

—Fue una noche larga —dijo Alan, acariciando el desnudo hombro de ella.

— ¿Cómo que larga?

Ella seguía viendo el televisor, prestando atención al muchacho pero sin mirarlo. Después comenzó a cambiar de canal.

—Hoy renuncié a mi empleo —continuó el joven— no es oficial, pero creo que será difícil volver allí.

Helena se sobresaltó al escuchar la noticia. Tenía una mezcla de sentimientos, por un lado estaba alegre, pues comprendía lo mucho que él odiaba a su jefe y ese trabajo en específico. Pero, por otro lado, sentía que se había portado un poco egoísta, pues era una decisión que deberían haber tomado ambos. Y al no tener él un trabajo estable, eso repercutiría en su futuro compromiso ya que la boda estaba cada vez mas cerca.

—Sé que nos casaremos pronto —continuó él— y también comprendo la gravedad del asunto al dejar mi empleo, pero créeme cuando te digo que la ceremonia se llevara a cabo. Además, hay otra cosa de la cual debo hablar contigo.

Tragó saliva. No sabía por donde comenzar, y después de contar la historia del viejo Rene Montesco, anunció:

—Verás, cuando el viaje termine, tendré, además de la experiencia y la aventura, una estupenda motocicleta, la cual podremos vender para aumentar nuestro fondo familiar. ¿Que te parece?

—Ridículo —respondió ella y al mismo tiempo apagó el televisor— no es posible que seas tan egoísta...

— ¿Egoísta, estas de broma? Si no estoy haciendo nada de esto por mí. Por excepción de la aventura, el viaje lo hago por el viejo y su nieta, merecen ese final. El dinero de la motocicleta será para nuestra boda. ¿En qué momento pensé solo en mí?

Ella no respondió.

Siguió un silencio extraño, donde Helena intentaba hablar pero solo movía lentamente los labios, sin producir ningún sonido. Alan la abrazó con más fuerza, creía que después de lo dicho ya no lo amaría más.

No fue así.

De igual manera, ella lo abrazó, temiendo perderlo para siempre. Lo besó, larga y profundamente, para después llevarlo a su cama y hacerle el amor.

Estaba por amanecer. Alan se levantó de la recamara, miró el reloj despertador. Tratando de no despertar a Helena, se quitó la sábana y se caló un par de pantuflas que ella había dejado para él antes de quedarse dormidos.

Una vez en la cocina, le preparó el desayuno, un par de huevos fritos con tocino y zumo de naranja. El olor despertó a la joven enamorándola.

¿Sientes ese cálido beso en la mejilla? Se preguntó Helena mientras habría los ojos.

—El desayuno está listo, mi amor —anunció Alan después de entrar en la habitación sosteniendo una bandeja con ambas manos, y cerrando la puerta tras él con un leve golpe de la planta del pie.

Ella sonrió al ver la escena.

—Más vale que este delicioso —advirtió con dulzura.

Él puso la bandeja sobre sus piernas y después la besó en sus mejillas, mismas que habían adoptado un tono rosado causa de la almohada.

—Disfrutalo nena, yo espero —el joven tomó asiento junto a ella. La veía comer con empeño, y en instantes era él quien le daba de comer cual mujer enferma que necesita cuidados extremos.

—Fue broma, lo de la comida —dijo ella— en serio está delicioso. Muchas gracias mi amor.

De pronto, la idea de no verlo mas cerca de ella, la aterró y comenzó a llorar. El no hizo nada, sabía que no podía calmarla aunque lo intentara. Solo lo empeoraría, pensó.

Con minucioso cuidado, se levantó de la cama

tratando no derramar el vaso de naranja, para abrazar al joven, fuertemente y sin desconfiar de él, poniendo su vida a merced de las decisiones que tomara. Confiaba ciegamente en Alan y no dudaba en bajar la guardia en su presencia. Lo amaba con toda el alma e incondicionalmente, pues jamás había puesto su amor en duda.

—Sí, seré tu confidente de viajes —dijo ella después de girarle la cabeza para ver sus ojos risueños— solo no olvides reportarme tus aventuras, todos los días. Me tendrás preocupada y deseo saber que estarás a salvo.

—Lo haré mi vida.

Aquella madrugada se despidió de Helena con los ojos tristes, no quería dejarla. Esperaba regresar pronto a su lado. La besó una y otra vez sin dejar de abrazarla.

Espero no parecer ridículo, pensó. Pero que más da.

Y continuó abrazándola hasta que por fin, un hombre delgado con maletín en mano, llegaba a su lado preguntando:

— ¿Es usted el señor Alan Jackson?

—Si —el joven confundido respondió— espero que no sea algo relacionado con mi empleo, del cual no tengo nada que decir.

El sujeto delgado abrió el portafolio delante de ellos.

—No —dijo mirándoles se trata del señor Rene Montesco. Acaba de fallecer, y me pidió que te entregara esto.

Sacó los títulos de propiedad de la motocicleta y se los entregó al joven.

—No puede ser —dijo Helena sorprendida— la motocicleta ya es toda tuya...

Capitulo 8
El último viaje

Al salir del bar, Rene Montesco se despidió de su buen amigo Alan. Ambos tomaron distintos caminos. El viejo por su parte, llevaría la motocicleta al garaje, un par de calles arriba.

El dueño del garaje conocía aquel vehiculo y al viejo Rene, como la palma de su mano. No era la primera vez que llevaba a revisión a altas horas de la noche. Pero al dueño no le importaba lo mas mínimo. Había permitido que llegase en cualquier momento.

Rene apagó el motor, y acudió al timbre. El dueño respondió de inmediato.

—Rene, no sabes el gusto que me da verte— anunció aquel hombre esbelto y fornido, pues el reparar motores y levantar armatostes le sentaba bien.

Lo llamaban Loi, el mecánico de motos. Parecía un poco fuera de moda, con sus largas patillas y cabello peinado con demasiado gel fijador, levantado como si fuese un Elvis Presley más pequeño y delgado. De hecho algunos de sus colegas de más confianza, le decían Elvis Corto. Pero a él no le importaba e igual le ocasionaba gracia aquel mote.

—Necesito que revises el motor —anunció Rene, con un aliento a licor que fácilmente pudo notar Loi, después de la primera palabra.

—De acuerdo, viejo —contestó Loi un poco preocupado—. Creo que tal vez debas quedarte a dormir hoy aquí. Sabes, no hay ningún problema, está la habitación de huéspedes, o el sofá que tanto te gusta. A mi esposa no le molesta, además, no es para nada seguro que estés fuera a estas horas de la noche, mira, esta por caer una fuerte lluvia.

Pero el viejo se negó rotundamente, y partió rumbo a la parada del autobús...

Estaba obscuro, era demasiado tarde, y Rene se encontraba en aquella parada, esperando el autobús. Cuando de pronto, comenzó a pensar en su nieta Mary
La había visto crecer y comenzar sus estudios primarios, no logró estar presente cuando terminara y entrara en educación secundaria, pero aún así, recordaba con mucho cariño y nostalgia aquellos días en que era tratado como una persona especial por una niña, después de haber sido rechazado por toda su familia, debido a las acciones de su padre, acciones que no habían sido tan erradas a pesar de lo extremas.

Así pues, siendo Rene el hijo único de un asesino y sin tener culpa de las acciones de una pareja dividida por los muros de un reclusorio, consiente de aquello, de pie junto a la parada de autobús, sintió como una lágrima se escapaba entre sus mejillas. Pronto podré verte pequeña Mary, pensaba mientras sostenía un pañuelo de seda y lo pasaba sobre sus ojos, limpiando así aquella lágrima.

Había estado recordando a su nieta durante todo el día, en la mañana cuando reparaba su motocicleta y la dejaba a punto para el viaje. Después, cuando la llevó a un garaje de renta cerca del apartamento de Alan, para luego reunirse con él. Aunque a fin de cuentas había elegido llevar la moto al bar y después al garaje, sin importar que ahora tuviera que solicitar el transporte público, húmedo gracias a la lluvia que comenzaba a caer con mayor intensidad.

De pronto, a lo lejos, un par de luces se aproximaron a la parada. El autobús llegaba. Rene se alegró un poco al verlo.

Subió lentamente, pagó la tarifa, y se sentó. Después, comenzó a toser, se llevó la mano izquierda a la boca y con la diestra sacó un pañuelo de su bolsillo. Nuevamente tosió, con el pañuelo ya cubriéndole la boca.

Un par de calles abajo, sintió un poco de frío recorriéndole la espalda, no había bebido mucho en aquel bar, pero si lo suficiente por hoy, pensaba. Tosió una vez más.

Observó la ventanilla de al lado, llovía un poco mas fuerte que hace unos instantes. Al viejo Rene le agradaba la lluvia por las noches, lo ponía un poco triste el hecho de ver las pequeñas gotas caer, pero se alegraba al recordar a su nieta Mary.

Cuando ella era pequeña, tenía miedo al ver que comenzaba a llover por que sabía que después de eso, empezarían los relámpagos. Su abuelo la sentaba sobre sus piernas y le cantaba una canción, narrando una pequeña historia sobre un colibrí que sale a trabajar, recolectando polen de flor en flor, con la lluvia en contra, poniendo obstáculos como; el asecho de mas depredadores, aleteó mas fuerte debido a las alas húmedas, y la poca visibilidad, a la pequeña Mary le maravillaba escuchar que aquel pequeño colibrí conseguía soportar cada problema, aleteando mas fuerte y logrando llegar sano y salvo a casa. Después de la canción, Mary veía la lluvia desde otra perspectiva, eso la tranquilizaba mucho.

Rene lo recordó, un par de lágrimas se le escaparon mientras tosía. El pañuelo seguía cubriéndole la boca.

El autobús se detuvo frente a un semáforo. El viejo sacó un teléfono celular del bolsillo y marcó un número.

— ¿Quién habla?

Una voz ronca se escuchó del otro lado de la línea. Era un asegurador.

—Soy yo, Rene. ¿Recuerda, el viejo de la motocicleta?

—Si, ya lo recuerdo. ¿Señor Montesco, verdad?

—Ese mismo. Llamé para decirle que ya tengo un

beneficiario de la póliza, Y quiero darle los datos ahora mismo. Mañana viajaré por el país en busca de mi nieta, es un largo camino, lleno de peligros, por eso quiero estar preparado, y al fin tengo alguien quién sea dueño de mis bienes en caso que yo muera.

—Y bien señor Montesco, lo escucho...

Finalmente el autobús se detuvo. No era extraño que el viejo fuera la última persona a bordo, aparte del chófer claro esta.

—Cuidese buen hombre —dijo al conductor, y éste agradeció. Tras él, el camión se alejaba dejándolo sólo en la calle completamente desierta, donde la oscuridad era levemente opacada por pequeñas lámparas, de las cuales emanaba un pequeño haz de luz, capaz de crear círculos luminosos en el suelo, sobre las aceras. Por alguna inexplicable razón, el viejo trataba de evitar esos círculos.

Hasta que finalmente llegó a casa. Una dirección en los suburbios, era el resultado de toda una vida de esfuerzo y trabajo duro.

Sacó la llave del bolsillo y la introdujo en el cerrojo, pero comenzó a frustrarse al ver que la maldita llave no encajaba. No se había dado cuenta (o tal vez no quería) de que estaba demasiado ebrio como para poder vencer el cerrojo.

Finalmente lo consiguió.

Su hogar, era lo que muchos conocen como "una casa embrujada" o al menos eso parecía. Con enormes cristales en las paredes de la sala, algunos muy deteriorados, otros completamente destrozados. Debido a sus constantes ausencias, el maltrato de la propiedad había sido inevitable, y Rene no tenía interés alguno en reparar daños. De cualquier manera, esa casa sería vendida al precio mas bajo en cuanto muriera, a menos que el beneficiario decidiera conservarla lo cual sería absurdo, pues el lugar necesitaría gran mano de obra para ser lo que algún día fue.

El viejo se encaminó directo a la hielera, en busca de cerveza, pero fue inútil, no había nada. Después recordó una botella de vodka, que se había caído de la mesita de noche y llegó a parar debajo de la cama.

Rápidamente se dirigió al dormitorio con la esperanza de encontrar aquella suculenta y tentadora botella.

Y así fue. Bebió hasta el amanecer.

El sol anunciaba con lentitud, que un nuevo día había llegado. Pareciera como si la vida abriera los ojos a través del amanecer. Las aves de ciudad, salían de la seguridad en sus nidos para enfrentarse al caos propagado por el ser humano.

Uno de aquellos pájaros (una paloma para ser precisos), sobrevolaba los grandes edificios de cristales gigantescos en alturas aún más impresionantes. Aquella era una paloma joven que todos los días tenía que hacer un largo recorrido para ver a su hembra, la cual vivía del otro lado de la ciudad.

El trayecto era espectacular, desde que salía de su nido en un pequeño parque, pasando por entre las personas que, algunas le regalaban comida y otras piedras para ahuyentarlas, eran tan extraños aquellos seres llamados humanos. Como era posible que intentaran ayudar a un animal que lo único que deseaba era llegar con su paloma, y al mismo tiempo querer dañarlo para evitar su molesta presencia.

Pero daba igual, no puede ser sencillo algo tan complicado y grande como el amor.

Y allí estaba la paloma, cruzando entre el caos vehicular, y después entre locales de comerciantes, casas pequeñas, hasta llegar a una extraña dirección en los suburbios...

La paloma notó una de las ventanas de aquella casa, que estaba rota, eso podría significar comida pensó. Voló hasta la cornisa y se detuvo para entrar.

Allí estaba, inerte y sin vida, el cuerpo del viejo Rene Montesco.

Su cabeza había caído de la cama rompiéndole el cuello, y haciendo sangrar su nariz. El vómito sobre su boca y su mirada perdida hacía la azotea del dormitorio, hacían de aquella escena, algo tan triste que la paloma decidió largarse de allí en seguida.

Rene estaba tan ebrio que no había notado como la vida se le escapaba. Y la maldita botella de vodka en el suelo, bajo su mano, mirándole.

Parecía como si se burlara a carcajadas de él. De un gran hombre.

Capitulo 9
La caja humilde

Había más de cuarenta escaparates en aquella agencia funeraria, con tres o cuatro ataúdes de diversas formas y tamaños, algunos incluso más lujosos que la agencia misma. ¿Acaso en el otro mundo todos te envidiarían por el transporte en el que llegues? Y a pesar de eso, Alan sentía la necesidad de comprar el más lujoso que pudiera encontrar, después de todo, aquel viejo merecía eso y mucho más. Tal vez bañado en oro, pensaba con tristeza el joven. O mejor aún. ¿Que te parece si vendo la motocicleta y te compro el mejor de esta repisa? Apuesto a que no aceptarías, amas demasiado esa moto.

Observaba con tristeza y conteniendo el llanto, pues se imaginaba a sí mismo atravesando la ciudad con su amigo como copiloto, indicándole qué ruta seguir.

De pronto, se oyó el quejido de una señora al final del pasillo, donde comenzaban los cuartos de velación. Un alarido seco lleno de dolor anunciando a todos los presentes la pérdida de su esposo, un señor viejo que había sido vencido por el cáncer y aunque su muerte ya estaba contemplada, resulto ser igual de dolorosa para la familia.

Podía sentir la presión del aire contra su pecho, poco a poco lágrimas comenzaron a brotarle y las retiró con ambas manos.

Ella lo abrazó por la espalda con fuerza, aunque Helena era joven, y algo tímida, siempre había tenido una extraña fuerza en los brazos. Él agradeció el gesto acariciando su mano con suavidad e hizo una mueca con la boca intentando sonreír.

Pero él sentía un vacío dentro de sí. Y aunque ya había decidido no realizar el viaje, por lo menos hasta después de la boda, sabía perfectamente que lo único que llenaría aquel vacío sería entregar la despedida a Mary por parte de su abuelo.

Pensaba en decirle a su prometida —lo siento mi amor, tengo la necesidad de viajar pero ella tal vez no lo entendería, a fin de cuentas apenas si conocía aquel hombre, y ahora que la motocicleta era completamente propiedad de él, ya no existía nada que lo obligara a realizar aquel viaje.

Pero aún estaba la cuestión sentimental y ética. Aquel anciano había confiado en él por una razón demasiado fuerte, pues no dudaba qué, pasara lo que pasara el joven realizaría ese viaje.

Un pequeño fallo no había sido contemplado por Rene. La cordura de Alan.

—Creo que ya elegí el ataúd para Rene —decía Helena con sequedad, pues aunque ninguno de los dos quería elegirlo y ambos deseaban no tener que hacerlo, ella era la mas indicada después de todo no había conocido al viejo.

El ataúd no era muy lujoso, incluso no tenía gran variedad en el decorado, la pintura color marrón un poco mas oscura de los lados, pero a pesar de ello al contemplarlo contra la luz se podía contemplar la grandeza de aquel hombre y el sufrimiento de la soledad por no haberse despedido de su nieta, aquella joven que lo quería tanto dejando de lado lo que sus padres dijeran sobre él.

El vendedor dio un precio justo y Alan lo pagó sin preguntar. Una vez fuera, lo subieron a una camioneta de renta y lo llevaron al hospital donde se encontraba el viejo.

Durante el trayecto hubo mucho silencio. El cuerpo fue empacado de inmediato, y sin darse cuenta, ya estaban en aquella fría noche dentro del cementerio preguntándose por qué nadie más había asistido al funeral de aquel gran hombre.

Todo se veía triste, nadie lloraba, y allí se encontraban Alan, Helena y algunos vecinos del viejo sentados en sillas plegables de acero contemplando el ataúd mientras descendía.

La mente del joven divagó unos instantes, creyendo que sería el fin, decidiendo deshacerse de la motocicleta cuanto antes, o conservarla pero jamás usarla, de cualquier manera no volver a saber de ella. Obviamente el viaje ya estaba cancelado, y sin apelar a su cordura, no existía nada que le hiciera encender ese motor y emprender el viaje.

Bendita cordura, pensó.

Lentamente abrió la puerta de su dormitorio y sin encender la luz, se dejó caer sobre su lecho mirando hacia arriba, impactado y triste por el suceso que acababa de presenciar.

Estaba solo, tirado sobre su lecho. Miró hacia un lado. El revólver reposaba sobre la horrible mesa de noche, con el cañón mirándole fijamente y una caja completa de munición al lado.

Aquí termina mi camino, pensó mientras recogía el arma. Abrió el cajón donde colocó ocho balas, giró y cerró la caja. Sonrió al ver que el arma estaba cargada.

Apuntó a su cabeza. La tensión se apoderó de su cuerpo provocando que sus manos temblaran. Pero no disparó.

Guardó el revólver descargado en su mochila, junto con las balas, todo el dinero que había ahorrado, un par de camisas, pantalones y ropa interior; Fijó la mirada sobre la cama y se dio cuenta que no era demasiado equipaje. Eso fue perfecto, no necesitaba llevar tantos artículos consigo, por alguna razón sabía de antemano que el espacio extra en la motocicleta sería ocupado, a pesar de que el anciano ya no viajaría con él.

Un asiento vacío era necesario...

Pasó esa última noche en el apartamento, pensando en Helena, la chica era hermosa, con sus largas piernas, y ese cabello negro. Alan recordó aquel día que la conoció, durante un accidente en el trabajo de ella, una bodega donde se almacenaba gran cantidad de artículos, desde comestibles hasta electrodomésticos. Alan caminaba por la acera, ella salía al finalizar su horario de trabajo y se disponía a tomar el autobús público, caminó hasta llegar a la parada, se sentó en aquella banca de acero al lado de un letrero promocional de aluminio donde la gente podía deshacerse de las baterías que ya no necesitaba, en el letrero se promocionaba la nueva película de terror. Alan estaba de pie, a tres o cuatro pasos de ella, ansioso y distraído, Helena le veía el brazo de reojo, el joven llevaba un reloj de pulsera negro, y ella deseaba saber la hora así que se acercó, pero en el momento que se levantó y avanzó hacia Alan, éste caminó para cruzar la avenida sin darse cuenta de que el autobús que la dama esperaba ya había llegado, Helena lo sujetó del hombro y tiró de él para que no terminara esparcido sobre el asfalto. Por instinto, Alan alzó la mano, y estuvo a un par de centímetros de perderla. Cayeron al suelo, él sobre la pierna de ella lastimándola, cuando Alan reaccionó se levantó a prisa agradeciendo por salvarle la vida. Así terminaron saliendo juntos, una cita en el café, otra en el bar, después vieron la película de terror en el cine, hasta que terminaron por darse cuenta de lo mucho que se divertían juntos, de que no podían estar mucho tiempo separados.

Ahora el joven se limitaba a ver el televisor, comiendo palomitas de maíz con la mano derecha, y cerveza con la izquierda, no prestaba atención al televisor, se limitaba a pensar en Helena y lo mucho que la extrañaría, estiró el brazo para dejar la cerveza sobre la mesa y alcanzar la billetera, admiró la fotografía de su pareja con una mueca triste, la nostalgia comenzaba a invadirle sin haberse alejado aún, dentro de la billetera había un pequeño papel, una nota de Helena, pero Alan no se percató de él.

    Cerró la billetera y se quedó dormido en el sofá, con la idea de que el viaje se cancelaría y así podría vivir con Helena el resto de su vida, sin la necesidad de huir. Pero la realidad era otra. Rene Montesco le había encargado despedirlo de su nieta, y eso haría, recorrería casi todo el país para llevarle un último mensaje a la joven Mary, la triste noticia de que su querido abuelo había muerto, y que el funeral había sido muy solitario, con ellos alrededor de una caja humilde entregándole varias lágrimas de todo corazón, y la imagen de un viejo muriendo como había vivido, alrededor de una soledad agobiante.

Segunda parte
Liam James y sus chicas felices

La narración que se describe a continuación, sucede veinte años antes de la reunión de Alan con el enigmático Rene Montesco. Los hechos revelan que un poderoso gangster decide dejar de humillar a un viejo colega dándole la oportunidad de formar su propio negocio, poniendo a su disposición todo ese poder que lo caracteriza.

Capitulo 10
Hace veinte años...

Un abogado bastardo llamado Hopper Wallace, estaba sentado frente a su escritorio, en una lujosa oficina en el centro de la ciudad. Vestía su traje de etiqueta color marrón, con un sombrero negro, al más puro estilo gángster de Nueva York, algo pasado de moda. El olor a nicotina emanaba de su cuerpo como si su sudor estuviese compuesto únicamente de cigarrillos. Era un cerdo con las mujeres, le encantaba tratarlas mal, y se reía a carcajadas cuando regresaban a él, aunque fuese únicamente por su dinero, pues cada chica que estuviese con él por lo menos una noche, aunque no tuvieran relaciones, recibía alrededor de diez mil dólares en obsequios. El muy cabrón ganaba tanto dinero que no tenía idea alguna de como gastarlo.

Pero era de esperarse que ganara tanto, que se pudiera esperar del abogado del hampa. Participaba como intermediario para hacer que un negocio ilegal se convirtiera en toda una empresa respetable, a base de engaños fiscales, sobornos y algunas veces incluso llegaba a haber sangre.

Los jefes de las diversas organizaciones criminales, a diario solicitaban su apoyo, ya sea para defender algún hijo de perra de ir a prisión, encontrar a quién embaucar, inclusive cómo lavar dinero y enviar a alguien a la cárcel al mismo tiempo. Era un maldito, pero cuando se trataba de trabajo, siempre se mostraba profesional, jamás delataba y nunca metía las narices donde no le llamaban. Solo hacía lo que se le pedía y cobraba su comisión.

Siempre, antes de aceptar un trabajo, buscaba la manera de protegerse legalmente y mantenerse oculto ante todo. No era estúpido, si existía la menor sospecha de que su libertad, o incluso su vida peligraran, siempre encontraba la forma de poner a un pobre desgraciado en su lugar. Como fue el caso del señor James, hacía ya veinte años, en aquel tramo de carretera...

      Liam James era un hombre en quiebra tras haber sido un fuerte empresario vendedor de medicamentos robados, que ante la ley no eran más que miles de números perfectamente legales. Lograba mostrar las cosas tan claras que nunca notaban que todo era una maldita farsa. Él y sus hombres emboscaban un cargamento de medicina, sobor-naban a los conductores para lograr plantar una estafa en la cual todos estuvieran de acuerdo, se disponían a tomar todas las medidas de seguridad posibles, tratando de no llamar tanto la atención. Después cada medicamento era puesto en el registro de miles de personas (o mas bien nombres falsos), inventados por el mismísimo Hopper Wallace.
      Todo marchaba bien para el joven Liam, hasta el momento en que Hopper decidió traicionarlo.
      Una fría tarde de invierno, mientras el sol se mantenía escondido tras grandes nubarrones. Liam salía de casa despidiéndose de su mujer, y trepándose en su deportivo plateado con dos puertas. Acelerando lo suficiente para no derrapar sobre el asfalto, mirando su vecindario con soberbia sintiéndose mejor que cualquiera del resto de los residentes de aquella colonia. De pronto su celular sonó, era Hopper pidiendo que pasara al barrio chino y preguntara por un tal Huang Cho, quién se suponía tenía un trato con dos cargamentos de aspirinas, sedantes e hipnóticos, por un lado están las pastillas más vendidas, y por el otro unas de las más difíciles de conseguir sin receta médica, a menos de que se llegara al precio correcto, y siempre se llegaba.

Ahora no quedaba ni rastro de aquel negocio de medicina robada junto con sus colegas. Y todo se reducía a trabajar para Hopper Wallace, quién no dudaba en dejarlo en ridículo a cada momento. Pidiéndole favores absurdos para que sus colegas se mofaran de él dando por hecho que era el gato de Wallace.

Una tarde, riendo y bromeando, Hopper había dicho que al fin dejaría que Liam trabajara por su cuenta en un negocio único del cual sólo se beneficiaría él. El joven Liam de veinticuatro años de edad eligió rápidamente en que invertiría su dinero. Prostitución.

Para comenzar lo que sería su imperio, tomaría la decisión de elegir quien trabajaría para él, donde se situaría el local, cuanto y en qué invertiría su capital. Después de pensarlo un poco logró responder las dos últimas cuestiones. El local estaría al lado de la carretera que conectaba ambas ciudades, ya que así la mayor parte de camiones de carga comerciales estarían a su merced como posibles clientes. Y quién mejor que los cientos de camioneros que llevan tanto tiempo fuera de casa, para solicitar los servicios que Liam les ofreciera. ¿Un culo? Sí, por supuesto para llevar.

La segunda cuestión era, cuanto y en que invertiría su dinero y sus futuras ganancias. Necesitaría instalaciones de primera en el local con diversas habitaciones cuartos de baño, barras para beber, podría haber un bar en recepción, y le serviría al mismo tiempo para disfrazar el local. Aunque no tenía por que preocuparse por la policía, pues cuando Hopper dio autorización para independizarse, además de dinero, también le había ofrecido seguridad policial, pagando el primer año de sobornos. Así que una vez siendo un negocio rentable, no quedaba más que seguirlo siendo.

Pero la última cuestión, ¿qué clase de prostitutas trabajarían con él? Tendrían que estar totalmente sanas, libres de infecciones, no tan grandes de edad pero con la mayoría cumplida, y deberían residir en el establecimiento. Sin familia, ni la posibilidad de tener hijos. Pero lo más importante, que quisieran estar por cuenta propia.

Liam se preparó para la búsqueda de aquellas mujeres, las cuales formarían la piedra angular de su negocio, siendo todas ellas unas verdaderas e inteligentes guerreras.

Capitulo 11
Una historia del revólver

El dueño de aquella farmacia resurtía, como cada lunes, la estantería de los medicamentos para tratar la diarrea. El hombre limpiaba con empeño y un trapo húmedo, la pequeña repisa donde acomodaría los antidiarreicos.

Un hombre joven cruzaba el umbral. Con la mirada mas alegre y apacible, que pudiera tener un hombre recién casado. Y para colmo con la mujer mas interesante, feliz y atrevida que pudo encontrar...

Aquella mujer, de rizados y abundantes cabellos rubios, mirada estremecedora, pero que inspiraba un gran respeto. Lo había conocido en una estación de autobuses, hace ya doce años. Y aunque el noviazgo no duró mucho, los planes para el mejor futuro posible, ya estaban trazados. De hecho, gran parte del año, se había aprovechado para eliminar posibles problemas económicos, sociales y más que nada personales.

Ambos hombres se saludaron. Pero el dueño de la farmacia no dejó de limpiar la repisa.

— ¿Cómo le trata la vida, señor Montesco? —dijo, mientras bajaba la pequeña escalerilla, y ondeaba el trapo húmedo, alegremente.

—Excelente, querido amigo. Y por lo que veo, también a usted —decía el recién casado, Montesco. Quien se quitaba el sombrero, semejante a un caballero educado, en señal de respeto por aquel querido amigo...

La plática cotidiana no se hizo esperar. Todos los días, Montesco llegaba a esa farmacia para comprar cigarrillos, y comentar con el dueño sobre cualquier cosa que se les ocurriera, coches veloces, medicamentos extravagantes, accidentes vehiculares, y lo grande y peligroso que se estaba volviendo el crimen joven de la ciudad.

Como siempre, la plática había comenzado con un tema y después de un par de minutos, ya hablaban sobre cualquier otra cosa. Pero ese era precisamente el problema. Ninguno de ellos había percatado la presencia de un tercer hombre, armado y con intención de robar.

El ladrón, inspeccionaba el lugar con suma precaución, rondando los pasillos de un lado hacia otro, buscando a tientas algún objeto valioso, en las estanterías de afuera. Frustrado, decidió que ya era suficiente de tantas estupideces, llevaba consigo un arma, podía arriesgarse a liquidar al hombre para después someter al viejo, no seria tan difícil. ¿Cuánto dinero había en la caja fuerte? Si es que había una claro. Se preguntaba el ladrón...

El viejo cogió los medicamentos que ya no cabían en la repisa, y los devolvió a sus respectivas cajas. Mientras lo hacía, tuvo que agacharse bajo el mostrador. Montesco se dio la media vuelta, dándole la espalda al señor. Pudo mirar levemente al ladrón meter la mano en el bolsillo para sacar el arma, y ocultarse tras el estante mas cercano, éste no se percató que ya había sido descubierto.

El viejo se levantó llamando a su amigo, pero ya no estaba. Lo nombró un par de veces más, y el resultado fue el mismo. ¿Donde se habrá metido? Se preguntaba buscándolo entre la estantería.

Así sin más, el ladrón sale detrás de él con el arma presionando sobre su nuca.

—Será mejor que salgas de donde estés —decía el ladrón, buscando de reojo alguna señal de aquel hombre— si no lo haces, te prometo que le volaré la cabeza al anciano...

Inmediatamente se escuchó un disparo. La bala se impactó en el hombre, destrozándole el cerebro y saliéndole por la oreja izquierda...

—Estamos a mano, hijo de puta —dijo Montesco, mientras contemplaba el cadáver del ladrón reposando sobre un gran charco de sangre.

Tras un par de horas, la policía investigó el robo, y sometió a un exhaustivo cuestionario de varios minutos al viejo, que parecía no haber estado allí. Su mente estaba totalmente nublada, era lo que habían dicho los encargados de la entrevista. Las pocas palabras que dijo en favor del señor Montesco no fueron suficientes para dejarlo libre, y debido a su estado de alteración por haber presenciado una muerte, todo lo que alegó con respecto a la defensa propia, tuvo que ser borrado de las pruebas, pues no se le consideraba un testigo fiable.
Para después de un par de juicios, Montesco había sido declarado culpable, por el cargo de homicidio premeditado, y el abogado encargado de presentar las pruebas para condenarlo, había sido nadie más que el mismísimo, Wallace, defensor de los criminales, como lo apodaban en los tribunales.
Lo mas extraño, era que, Montesco si había planeado el asesinato con varios días de antelación. ¿Pero, por qué? Se preguntaba Wallace, en su despacho de Long Island.

Capítulo 12
Dos chicas

Liam sostenía un periódico, el más desprestigiado de todos pues no le interesaban realmente los acontecimientos, las publicaciones que buscaba eran las páginas del aviso de ocasión. Aquel periódico tenía gran fama de contener lo más reprobable ante la sociedad, principalmente por anunciar números telefónicos y algunas fotografías de prostitutas. Era eso lo que realmente le interesaba al joven, si formaría el más exitoso burdel de carretera necesitaría buenas mujeres y fieles a él, procurando hacerlo parecer un negocio decente sin nada que ocultar.

Por el momento buscaba reclutar sólo cuatro, entre los atributos que necesitaba, eran obviamente belleza física, cuerpo esbelto, bello rostro, y dejando a un lado eso, quería que fueran todas ellas muy astutas. Pudiendo así acrecentar su fama entre los demás locales de prostitución. Porque claramente la competencia era mucha y siendo él un novato en esa clase de negocio, parecía resultarle más difícil ascender. Lo que la competencia no contaba, era con el apoyo de Hopper Wallace. El cabrón con la mano más dura entre los mejores criminales.

Al dar vuelta a las páginas, notó que ya había encontrado dos candidatas, ambas eran rubias, anotó los teléfonos y continuó su búsqueda. Pensaba en lo que diría cuando las llamara, ellas creerían que buscaba sus servicios para sí.

—Muy buenas tardes —bromeó en voz baja— disculpe, necesito un culo para llevar, por favor. Uno grande y bien torneado, que pueda sentir su suave y humectada piel al ser besada por un completo desconocido pero que ella se concentre en conseguir todo el dinero posible, pues dependiendo del servicio la propina aumentaría.

Sacó unas pequeñas tijeras del bolsillo y comenzó a cortar cuidadosamente el anuncio, después lo guardó en la billetera. Siguió buscando, había gran cantidad de mujeres no era posible que fuera un negocio tan solicitado, con tanta competencia, necesitaría ser muy astuto y buscar siempre la forma de mantenerse renovado.

Fue entonces cuando llegó a su mente una idea. Misma que le haría cambiar por completo la manera de dar servicio y podría garantizarle ser lo suficientemente competente y capaz, como para acabar con la competencia. Solo una palabra. Inocencia.

Las mujeres podrían mostrarse interesadas en el cliente, y al mismo tiempo ser tiernas, curiosas, pero principalmente, inocentes.

Cualquier cosa que sirviera para que ellos se sintieran interesados en conocerlas. El misterio siempre debería estar presente en cada encuentro, acompañado claramente por la belleza de ella y su fijo carácter. Aunque principalmente los hombres que las buscarían serian camioneros, en su gran mayoría casados buscando liberar tensión, las mujeres podrían ser capaces de comportarse como una esposa que esperaba ansiosa ver a su marido llegar después de haber estado fuera tanto tiempo, y satisfacerlo física y emocionalmente.

No sería fácil, pero si la inocencia lograra mantenerse, el éxito estaba casi asegurado.

Suficiente por hoy, pensó Liam y guardó el resto del periódico, se levantó y pagó la cuenta a la camarera. Siguió caminando, un par de calles abajo comenzó a marearse, llevó su mano a la cabeza y trató de protegerse de los rayos del sol. Su nariz comenzó a sangrarle, y algunas gotas cayeron manchando el suelo, su ropa, sus zapatos, y una de ellas logró tocar el periódico. Liam se sentó sobre la acera y lo consultó, dicha gota de sangre había caído sobre el número telefónico de ella.

La mujer que valía tan poco, que podría llegar a ser invaluable.

Al día siguiente, Liam se dispuso a reunirse con las dos rubias.

Ambas trabajaban en un bar de la zona, eran bailarinas exóticas y según dicen los bajos fondos, en diversas ocasiones se habían quejado por haber sido obligadas a dar sexo oral a los clientes sin recibir una comisión considerable. Eran un par de lesbianas, que vivían juntas en un departamento en el centro de la ciudad, y tenían gran fama entre las demás mujeres de la noche. Eso le interesó muchísimo a Liam, así podría atraer clientes que las buscaran exclusivamente a ellas, y valla que eran solicitadas.

Mientras viajaba se sentía cansado y nervioso, conducía su propio automóvil y pensaba lo que diría su esposa al respecto, era él con un par de rubias lesbianas y radiantes que lo único que buscaban era dinero, eso daba una pésima primera impresión de él, un hombre casado y con hijos. Pero aquello no le interesó demasiado. Deseaba poder llevar ese negocio a la cúspide y para ello tenía que ensuciarse las manos un poco.

Se detuvo ante una luz roja. A su derecha, había un grupo de jóvenes limpiaparabrisas sentados, platicando entre ellos, como si nada les importara. Cuando de pronto salió entre la muchedumbre un anciano con sombrero corto y un violín pequeño. Liam lo miró colocarse frente al coche justo bajo el semáforo del carril contrario que también se mantenía en rojo. Y comenzó a tocar.

De aquel pequeño instrumento salía un hermoso conjunto de melodías, elevándose sobre el sonido de los vehículos encendidos y entrando directamente en los oídos de Liam, recorriéndole por completo todo su ser, hasta llegar el momento en que la luz del semáforo cambiara a verde, entregó de buena voluntad un billete de diez dólares y continuó su viaje. Pensaba en el desperdicio de talento de aquel señor, pues su interpretación le había cautivado completamente.

Media hora más tarde, Liam aparcó el vehículo frente al edificio donde vivían las dos rubias lesbianas. Algunos vecinos se sorprendieron, pues a pesar de la mala fama que tenía aquella pareja, no era común ver aparcar un coche frente a su puerta a esa hora del mediodía.

Aquellas rubias salían por la puerta principal, y bajaban las escalerillas a la acera, con aquel estilo particular y elegante de cualquier dama en sociedad.

Una de ellas vestía blusón y pantalones ajustados, apreciaba con total claridad su bien torneado cuerpo. Llevaba consigo grandes y fuertes piernas, caderas anchas que resaltaban a la perfección sus firmes y bien curvadas nalgas. Su rostro afilado, llamaba la atención a primera impresión de una mujer sensual a pesar de tener algunos años encima, era esbelta, y sus ojos invitaban al sexo con una mirada tierna pero atrevida, la mujer perfecta para aquel trabajo.

Su pareja en cambio, aunque era un poco menos esbelta y su cara no era tan agraciada, lucía igual o mejor que su compañera, tenía un cuerpo con senos grandes, buenas piernas incluso para tener una estatura menor, y una manera de caminar con aquel contoneo invitando, no con la mirada sino con el trasero, a pasar un buen rato.

Liam bajó del vehículo impresionado por lo que había visto, y presentó una enorme sonrisa.

—Muy buenas tardes señoritas —saludó con la mano— espero que se encuentren de maravilla, como para aceptar una estupenda oferta de empleo.

—Si —la rubia de menor estatura se adelantó—

pasa, hablaremos dentro.

Aquellas jóvenes creyeron que Liam buscaba sus servicios para su persona, y era lógico pues muchos hombres lo hacían a diario.

El edificio, por dentro, no era lo que aparentaba. A simple vista se diría que era un lugar mediocre pues la fachada y las ventanas lucían viejas y gastadas, pero no por dentro. Una vez cruzando el umbral, Liam se encontraba en un sitio cálido y reconfortante, bien recibido por la vista con lujosos mosaicos recién pulidos, y paredes decoradas con buenas pinturas.

—Esos cuadros son de artistas callejeros —dijo la rubia de baja estatura— por cierto, hola me llamo Ashley, y ella aunque rara vez habla por que solo se limitaba a follar —hizo un gesto con la mano y la boca simbolizando sexo oral— ¿si sabes a qué me refiero? Ella se llama Britany.

Liam seguía mirando los cuadros a detalle mientras caminaba. No prestó demasiada atención a lo que Ashley dijo, excepto a los nombres.

Britany ofreció la mano para estrecharla, Liam la aceptó.

— ¿Llevan mucho tiempo viviendo aquí? preguntó él mientras sentía la mano de Britany.

—Sólo desde que adquirimos el edificio en una subasta, hace ya un par de años —respondió Ashley al llegar al departamento—. Rentamos el resto del lugar. Ahora, entremos.

La habitación, grande y perfectamente decorada, asemejaba a un especie de restaurante cinco estrellas, con papel tapiz color marrón, amueblado acorde al suelo de mármol color arena claro, y un cielo azul obscuro con un enorme ventilador de aspas en medio de la habitación girando lentamente.

Liam se acercó al balcón, del cual abrió la ventana que asomaba a la calle, desde el quinto piso podía ver los minúsculos vehículos y las personas paseando al perro. Sintió un poco de vértigo, y entró de nuevo en la habitación.

Las chicas ya estaban desvistiéndose. Sin importar nada, tal vez confiaban en Liam por su manera de hablar, su estilo de vestir, el auto que conducía o simplemente les parecía atractivo, pues a pesar de ser lesbianas algunas veces encontraban placer en el sexo opuesto.

Las perfectas piernas de Ashley, la sensual cintura y caderas de Britany, formaban un conjunto de piel y deseo que Liam no podía ser capaz de resistir.

Sin pensarlo, comenzó a desvestirse igual que ellas, mientras las jóvenes rubias le veían. Ashley se acercó primero al ver el pene descubierto, lo acariciaba con suavidad y con ambas manos, después lo empujó contra un sofá para que Liam se sintiera cómodo. Britany sólo observaba como su compañera se abalanzaba sobre él para que la penetrara, pero justo en ese momento, el llanto de un bebe se hizo presente por toda la habitación que venía del cuarto contiguo.

— ¿Que fue eso? —preguntó Liam desconcertado mientras sostenía con fuerza las nalgas de la joven.

—Britany, continúa tú, yo iré a ver al bebé— anunció Ashley y rápidamente se levantó dejándole el pene descubierto al joven.

Britany la remplazó tratando de hacerle sexo oral, pero Liam decidió que había sido todo por esa noche. Al oír llorar aquel bebé, y después de ponerse de nuevo los pantalones, la pareja de lesbianas rubias le presentaron a la pequeña.

—Se llama Lili —decía Ashley acariciándole las pequeñas mejillas rosadas—. Tenemos ya dos años con ella, desde aquel fantástico día en que nos concedieron la adopción, obviamente ellos no saben nada de nuestro segundo trabajo. Y esperamos que así continúe.

—Por mí no se preocupen —respondió Liam

mirando a Lili—. Pero trabajando en lugares como aquel bar, tarde o temprano serán descubiertas. ¿Qué les parecería trabajar en una gasolinera?

Ambas se miraron confundidas e interesadas al mismo tiempo. Ashley se vistió y preparó café para tres. Discutieron el asunto y al cabo de varios minutos, Liam ya había reclutado a un buen par de rubias para su negocio.

Capítulo 13
La mujer del centavo

La reunión entre aquella joven misteriosa y Liam, se llevaría a cabo una semana después de contactar con el número que había encontrado publicado en las páginas de aquel periódico.

Tomó asiento cerca de la fuente principal de un parque público, muy próximo a su casa a sólo un par de minutos, lo cual a Liam no le parecía agradable pues tenía a su esposa e hijos, y todo marchaba bien entre ellos.

Obviamente no se vería nada bien que un vecino lo descubriera saliendo con una mujer que no fuera su esposa —amada esposa, de hecho— y más aún si resultara tal y como se describió por teléfono. Pero ella había insistido que fuera lo más público posible.

Aquella medida le pareció al mismo tiempo agradable a Liam, pues demostraba que la mujer pensaba antes de actuar y era astuta y precavida. En aquel negocio, a pesar de que las jóvenes sabían perfectamente lo que deberían hacer, siempre cabía la posibilidad de una amenaza de riesgo, ya sea por los clientes, las compañeras de trabajo, o incluso aquel sujeto para el que trabajaban. Y simplemente el hecho de tener valor para presentarse en público, constituía ya una garantía, o por lo menos un indicio de confianza.

La mujer llegó al cabo de varios minutos, mirando al joven con expresión tímida, con un acento suave y seductor se presentó.

—Me llamo Melinda Fisher. ¿Puedo sentarme?

Aquella mujer no solo era hermosa, su aroma olía exquisito a la nariz del joven y de inmediato sintió una fuerte atracción por ella, quien en respuesta cruzó las piernas y gracias a que vestía una falda entallada Liam contempló lo sensuales que estaban aquel par de piernas.

—Eres muy hermosa —anunció el joven señalando su figura—. Si te citaste conmigo es porque estas interesada en trabajar para mí, veo que tienes las herramientas pero, ¿qué tal eres para hablar con el cliente?

Melinda se acercó en la misma banca pública y lo invitó a conocerla, con un sutil acento y pronunciación dignos de la realeza, con fluidez y sobre todo, mucha ternura.

El joven sintió todo aquello tan natural, pues las palabras que la joven elegía eran simples, las más sencillas, empezando con un "hola" antes de comenzar la charla, y el sentido del tacto siempre a raya, tratando de no enamorar al cliente.

—Eres muy buena para estas cosas —decía Liam mirando de vez en vez el escote, que le dejaba a relucir sus bien torneados pechos y los rayos del sol reflejándose en ellos.

—¿Qué te parece? Tengo el cuerpo y puedo hablar con el cliente sin necesidad de sobrepasarme —la dulce y sensual voz de la dama invadió el oído de Liam. A cada palabra se sentía más atraído. No era como hace un par de días con las rubias lesbianas, ahora si estaba seguro de llegar hasta el final.

No lo resistió más, tocó la pierna de Melinda y la acarició con suavidad.

—Me gusta mucho tu piel —dijo mientras veía hacía el vacío, como si se encontrara dentro de sí—. Creo que debemos hablar en un lugar más privado. ¿Qué te parece?

Ella no respondió el gesto, en su lugar apartó la mano de Liam y contempló el parque y a una mujer que paseaba el perro.

—Será extraño vivir como esa joven —señaló a la mujer que tiraba de la correa del perro, y giro la cabeza para ver la reacción de su acompañante. Éste no hizo nada y se preparó mentalmente para besarla.

Liam estaba muy confundido, era imposible que una mujer de ese tipo le hiciera sentir como un niño de secundaria sentado frente a la chica que le gustaba. Suspiró en silencio, tenía miedo que ella le descubriera nervioso o sudando. Trató de controlarse respirando lenta y silenciosamente, pero a su desgracia —o fortuna— ella ya se había dado cuenta y estaba pendiente de su nerviosismo.

—No estés nervioso, tú también me gustas —dijo ella sonriendo— me distraje un poco con aquella joven, es todo, por favor relájate.

Fue ella quien se acercó a besarlo. Un largo y profundo beso en la boca, mientras él acariciaba sus labios con la lengua, ella trataba de contagiarle toda su alegría, compartir con él sus sentimientos y deseos. Liam lo sintió.

Aquel beso estuvo realmente sorprendente, pensaba el joven, pero había algo más, algo distinto en ella. No era lo que aparentaba.

—Besas muy bien —añadió ella después de acariciarle la mejilla—. Creo que terminare enamorán-dome de ti.

No bromeaba, Melinda en verdad comenzaba a sentir cariño por él sin siquiera conocerlo, solo sabía su nombre y que la necesitaba, aparte de ello todo en él era un absoluto misterio.

Tal vez eso constituiría un problema grande, pues enamorarse en ese ambiente de trabajo resultaría peligroso tanto para él como para ella y sus compañeras. Que ocurriría si un cliente pidiera sus servicios, cómo reaccionaría Liam ante ese escenario, seguramente celaría a la joven o las compañeras le guardarían rencor pensando que es una especie de favorita. Eran muchos los puntos en contra, así que había tomado la decisión de no trabajar para él, pero antes de hacer oficial su rechazo, el joven Liam ya se había adelantado:

—Te seré franco, quiero que seas mi brazo derecho, la encargada del lugar y del personal.

Liam sonrió. Era una sonrisa característica que solo utilizaba cuando se sentía completamente feliz, pleno y emotivo.

—Lo haré. Seré tu brazo derecho.

Aquellas últimas palabras de Melinda resonaron en los tímpanos del joven, como un dulce aroma volviendo loco a un abejorro.

—Pero primero —continuó la dama— necesitas mujeres de uno de los más populares bares de la zona.

—Claro. ¿Cuándo estás disponible?

Ella pensó en silencio durante algunos instantes.

—Estoy libre el martes a las doce de la noche —igual le devolvió la sonrisa.

—Tengo que preguntarle una cosa —decía el joven al levantarse de la banca pública. Ella lo miró sonriendo, ya conocía la pregunta—. ¿Por qué te llaman la mujer del centavo?

—La mujer que vale tan poco —sonrió y soltó una leve carcajada—, que podría llegar a ser invaluable.

Melinda se sentía un poco molesta, odiaba que le dijeran así. Pero por alguna extraña razón, no podía estar enojada con él. Solo le sonreía con entusiasmo y añadió:

—Algún día te diré porque me llaman así. Y gracias…

—¿Por qué? —Liam estaba confundido con el agradecimiento.

—Por decirme señorita…

Melinda Fisher lo besó fugazmente, después se alejó con un cautivador contoneo de caderas.

Capítulo 14
Juntos por la noche

Faltaban solo un par de horas para que la medianoche se hiciera presente, Liam esperaba recostado sobre la recamara en compañía de su esposa. Y mientras ella dormía, él examinaba la posibilidad de levantarse para ducharse, pues en pocas horas estaría en compañía de Melinda Fisher, indagando en diversos bares tratando de encontrar a las restantes mujeres que trabajarían para él.
Pensaba profundamente en lo hermosa que se veía Melinda aquel día que se conocieron, y ese recuerdo le incitó a saltar de la cama y dirigirse al guardarropa.
Buscó a tientas su traje oscuro, no quería encender la luz de la alcoba para evitar despertar a su esposa, pues aunque ella sabía la clase de negocio al que se dedicaba su hombre, a él no le agradaba la idea de involucrarla más a fondo.
Encontró el traje y lo puso sobre la cama, después se dirigió a la ducha que estaba justo al lado de esa habitación.
Su esposa escuchó el sonido de la regadera y al abrir los ojos observó una manta de luz salir del cuarto de baño, y sin mucha curiosidad trató de dormirse de nuevo. Estaba acostumbrada a las frecuentes salidas de Liam, ya que en su anterior empleo trabajando para Hopper con frecuencia se ausentaba, claro que ella no sabía que era lo que hacía su esposo con exactitud, para la mujer, su marido no era más que el ayudante de un abogado inhumano, como algunos de los abogados solían ser por aquel entonces.
Veinte minutos más tarde, el joven ya estaba limpio y calándose el traje. Miraba a su mujer cubierta levemente por las sábanas, con parte de la espalda y los hombros a la vista, ella dormía con el pecho abajo, se

sentía totalmente protegida por su esposo, pues él nunca le había hecho ningún daño físico, y referente a fidelidad, por lo menos ella no sabía nada con respecto a sus amantes.

Por fin terminó de vestirse, se acomodó el sombrero corto en color gris, que combinaba perfecto con el traje, y se inclinó para besar a su esposa.

—Te veo cuando regrese, por la mañana —dijo acariciándole los finos cabellos lacios.

—Te espero —añadió ella con voz soñolienta. Aquel beso y su aroma la habían despertado.

Cerró la puerta de la habitación tras de sí, después bajó las escaleras y salió de la casa dejando todo aquello en oscuridad total.

Una vez fuera, caminó hacia la cochera para encender el vehículo. Aceleró en reversa y bajó la puerta del garaje vía control remoto, y se alejó a paso rápido por la calle principal hasta llegar al parque donde vería a la joven Melinda.

Eran las doce de la noche.

Una noche tranquila, pensaba Liam.

Melinda Fisher miraba un programa viejo en el televisor y sonreía en ocasiones, por el monólogo de un sujeto que peleaba con su mujer sobre quien llevaba los pantalones en la casa, al terminar el programa el hombre salía de la cocina con una falda y la cena lista. Melinda reía, le fascinaba ver cómo supuestamente era una familia normal.

Mírate en un espejo y dime que vez, se decía a sí misma. Acaso no te das cuenta que falta algo...

Sonó la alarma del viejo reloj de bolsillo que solía llevar a todos lados hasta que un cliente se lo robó. Logró encontrarlo a un par de calles abajo, el cliente había sido atropellado por una motocicleta y murió al instante de una hemorragia cerebral, aún tenía el reloj en el bolsillo y un paramédico se lo quedó para después regalárselo a su amante, que resulto ser Melinda, a quién le gustaba creer que ese reloj quería estar con ella.

La hora para ver a Liam estaba ya cerca, y justo cuando estaba por salir de su departamento, el teléfono sonó.

—Melinda Fisher al habla —dijo despreocupada y al escuchar la voz de la otra línea supo quién era—. ¿Dizzy? No lo puedo creer, me da gusto hablar contigo. ¿Te encuentras bien? Suenas exaltado...

—No —exclamó el misterioso hombre del otro lado de la línea— no estoy bien, me encuentro en el hospital. El hijo de puta de Brendan me golpeó...

— ¿De nuevo? Te dije que te alejarás de ese bastardo...

— Esta vez sí se sobrepasó, me empujó en el cuarto de baño y caí sobre el váter. Después de eso no sé qué me pasó, terminé aquí. Creo que el cabrón llamó una ambulancia.

—Ahora mismo no puedo ir a verte, pero tengo tu número, estoy en un asunto de trabajo muy importante, te aviso porque creo que a ti también te conviene, aunque no estoy segura. Éste hombre para el que trabajo es muy serio y estricto, no sé qué opine sobre un hombre como tú...

— ¿Sobre un homosexual como yo?

—No importa —Melinda tragó saliva— me reuniré con él en pocos minutos, y para mañana te visito, lo prometo. Una cosa más —se preparó para colgar. Podía escuchar los sollozos de Dizzy— aléjate de Brendan.

Colgó.

Liam aparcó su automóvil cerca del parque. Notó con cautela que varios camellos ya estaban en servicio, luchando entre ellos para vender droga al por mayor.

Imaginó a la joven y bella Melinda teniendo que trabajar en ese ambiente poco seguro, y pronto se planteó la idea de ella en su negocio con aquel sensual movimiento de caderas, y sonrió.

A lo lejos, una mujer caminaba en dirección a él, era un poco vieja pero se veía linda con el cabello rojizo y mirada fija, un tanto segura de sí misma como la mayoría de las prostitutas de la zona.

—Buenas noches señorita —se adelantó a decir Liam—. ¿Puedo ayudarle en algo?

—No cariño —la mujer se inclinó sonriéndole y mostrándole el busto—. La pregunta es, ¿en qué puedo ayudarte yo?

En el acto apareció Melinda, vistiendo un traje negro, con un coqueto sombrero azul fuerte adornado por una franja blanca.

—Lo siento querida —dijo Melinda acercándose a la prostituta— pero éste es mío.

Liam se sonrojó. Le agradó mucho ver a "su chica" presentarse de esa forma.

—Melinda —se disculpó la prostituta—, lo siento no sabía que trabajabas esta noche.

—No trabajo, vengo con él.

—Está bien —se inclinó nuevamente para ver al joven—. Diviértanse.

Melinda se subió al coche y con la mano se despidió.

—Es simpática la dama —dijo Liam una vez avanzado el camino.

—No te confíes, esa perra no es más que una vulgar ladrona. Trabajaba para uno de los mayores prostíbulos, el Dayton House, y terminó robando tres embarques de mercancía. Éxtasis.

El joven se sorprendió. Melinda sabía lo que hacía, no se equivocó con respecto a la mujer que eligió para ser su brazo derecho, encargada del establecimiento.

—¿Y qué pasó, cómo la descubrieron?
—Intoxicada en su departamento —la joven soltó una suave carcajada.

Capítulo 15
Del hospital general de la ciudad

Seis sujetos con trajes negros y bien armados, rondaban las calles de un tranquilo vecindario al norte de la ciudad. Uno de ellos, el líder de la banda, conducía aquel coche color café obscuro con vidrios blindados, el cual no podía distinguirse con facilidad en esa fría noche.

Todos ellos llevaban la orden de liquidar a un joven homosexual que vivía muy cerca de allí...

Dine Zeno, mejor conocido por la comunidad de trabajadores de la noche como Dizzy, llevaba ya más de cuatro años ofreciendo servicios sexuales en los callejones y esquinas de avenidas principales. Sufriendo abusos y humillaciones por parte de los clientes que le discriminaban y maltrataban constantemente, pero el dinero era necesario solía pensar cada vez que sufría.

Nacido bajo la protección de una madre poco fiable y un padre adicto a la heroína que muriera a causa de un disparo, cuya bala se alojara en la columna vertebral, y sufriera durante largo tiempo. Después de la molesta agonía, pereció cuando Dizzy cumplía dos años.

Dine entendía que debería comenzar a valerse por sí mismo, el día que su madre muriera. Y creyó no extrañarla, pero al morir su padre, aquella mujer comenzó a prestarle atención al niño, y al principio, Dine confundido no captaba lo que pasaba por la mente de la señora. Ella sentía culpa por haber perdido a su pareja y comenzaba a tener miedo de ser abandonada el día que muriera, pensó que teniendo feliz al niño, éste le regresaría el favor cuando falleciera. Pero no fue así.

Por más que ella tratara de acercarse al joven, éste

intentaba alejarse cada vez más, hasta que decidió ya no verla más. Un día se marchó a la gran ciudad para comenzar su propia vida.

La madre se suicidó una fría mañana de navidad, del mismo año en que su hijo se había marchado.

Una noche antes de morir, la señora Selena Harris madre de Dine, había estado en un estado de calma total, su mente mantenía la cordura de siempre, pero una gran marca de soledad la acosaba a cada paso. Aquel día salió al parque en busca de su hijo, quién no dejó dicho a donde se dirigía, con la esperanza de encontrarlo y darle un abrazo.

Fue inútil, no encontró nada.

Con un dolor estomacal, y los ojos llorosos, se dirigió a la salida de la ciudad por la calle principal, caminando por la acera hasta llegar a la carretera principal que conectaba con la ciudad vecina, recordando siempre a su esposo y a su hijo como si aún estuvieran con ella, caminando a su lado.

Cruzó por un largo puente sobre un pequeño río a cuarenta metros de altura.

Espero que una caída desde aquí me mate, pensaba Selena mientras trepaba la valla de seguridad en una orilla del puente.

Era la una de la madrugada, cuando a la señora se le ocurrió saltar. Aquella caída le destrozó la cara y gran parte del cuerpo, haciendo imposible ser reconocida por los oficiales que investigaron su muerte.

Y de su hijo, no hubo rastro alguno.

Ahora Dizzy estaba en el hospital, ya saliendo después de recibir el alta, Brendan había pagado todos los servicios, y le esperaba en la entrada principal. Una enfermera le llevaba en silla de ruedas. El joven Dizzy no pudo evitar sentirse feliz al ver a su pareja, pero le amaba demasiado, pues cuando vagaba por las calles de la ciudad, después de haber huido de casa, él fue el único que le apoyó, se sentía enfurecido por la paliza que le propinó hacía ya tres días pero. No podía estar enojado tanto tiempo con él, a final de cuentas, solo contaba con Brendan, y con Melinda, su amiga.

Una vez fuera, Brendan detuvo un taxi, y levantó a su hombre metiéndolo dentro. La enfermera les retiró la silla de ruedas y se despidió de ellos deseándoles buena salud, notando como se querían, y al mismo tiempo entendió que había sido él quien le envió a ese hospital en primer lugar.

El taxista aceleró con rumbo al vecindario donde tenían su pequeña casa. Sorteando a los demás vehículos, y a cierta velocidad un tanto moderada, se acercaban cada vez más al hogar tan esperado. De pronto llegaron al parque que estaba a tan solo dos manzanas del domicilio, y paró delante de un semáforo.

Esperando la luz verde, el taxista noto un coche negro apearse al costado de su taxi. Con dos hombres vestidos con traje negro en él.

—Deténgase y salga del auto —señaló el piloto del coche negro, mientras el copiloto apuntaba con un arma 9mm.

El taxista intentó acelerar, pero antes de pisar con fuerza el pedal, cuatro hombres más salieron del parque acercándose a ellos, todos armados.

—No lo repetiré caballero, bájese del taxi —el copiloto bajó y se acercó al taxista, mientras éste bajaba.

Sobre aquella calle, frente al parque, el sujeto del misterioso automóvil negro, disparó a quemarropa frente al hombre del taxi, quién recibió el impacto de la bala con su frente y se desplomó cayendo de rodillas y al lado del asesino.

Al mismo tiempo, uno de los cuatro hombres que provenían del parque pedía que bajara Brendan. Éste no deseaba bajar, pero lo hizo. Y se paró delante de aquel hombre armado.

Dizzy se alteró, intentaba bajar del taxi y ayudar a su querido Brendan, pero sus piernas no respondían y el resto del cuerpo sólo se limitaba a temblar. Escuchaba al joven gritar por su vida, mientras veía por el espejo retrovisor como lo llevaban arrastrando rumbo al parque para después comenzar a golpearle el rostro y los testículos.

Justo cuándo Brendan trató de ponerse en pie, uno de los hombres le asestó un puntapié en el estómago y aprovechando el instante en que el joven se mareaba confundido por la paliza, aquel hombre colocó la 9mm sobre su cabeza y apretó el gatillo.

Brendan cayó hacia un lado, sin vida, manchando el concreto de la acera y algunas plantas del parque.

Los hombres se acercaron a Dizzy, quién no paraba de gritarles con llanto en los ojos y por toda la cara. Lo bajaron del taxi y lo subieron al coche negro. Aquel piloto aceleró conduciendo por el vecindario para perderse después entre los edificios.

Quince minutos más tarde, el parque había sido infestado por policías y ambulancias. Y prácticamente todo el vecindario. Todos muy alterados con respecto a lo que había pasado.

Cuatro semanas después de aquella masacre en el parque, Dizzy había sido liberado de sus captores, quienes no le hicieron absolutamente nada, sólo se limitaron a cuidar de él.

Y dos meses más tarde, el joven recibió la tan esperada llamada de Melinda Fisher, que ya le había conseguido el empleo al lado de Liam. Trabajarían ellos tres juntos, dos lesbianas, y nueve prostitutas más, que consiguieron la noche que Liam y ella buscaron en los mejores burdeles de la zona.

Un par de semanas más, y todos laboraban felizmente en aquel negocio de carretera. En aquella gasolinera. Bajo el ojo y la poderosa orden del terrible Hopper Wallace.

Veinte años habían pasado. Ahora Liam ya estaba un poco grande, tenía alrededor de cuarenta y cinco años, muchas cosas pasaron desde que el prostíbulo se fundó.

Liam James se divorció. Al ser descubierto por su mujer, que mantenía una relación amorosa con Melinda.

Ashley y Britany perdieron a su hija, Lili. Cuando fueron descubiertas por los vecinos trabajando en aquel negocio de carretera, claro que después de algunas semanas recuperaron a la niña con la ayuda de Hopper. Ambas murieron a manos de un cliente ebrio y la pequeña Lili terminó por criarse bajo las órdenes de Liam.

Dizzy trabajó arduamente. Seguía extrañando a Brendan buscándole el lado positivo a su muerte, pues ya no sufría maltrato físico. Al cabo de un par de años el joven homosexual terminó siendo jefe de seguridad de Liam.

Melinda Fisher tuvo un bebé. La pequeña Angélica Fisher…

Tercera parte
La pequeña aventura en el bosque

Alan Jackson viaja por carretera, pero se ve forzado por una curiosidad extraña, a desviarse un poco del camino, llegando a un callejón sin salida, donde un misterioso sujeto que vive recluido del mundo exterior amenaza con complicarle la búsqueda.

Capítulo 16
Un gran árbol

El rugir del motor le sorprendía tanto a Alan, que no creía que aquel viaje fuera real. Esto no está pasando, pensaba mientras veía el camino frente a él y detrás como si se desvaneciera. Aquello le pareció algo perturbador, pues literalmente sentía su vida consumiéndose.

La imaginación y los recuerdos le recorrieron el cuerpo, imaginando cómo sería posible regresar a casa, con su prometida, quién de última hora le pidió que no se alejara de ella. O mejor aún, viajar juntos.

De pronto, sintió un fuerte dolor en el estómago y recordó que no había comido nada desde la noche anterior en que decidió viajar, hasta ese momento, y eran casi las dos de la tarde. Así que tomó la decisión de parar en el primer café, bar o restaurante.

No viajaba tan rápido, aún se encontraba cerca de la ciudad, durante la noche solo paró a dormir en un hotel un par de horas y no había podido conciliar el sueño. Pensando en Helena, el viejo Rene, y también en aquel frasco de cocaína que recientemente dejo de consumir. La noche fue larga, pero la emoción del viaje lo hizo relajarse y dormir.

Ahora miraba la carretera con asombro y buscando una salida para estirar las piernas pues llevaba ya una hora conduciendo. Comenzó a disminuir la velocidad para apearse a un lado del camino. Los neumáticos rozaban el asfalto, después era tierra, la carretera seguía su curso hacia adelante pero Alan torció camino a la derecha.

Un par de minutos más tarde conducía la motocicleta por un pequeño camino de tierra sorteando algunas enormes piedras que obstruían parte del mismo.

El joven comenzaba a frustrarse, cuando escuchó

claramente el leve sonido del agua correr justo a la orilla del pequeño camino. Frenó la moto, para examinar la zona y efectivamente, un pequeño río de alrededor de dos metros orilla a orilla, se encontraba escondido tras matorrales y rocas justo al lado del camino.

Esto debe desembocar en alguna presa o laguna, pensaba Alan contemplando la idea de seguir el río.

Escondió la motocicleta con pasto tras una enorme roca, tal vez nadie conocía siquiera aquel sitio olvidado, pero el camino de tierra demostraba que en alguna ocasión cruzó civilización por allí, y no estaba de sobra tomar algunas medidas de seguridad.

La motocicleta había quedado perfectamente oculta, y armado con el revolver continuó a pie por el pequeño camino al lado del río.

Le temblaba la mano que cargaba el revólver, mirando en derredor tratando de ver algo moverse además de las hojas de los árboles y arbustos. A pesar que la corriente del río aumentaba en velocidad, podía distinguir algunas rocas y peces saltando para sortearlas. Desvió la mirada hacia atrás, el camino de allí hasta la motocicleta había crecido. Tragó saliva.

El viento sopló fuertemente, golpeándole con gran intensidad el rostro, que debido al miedo y a la tensión de la situación había estado sudando. El arma no estaba cargada, la munición se hallaba donde la motocicleta, en los laterales del portaequipaje sobre la llanta trasera. Sentía como las manos se le congelaban.

De pronto escuchó algo, el sonido de una rama al partirse por mitad. Alan se petrificó, y al mismo tiempo levanto el revólver, pensando en que podría ser algún animal, o simplemente su imaginación. Pero a su nariz no le engañaban, un olor a licor impregnado en ropa se hizo presente, el joven sabía que era seguido de cerca.

Se detuvo frente a un enorme cedro, posiblemente el árbol más grande de los alrededores. El río frente a él continuaba, pero se sentía un poco tenso y cansado, además ya estaba bastante retirado de la motocicleta así que tomó asiento sobre una enorme roca sobre la cual, el cedro recubría con su sombra.

Alan miraba el agua correr que asemejaba con el recorrido que estaba haciendo, no tenía idea alguna de donde comenzar a buscar a la nieta del viejo Rene, tal vez en la ciudad más alejada del lado este del país, pues el anciano había dicho que sería por aquella zona y debido a que ni él mismo conocía el paradero de la joven Mary, se encontraba en la misma situación, con o sin la ayuda de Rene.

Sentado contemplaba las hojas de aquel árbol, y miraba cómo el aire cruzaba entre ellas. Hacía una fresca brisa helada, con el invierno ya acechando y amenazando con caer la primera ventisca de nieve, pronto la carretera comenzaría a ser más peligrosa de lo normal, y el joven lo sabía. Dentro de su mente, recordó que en la billetera había una bolsa con cocaína, una bolsa pequeña, pero sería suficiente para mantener su mente ocupada en otra cosa, y tras un par de minutos, se inclinó por no sacar la billetera, ahora su mente estaba ocupada en otra cosa, algo más peligroso que el hecho de conducir bajo el efecto de alguna droga.

Miraba el agua y respiraba profundamente, se sumergía en sus pensamientos y sin darse cuenta, sostenía el arma al nivel de su cabeza apuntando contra la sien, por su mente ya había pasado la idea del suicidio pero jamás estuvo ante la situación de volarse la tapa de los sesos, aunque, en ese momento no se encontraba dentro de sí.

Cerró los ojos y su imaginación se elevó, reconociendo que la soledad le afectaba, si continuaba su viaje acompañado de esa soledad, terminaría haciendo alguna estupidez.

Escuchaba la voz de su madre llamándole la atención cuando niño en aquella granja. Por no comer todos sus vegetales, por ensuciar el retrete, por no lavarse los dientes antes de dormir. Ella se acercaba y le besaba la mejilla. Lo amaba, y él lo tenía muy en claro.

El olor a licor impregnado en ropa se presentó, esta vez más fuerte, y al abrir los ojos, el viejo Rene había tomado asiento a su lado.

Alan se petrificó. Aquel hombre de larga barba blanca que muriera hace ya tres días, estaba sentado a su diestra, sin decir palabra alguna, solamente mirando el río correr a sus pies.

—Si lo vas a hacer —la voz de Rene se escuchó, pero sus labios no se movían—. Hazlo de una puta vez, o ya deja esa estúpida arma.

Alan lo comprendió de inmediato, Rene se refería al suicidio.

—Suelta ese estúpido revólver, y coloca tus manos sobre la nuca —Rene ya no estaba, ahora la voz y el olor a licor añejo provenía de un anciano parado tras él, que sostenía una escopeta de doble cañón—. Entrégamela junto con las llaves de aquella moto que escondiste tras la roca.

El anciano lo tenía bajo los cañones de la escopeta, Alan sentía coraje e impotencia, no había nada que hacer. Y aquel hombre se retiró llevándose el revólver y las llaves.

Alan estaba inmóvil, mirando la cuesta que siguiera el viejo ladrón, pero no podía ir tras él. De pronto se escuchó un disparo, seguido del aire zumbando y un impacto contra el joven. Una bala del revólver lo alcanzó.

El viejo asechando había disparado desde un punto seguro, apuntando directo a la cabeza, después huyó riendo a carcajadas cuesta arriba.

Alan caía, pensando en que el arma no tenía balas, y que tal vez el viejo las había robado de la motocicleta.

Aquello solo significaba una cosa, que la moto ya no estaba tras la enorme roca y se encontraba a merced del anciano en ese bosque.

Observó con curiosidad el enorme árbol, y perdió el conocimiento.

Capítulo 17
Solitario en la cabaña

El sonoro ruido del agua correr se hacía presente y cada animal en el inmenso bosque lo presentía, la corriente crecía sin parar, pronto todo estaría cubierto por nieve y las presas de los alrededores habían desaguado para no tener tanto hielo durante el invierno.

Cientos de animales acudían al llamado del valioso líquido. Unos más grandes que otros y la gran mayoría no solo visitaban el río por el agua, buscaban alimento, alguna presa fácil dispuesta a servirles de desayuno a los depredadores más grandes.

Fue en el momento en que una serpiente devoraba un ratón a cuatro metros de distancia, cuando un alacrán que recién había escapado de una pelea con un ciempiés, ahora luchaba por aferrarse a una enorme roca, utilizando sus pequeñas patas y grandes tenazas, manteniendo la cola a una distancia segura y en estado de alerta.

El animal se tensó al percatarse que una mano estaba frente a él. Era la mano de un viejo sentado sobre la enorme roca, con aliento a licor impregnado en toda la ropa.

Preparó el aguijón. Y lo clavó. El veneno se esparció de inmediato.

Aquel viejo llamado Roy, sujetó al pequeño alacrán con la mano contraria y lo apartó al suelo. Justo cuando el animal se levantó desconcertado y tratando de comprender lo que había pasado, el enorme zapato del viejo le golpeó destripándolo y matándolo al instante.

El viejo se esforzó por limpiar la herida con algo de alcohol que llevaba en el bolsillo, después succionó todo el veneno posible con la boca y lo escupió hacia el río. Se levantó un poco mareado y cogió agua en un recipiente, la herviría para esterilizar la herida en su vieja cabaña, colina arriba.

Comenzaba a atardecer y el frío llegaba junto con una fuerte ventisca de aire. El viejo Roy sacó de su morral —una vieja y gastada mochila que portaba consigo al hombro— una sucia manta, y se la puso para evitar congelarse.

Miró el río a sus pies sin parar de avanzar. Se detuvo de pronto. Olía a gasolina, en el suelo se mostraban rastros de neumáticos. Roy era un buen cazador, solía enfrentarse con grandes animales, las más formidables bestias, ahora solo cazaba para alimentarse, aprendió a cuidar de cada especie de animal en la zona y a convivir con ellos para evitar que migraran o se percataran de él, y así preservar su comida.

Lo mismo ocurría con las plantas del lugar, había aprendido a identificar, no por nombre, sino por aroma, color, aspecto y funcionalidad. Supo aprovechar los beneficios a favor, para curar algún salpullido, piquetes o mordeduras de insectos, incluso aprendió a fabricar licor. Tenía una pequeña fábrica de licor y cerveza a varios metros de su cabaña, perfectamente oculta de cualquier ojo curioso que merodeara por tierra, e incluso por aire, debido a que tenía gran temor de ser descubierto por algún helicóptero y perder su pequeño entretenimiento con el licor.

En otro tiempo, aquel viejo había sido un excelente soldado de la marina, pero después de ser descubierto robando municiones y equipo, lo expulsaron para arrestarlo, y gracias a que su archivo se traspapeló, quedó en libertad teniendo que escapar y mantenerse oculto o su archivo se reabriría nuevamente.

Hizo caso omiso de las marcas en el suelo y continuó su camino, pues la herida comenzaba a causarle comezón.

El sol en todo lo alto provocando que dos árboles crearan una maravillosa sombra rodeando la cabaña del viejo. Él la contemplaba con entusiasmo, a solo un par de metros arriba.

Cambió de hombro la escopeta que llevaba consigo, cuando escuchó el sonido de un perro ladrar, era un cachorro que recién había adoptado cuatro meses atrás. El animal corrió desbocado para ser acariciado por su amo, quién lo alzó sobre su espalda y lo llevó así hasta llegar a la cabaña.

Una vez dentro sucedió algo curioso, el cachorro daba vueltas sobre sí y después, salió disparado de la cabaña, al mismo tiempo se perdió colina abajo.

El viejo lo contemplo incrédulo, y bajo a toda prisa tras él.

Mientras bajaba se golpeaba contra las ramas de arbustos y derribaba alguna que otra roca, provocando un efecto de derrumbe, la piedra pequeña empuja a la piedra grande.

Aquel cachorro olfateaba el suelo a cada cierto tramo recorrido. Era de raza Beagle, lo cual significaba que poseía un olfato casi perfecto, y el viejo lo había enseñado a seguir rastros cuando cazaban juntos.

El perro corría entre árboles y troncos caídos, parecía un topo drogado, brincando de un lado a otro. Cuando, así sin más, se detuvo. Tras una gran roca, olfateó gasolina proveniente de la motocicleta que Alan escondió creyendo que nadie encontraría, recubierta por pasto.

—Buen sabueso —anunció el dueño al perro, compensándolo con una caricia—. Ahora regresa a casa.

Sin pensarlo, el animal obedeció al pie de la letra las indicaciones de su amo, y se alejó tratando no hacer ruido.

Roy continuó buscando entre árboles, acercándose cada vez más al río. En pocos minutos, encontró a su presa, y para evitar ser descubierto por su aroma o las ramas que rompía a su paso, decidió regresar a la motocicleta. Sacó la munición pero, no había llaves para llevarse el armatoste. Entendió que el joven las llevaba consigo.

Después del enfrentamiento con Alan, el viejo Roy ya llevaba las llaves consigo, y para evitar ser perseguido. Cuando estaba a una distancia segura, apuntó a la cabeza y disparó.
Alan recibió el impacto de la bala y se desplomó al suelo, cerca del río.
Roy lo dio por muerto y regresó a la cabaña, la herida le seguía causando comezón...

Capítulo 18
La mordedura y el piquete

Lentamente, Alan abría los ojos con sensación de nauseas. El oído le sangraba, pues la bala del revólver le había impactado y al levantarse se golpeó la herida.

Trató de olfatear aquel maldito aroma a licor añejo, pero no había nada. Buscaba a tientas con ambas manos alguna roca para apoyarse y ponerse en pie. Pero cuando lo consiguió, resbaló e impactó las rodillas con el suelo cubierto de varias piedras pequeñas.

Descansó unos minutos y se incorporó nuevamente, esta vez ya se sentía mejor ubicado, respirando normalmente y localizando obstáculos al caminar. Así continuó hasta lograr avanzar con fluidez pues ya no se sentía aturdido.

Ese hijo de perra, pensó mientras sacudía la tierra húmeda de sus pantaloncillos. Me las pagará el muy cabrón.

Trató de distinguir el suelo frente a él, pudo notar un par de huellas subir el acantilado, alrededor de quince metros hacia arriba.

Unos centímetros más y la bala me hubiera impactado en la frente y no en la oreja, pensó Alan. Se concentró en recuperar la motocicleta, tratando de recordar cada último instante antes de caer desmayado. Era difícil hacerlo, pues su mente divagaba confundiendo el orden de los hechos, hasta que por fin recordó que el viejo, además de la escopeta, llevaba consigo el revólver con la munición. Sería complicado, pero la mejor manera de vencerlo, sería por sorpresa.

Tomó en cuenta consejos de su padre, cuando vivía con él en aquella granja, muy a menudo solían cazar juntos. Mirar alrededor, los árboles cuentan todo tal cual había ocurrido, todo era cuestión de enfocar la atención.

Con mucho esfuerzo, trataba de localizar cada centímetro a su alrededor, en busca de alguna pista. Recordó donde estaba parado el anciano y cuál pendiente subiera.

Después de encontrar un pequeño derrumbe, provocado probablemente por una piedra pequeña empujando a la grande, subió por ese lugar. Era complicado, pues gracias a la tierra suelta, Alan resbalaba frecuentemente.

Una cosa más llegaba a su mente, fue que cuando niño, su padre solía decirle que no importaba que tan oculto estuvieras de la vista, lo que si era de suma importancia sin duda alguna, sería el olor.

Al ojo animal puedes engañarlo, pero jamás a su nariz, recordaba las palabras de su padre con cariño. Lo principal era alejarse de la trayectoria del viento, para evitar ser olido. Avanzar viento en contra. El acenso fue más pesado por la nueva ruta trazada, entre árboles y demás obstáculos, claro que, gracias a ello no debería preocuparse de ser identificado por su aroma.

Avanzó sin mirar atrás, sin darse cuenta de ello, ya se encontraba a pocos metros de una vieja cabaña.

Pero que mierda, pensó Alan sorprendido ante aquel refugio que estaba muy bien construido. Encontró una barra de hierro sólida a unos cuantos pasos de él, la sujetó con ambas manos. Y su mente se nubló...

Trató de recalcular los hechos, dentro de sí deseaba dañar al anciano, pues el disparo casi le mataba. Pero se detenía a pensar claramente, y decidía que era incorrecto matarle, solamente recuperaría el revólver y la motocicleta, después se largaría para jamás volver a desviarse del camino.

Se decidió por la segunda opción, no iba a quitarle la vida al hombre, pero de igual forma se llevó la barra consigo pues seguramente el viejo no opinaba lo mismo.

Asomó la cabeza por una pequeña ventana para realizar el típico chequeo, pero no había más que pieles de animales, una cama construida con maderos y pasto seco forrada con piel de algún ciervo desafortunado. Había incluso gran cantidad de acero.

De donde habría sacado todo ese acero se pregóntaba el joven.

Estaba por intentar entrar cuando escuchó el ladrido de un perro. En cuestión de segundos, ya había sido descubierto, y el viejo le apuntaba con la escopeta.

—Esta vez si te matare —anunciaba Roy sonriente—. No creo que seas capaz de sobrevivir a un disparo como éste...

Es el fin, pensó Alan y trató de mantenerse en pie.

—¿Cuál es tú problema? Sólo déjame ir, te obsequio la motocicleta —dijo el joven.

Cuando de pronto un perro salta hacia él con toda la sorpresa de parte de Alan, quién no puede hacer más que girarse sobre sí para tratar de esquivarle. Demasiado tarde, aquel animal se había aferrado del cuello del joven, quién cayó de inmediato.

Una vez en el suelo, el sabueso se soltó y se retiró un par de centímetros. El viejo se acercó, cambió la escopeta por el revólver.

—Terminaré lo que comencé —dijo.

Alan sangraba, y el oído se le había lastimado nuevamente.

—Morirás con tú propia arma —el viejo Roy apuntó con el revólver—. Es imposible fallar a esta distancia.

El joven supo que ese sería su fin, cuando vio al viejo Rene detrás de Roy. Inerte. Alan cerró los ojos...

Pero antes de jalar el gatillo, se escuchó el sonido de una persona caer de espaldas.

Alan abrió los ojos. El viejo estaba en el suelo aun sosteniendo el arma. Miró hacia el cielo, se sentía cansado y adolorido. Trató de ponerse en pie, pero quedó inmóvil al ver que nuevamente el perro se acercaba gruñendo.

Si me ataca otra vez ya no resistiré y moriré aquí junto a este hijo de puta, pensaba Alan tratando de analizar la situación, fue entonces cuando localizó el revólver sostenido por la mano del viejo. Al retirarla, Alan notó una herida causada por algún insecto ponzoñoso, como un alacrán...

Al final no fue necesario disparar, el veneno hizo todo el trabajo.

Justo cuando retiraba el arma del cadáver, el perro se abalanzó contra él, pero el joven fue preciso y logró retirarlo con el pie. El sabueso cayó y antes de levantarse, Alan alegó con el revólver en la mano apuntando:

— ¡Detente!

Lo tenía a tiro pero no deseaba disparar, el perro se calmó un poco, a pesar de seguir gruñendo.

Alan temblaba. Relajó los hombros y disparó.

Pero no disparó contra el animal. La bala se impactó a su lado, sobre el húmedo suelo, así escapó aturdido por el ruido.

La tensión bajaba, pero aún quedaba el asunto de la herida que el perro le hizo sobre su cuello. Rápidamente y tropezando debido al mareo, entró en la cabaña.

Al estar dentro, no demoró en localizar la pequeña farmacia que guardaba cerca de su cama. Era una caja de madera y la esparció sobre el piso, buscaba algún antiséptico y algo que pudiera utilizar como vendaje, una vieja camiseta que tuvo que lavar en el baño. La destrozó en tiras y se las colocó alrededor del cuello, incluso encontró un par de pastillas para calmar el dolor de cabeza. ¿De dónde las habría sacado?

Se alegró bastante al ser golpeado por el aire fresco una vez tras haber salido de la cabaña. Respiró profundamente, y se precipitó a buscar la motocicleta, pero se detuvo de inmediato, contemplando el cadáver del viejo inerte sobre el suelo.

El joven Alan se inclinó para revisarle la billetera, el carnet de conducir ponía como nombre a un tal Rolland Benedict, en la fotografía se veía mucho más joven, se sorprendió al ver el resultado de la suma de las fechas en la identificación al lado de la fecha actual, aquel hombre era mucho más joven de lo que aparentaba, pues tenía tan sólo cuarenta años.

Soltó la credencial y la arrojó en dirección al río. No tenía por qué preocuparse, pronto gracias a los depredadores y la nieve, todo rastro de aquel enfrentamiento sería borrado.

Impaciente buscó la motocicleta, y la encontró detrás de la cabaña, en una especie de garaje. Al lado había una caja con herramientas, al parecer Roy estaba por desmantelarla. Regresó de nuevo con el cadáver para coger las llaves y preparar el portaequipaje.

Alan encendió el motor, sonaba un poco diferente, como si algo no anduviera del todo bien. Pero eso no le importó mucho al joven, lo único que realmente le interesaba era regresar nuevamente a la carretera.

Aceleró un poco más de lo normal por el antiguo camino de tierra, sorteó las mismas piedras, y sintiendo que había perdido algo muy importante junto con aquel cadáver, no precisamente algo material sino espiritual. El aullido de un perro se escuchó a lo lejos, sobre alguna colina, tal vez, provocándole que la piel se le erizara. Y sintió una terrible sensación de culpa en el pecho. Ese pobre animal estaría solo en aquel terrible bosque. Sin nadie que le protegiera.

Cuando menos se dio cuenta, ya había llegado a la carretera.

Aceleró aún más al tocar el asfalto, pero seguía sintiendo que el motor no le respondía igual que antes. No tardaría demasiado para verse en la necesidad de tener que repararlo.

No estaba seguro de la clase de peligros a los que enfrentaría, estaba por arrepentirse de no haberse llevado con él aquella escopeta, pero después de analizarlo, consideró que sería lo mejor pues así no tendría que buscarle un lugar apropiado para esconderla de la policía, que últimamente estaban tan estrictos con la seguridad sobre la carretera, que si le vieran por allí con semejante arma, no dudarían en arrestarle. De cualquier manera, no se había ido de la cabaña con las manos vacías, pues logró sacar de la caja donde almacenaba los medicamentos, un recién afilado cuchillo de cacería, que ahora esperaba pacientemente ser utilizado en el portaequipaje del vehículo.

Cuarta parte
Un lugar en el mundo

A causa de los recientes incidentes, el viajero tiene que parar a cargar combustible e intentar sanar las heridas, y sin darse cuenta llega a un extraño lugar. Pero una fatal conexión con el desafortunado Roy, le lleva a tener tras de sí a un detective audaz e implacable, al mismo tiempo que intenta reponerse.

Capítulo 19
Aquel rifle de alta precisión

Los primeros copos de nieve comenzaron a caer...

Los secretos que deberían ser escondidos, fueron cubiertos por la nieve, los depredadores sentían la presión al darse cuenta que las presas disminuían a causa del inmenso frío. Lo mismo ocurría en las carreteras y caminos, la nieve representaba un gran riesgo para automóviles pequeños, obviamente los grandes llevaban cierta ventaja, pero eso no impedía que sucedieran accidentes. El asfalto, en algunos casos se congelaba creando una fina capa de hielo, capaz de hacer inutilizables los frenos de casi cualquier vehículo.

Alejado de cualquier lugar, abrazando gran parte del país, una enorme tormenta de nieve amenazaba con caer de golpe sobre todos y todo. Pero aún faltaba algo de tiempo para que eso pasara.

El agua era hielo. Los ríos, lagunas, y presas, eran incapaces de abastecer los pequeños pueblos, y la gente tendría que verse en la necesidad de derretirla o acarrearla de algún depósito. Sin duda alguna, absolutamente todos los pueblos cercanos comenzaron a sufrir por la nieve, y lo que principalmente dañaba era el frío. Aquel viento helado que podía ser tan insoportable, que llegaría a congelarle la sangre a un ser humano si se lo propusiera.

El sonido de los coches cruzar por delante de un auto patrulla estacionado detrás de un cartel de pasta dental, era tan claro, a pesar de tener las ventanillas arriba.

Los oficiales de abordo, un par de obesos que

devoraban una caja de rosquillas, contemplaban el resplandor del sol sobre el capó y cristales de aquellos coches.

—Deliciosas, y creo yo, son las mejores rosquillas del condado —anunció uno de ellos.

—¡Diablos! —exclamó el otro—. Ya se terminó el café.

De repente el radio comienza a sonar:

—Atención a todas las unidades, tenemos una persecución en proceso, a dos kilómetros del cruce con la interestatal. El sujeto hurtó un coche deportivo y huyó a toda velocidad hace cuatro horas, escapó de la ciudad. ¡Repito, necesitamos apoyo de todas las unidades! El sospechoso está armado con un rifle de alta precisión.

—Mierda —el oficial piloto dejó a un lado la rosquilla—, tenemos que arrancar cuanto antes, ese hijo de perra no tarda en pasar delante de nuestras narices. Prepárate McRide, la acción llegó.

—Estoy listo Jim.

Ambos se calaron los anteojos y se prepararon para la persecución. Media hora mas tarde, el esperado automóvil pasó delante de ellos, color mostaza y pisando a fondo el acelerador.

—¡Es la hora, sujétate McRide!

Aquel policía conductor, de nombre Jim, aceleró hasta subir a la carretera, despilfarrando cientos de piedras pequeñas a su paso. En cuestión de segundos alcanzó al criminal, y con el altoparlante advirtió:

—Está usted bajo arresto, por favor detenga el auto y salga con las manos en alto —gritaba McRide, pero aquel hombre no pareció haber escuchado absolutamente nada y aceleró aún más—. ¡Escucha grandísimo hijo de perra! Detén el maldito automóvil, o te desplomaremos en una ráfaga de tiros.

—Parece que no entiende nuestro idioma —dijo Jim sosteniendo firmemente el volante.

—Veremos si entiende esto —McRide sacó debajo del asiento una escopeta y la cargó, en pocos segundos ya podía arremeter en contra de aquel criminal.

— ¿Qué diablos haces con eso? No puedes dispararle...

—Solo mírame. Le destrozare los neumáticos...

El coche perseguido llegó a una parte de la carretera donde pudo saltar al carril contrario, y comenzó a sortear los demás vehículos que se dirigían hacia él.

Jim continuó por su carril, tratando no perderle el paso. Ambos podían cruzar miradas, lo único que les impedía colisionar era una valla protectora de medio metro de altura, situada entre ambos carriles.

—Síguele el paso —advirtió McRide—, a un kilómetro hay un retorno y podrás dejármelo a tiro.

—Eres un loco si crees que haré eso —balbuceó Jim, las manos comenzaron a temblarle.

—Oye, si mal no recuerdo, tu eras el que siempre va por allí diciendo que quieres acción. Ahora es cuando, si dejas a ese hijo de perra salirse con la suya, quien sabe lo que podría suceder. ¿Un accidente, tal vez?

Jim lo pensó por unos instantes.

—Tienes razón —dijo al fin—. Acabemos con él...

En ese momento el criminal desvió su camino, para reemplazarlo por uno mas pequeño hecho de tierra que se alejaba de la carretera adentrándose por un bosque, justo al lado de la misma.

—Maldito bastardo —vociferó McRide—, ya está perdido. Sigue hasta el retorno y continúa la persecución por ese camino de tierra, ya no escapara.

Y así fue, aceleraron hasta el retorno y después por el camino, con rumbo al bosque, rápidamente los neumáticos apelmazaban la nieve, con mucho esfuerzo el auto patrulla avanzó por aquel camino de tierra.

McRide miraba por la ventanilla, todo el bosque

era una enorme y blanca llanura, los árboles no tenían hojas lo que hacía que parecieran enormes percheros. La nieve seguía cayendo, alrededor del auto se formaban pequeñas montañas de hielo de treinta centímetros de altura.

—Mira eso Jim —McRide veía algo a lo lejos—, parece que es una cabaña sobre esa colina. Dejemos el vehículo aquí. De cualquier forma no podemos seguir avanzando.

Ambos bajaron de la patrulla. McRide llevaba consigo la escopeta y rastreaba con la mirada los alrededores, tratando de encontrar al criminal. Pero no se veía absolutamente nada fuera de lo común, todo aquello estaba en total calma, prácticamente sombrío, un tanto tenebroso.

Los oficiales avanzaron sobre la gruesa capa de nieve. Un paso a la vez, y con gran dificultad, sintiendo como las botas todoterreno tocaban la superficie del suelo.

—Es un poco complicado caminar por aquí —decía Jim—. ¿Qué opinas?

McRide notó a varios metros por delante, el automóvil color mostaza del ladrón, con la portezuela del conductor totalmente abierta, y un pequeño rastro de huellas alejarse del sitio.

—Avanzó por allí —dijo McRide levantando la escopeta y señalando las pisadas frente a ellos.

—Ten mucho cuidado —advirtió Jim—, según el reporte del radio el cabrón lleva al hombro un puto rifle de alta precisión. Por Dios. ¿Qué es eso, frente a la cabaña?

Al acercarse descubrieron un pie a medio sepultar por la nieve. Jim comenzó a cavar, retirando la escarcha con la mano, y sin esperarlo descubrió el cadáver de un hombre viejo.

— ¿Qué fue lo que sucedió aquí? —McRide estaba confundido, girando la vista, tratando de cubrir totalmente el terreno a su alrededor—. No creo que ese hijo de perra sepa algo de este pobre infeliz.

Jim contemplaba el cuerpo congelado a sus pies.

—Parece que fue asesinado —decía mientras examinaba el pecho del cadáver—. Y creo que el asesino no se tomó las molestias de sepultarlo, por que la nieve ya se encargaba de eso. Lo cual significa que no fue hace mucho cuando perdió la vida. Tal vez alrededor de una semana...

Y justo cuando McRide notaba una exagerada cicatriz sobre la mano del viejo, el impacto de una bala se escuchó al lado de él, un seco impacto sobre la nieve. Ambos miraron el pequeño agujero que había dejado la bala. El aire zumbó nuevamente, y un segundo disparo fue realizado desde un punto alejado, esta vez la bala alcanzó a McRide, perforándole los pulmones y alojándose dentro de ellos, el oficial se derrumbó inmediatamente hacia atrás.

—Maldito hijo de perra —vociferó Jim.

Los disparos continuaron presentándose. Jim trató de esquivarlos cuando se puso a cubierto tras un árbol. Las balas destrozaban el tronco del mismo, arrojando pequeños trozos de madera. No podía defenderse, hasta que vio la escopeta a dos metros de distancia.

Si logro alcanzarla tal vez pueda volarle la cabeza en mil pedazos, pensaba Jim.

Pero el criminal estaba atento a cualquier movimiento que el policía hiciera. Y aquel rifle siempre cargado, no era bueno disparando, pero la precisión del arma le ayudaba a compensar la mala puntería. Además de que las balas eran de buen calibre .22 con el doloroso impacto, Jim no sabía que hacer, y entendió que ese podría ser su fin, con el descubrimiento del cadáver, su compañero muerto por los pulmones perforados, y aquel frío que no hacía mas que empeorarlo. Fue cuando lo comprendió, el frío le ayudaría, la nieve para ser precisos.

Dio un gran salto hasta alcanzar la escopeta,

parecía fácil, pero no lo era. El criminal disparó y consiguió darle, destrozándole el hombro izquierdo. La sangre del policía salpicó la nieve delante de él. Pero no lo mató, inclusive le indicó el punto donde se encontraba escondido. Cogió la escopeta con firmeza, aún sabiendo que la fuerza del disparo terminaría acabando por completo con el resto del brazo. Apuntó al tórax, y jaló el gatillo.

La lluvia de munición alcanzó el cuerpo del criminal, quién falleció al instante mostrando sus últimos y macabros espasmos, cómo una especie de ataque convulsivo alrededor de una silueta de sangre sobre la capa de nieve.

Jim regresó con las fuerzas que le quedaban hasta el auto patrulla. Una hora más tarde las ambulancias llegaron. Gracias al frío de la nieve donde Jim metió el brazo, la sangre dejó de perderse.

El asunto del cadáver fue lo más impresionante. Se descubrieron rastros de que una motocicleta había salido desde la cochera de aquella cabaña. Y que posiblemente el viejo había sido asesinado, pues también se encontraron casquillos de un revólver, sangre de un segundo hombre, la cual podría examinarse para descifrar a quien pertenecía, y una escopeta de cañones recortados.

Un policía se acercó a Jim. Tenía algunas preguntas para él.

—¿Exactamente en que posición encontraron el cuerpo del viejo? Oficial —decía el policía.

Jim se confundió y se molestó un poco al ver el tono de voz con el que aquel hombre hablaba, levantó la mirada para responderle:

—¿Y usted quien cree que es, para que yo le responda?

—Es el detective Thomas Henson —respondió un policía tras el.

Jim trató de levantarse, disculpándose y decidido a

responderle todas y cada una de las preguntas que Thomas quisiera hacerle.

Después de veinte minutos, subieron el acantilado hasta llegar al sitio desde donde el criminal disparaba, su cuerpo había quedado irreconocible, el rostro fue quien sintió el impacto de la munición lanzado por la escopeta, pequeños orificios, unos más grandes que otros. Pero lo que llamó la atención de Thomas fue sin duda alguna, ese rifle. Increíblemente parecía un simple rifle del calibre .22 pero la mira no era tan simple, ese criminal logró modificarla para ser capaz de asestar, incluso a varios cientos de metros, sin importar el calibre de la bala.

Para la mala suerte de Alan, ahora debería preocuparse de que la policía lo buscara. Lamentablemente el joven Alan tenía heridas de bala y la mordedura de un perro. Debería ocultar la evidencia lo antes posible.

A partir de este momento, el oficial Jim Harris, ya no aparecerá. Y para describir que fue de aquel hombre que, de último momento decidió portarse valiente y enfrentarse al criminal, resumiré lo que fue del resto de la vida de aquel policía. Quién recibió honorables reconocimientos, pero terminara muriendo por un disparo en la cabeza, cuando intentaba arrestar a un par de criminales que trabajaban para Hopper Wallace, cerca de una estación de gasolina. Dejando a su esposa y a sus dos hijas, completamente solas, y con grandes deudas en el banco, provocándoles perder su casa, teniendo que salir del país en busca de trabajo, y rastrear una casa más económica. La madre tuvo que sufrir, pero juntas lograron salir adelante.

Tuvo que ser Jim quién diera la noticia del deceso que sufrió McRide, a su familia. La esposa soltó el llanto, sus tres hijos pequeños, uno de ellos tan solo un bebé de brazos. Todos ellos teniendo que preparar el funeral, al cual asistió gran parte de los oficiales de policía. Se les consideraba grandes héroes.

Todo provocado por un ser despreciable que se mantenía en el anonimato, a quien sólo pocas personas le conocían como Hopper...

Capítulo 20
Sanando las heridas

La maltratada motocicleta de Alan sonaba un poco distinta, y el joven ya lo había notado. No estaba seguro de que era lo que ocasionaba aquel repentino cambio, pero sospechaba que aquello le atraería problemas.

Aunque por el momento, lo primordial sería conseguir agua oxigenada, algún antiséptico, unos cuantos vendajes, antiinflamatorios musculares, y unas malditas pastillas para calmar el dolor.

Mientras conducía, apreciaba al lado del camino, un conducto de agua que corría en la misma dirección que él, de al menos metro y medio de profundidad, aunque no llevaba demasiada agua, ya que podía verse la superficie del fondo en el conducto.

Un kilómetro más y observó al lado de la carretera, sin dejar de acelerar, un gastado letrero que anunciaba una gasolinera a cien metros de distancia, y en dicha gasolinera había una tienda, aquellos pequeños autoservicios que suelen tener muchas gasolineras hoy en día.

Alan se alegró, pues aunque la herida del cuello había dejado de sangrarle, el dolor y hasta una posible infección seguían al acecho.

Sintió una suave caricia de frío al tomar una curva pronunciada, mientras bajaba un tramo de carretera que cruzaba por una enorme montaña, y justo al terminar de bajar, logró observar con total claridad el enorme letrero, que señalaba donde estaba situada la estación de gasolina.

Sonrió despreocupado. Y comenzó a reducir la velocidad hasta detenerse totalmente, delante de una de las cuatro bombas de gasolina.

—¿Tanque lleno? —preguntó el empleado mientras preparaba la manguera, retirando el seguro y marcando la cantidad deseada.

— Claro que sí, como de costumbre —bromeó Alan. El empleado reía a carcajadas, pues él jamás le había visto en su vida.

Mientras el depósito era llenado, el joven Alan miró delante al pequeño autoservicio. Esperaba con ansia encontrar en él, lo que tanto necesitaba. Cuando el empleado terminó de llenar el tanque de gasolina, Alan buscaba el gafete para agradecerle por su nombre. Bryan Isaacs.

— ¿Sabes por casualidad, Bryan, si venden agua oxigenada en aquella tienda?

Alan mostró la herida.

— ¡Pero valla mordedura! —Bryan se sorprendió—. No se preocupe por el agua oxigenada, que seguro encuentra eso y hasta unos buenos vendajes. El dueño no quería vender esa clase de cosas, pero al ver como las mordeduras de víbora y piquetes de insectos eran tan frecuentes, decidió al final abastecerse hasta el cuello del botiquín de primeros auxilios. Por que déjeme decirle, que tenemos la mala fortuna de tener los alacranes más peligrosos de todo el país. No es sorpresa que muera tanta gente a causa de ellos.

Después de pagar la cuenta de la gasolina y agradecerle al amable Bryan por sus servicios, estacionó la motocicleta sobre la acera, al lado de la estación, bajo un gran árbol de naranjas, y ocultó perfectamente el revólver y el cuchillo en los portaequipajes laterales. Se encaminó hacía el comercio de carretera, no era tan grande cómo creía.

Ding dong, se escuchó el timbre de aviso para el vendedor al entrar por aquella puerta giratoria de cristal. El piso de mármol y las estanterías color café claro combinaban entre sí, el techo a base de madera ocultando perfectamente el aire acondicionado, pintado de azul claro, y los refrigeradores al lado del revistero cerca de la entrada principal.

Para Alan, aquello estaba perfectamente bien ordenado. Había bastantes repisas, papas fritas, bebidas sin refrigerar, y lo que llamó mas la atención del joven; una zona dedicada únicamente a los artículos básicos para una aventura a la intemperie, los cuales eran, algunas botas y ropa de camuflaje, hieleras, comida enlatada y leche en polvo, inclusive vendían armas de las cuales la licencia, registro o algún permiso fueran innecesarios. Y lo que decidió comprar solo con verlo, una tienda de campaña, algo pequeña pero donde se protegería del frío, o la lluvia, cual sea el caso.

Trató de encontrar rápidamente el botiquín médico, justo detrás del cajero, sobre un mueble con bases de cristal se podía diferenciar los vendajes de ungüentos, inclusive algunos remedios contra picaduras.

—Es una gran mordedura la que tiene allí, señor —dijo el cajero señalando el cuello de Alan—. Déjeme atenderle. Tome asiento en aquella silla de la esquina.

Rápidamente tomó agua oxigenada de la repisa y comenzó a limpiarle la herida cuidadosamente, mientras preparaba una jeringuilla con la vacuna antitetánica para evitar que se le infectara el oído, pues el disparo era demasiado evidente por más que Alan tratara de ocultarlo. Tardó alrededor de quince minutos, en lo que dejaba lo que hacía para atender a la gente que entraba.

Los vendajes le cubrían el cuello por completo, y le había colocado un gran algodón sobre la oreja, le inyectó la vacuna contra el tétano, y le dio pastillas contra el dolor y para bajar la hinchazón.

—Eres bueno haciendo esta clase de cosas— anunció Alan agradeciendo las atenciones—. ¿Quién te enseñó lo que sabes?

—Cuando se dieron cuenta de la cantidad de personas que se accidentaban en la carretera, los insectos que residían por aquí, las enfermedades que se originan en épocas heladas, y el resto de peligros que aguardan estos caminos —el joven cajero asintió preocupado—. Se levantó una campaña, no hace mucho, intentando abastecer todo a los comercios de carretera de los alrededores, buscando también capacitar a los vendedores para que supieran administrar vacunas contra venenos y algunas enfermedades comunes de la región. Nos enseñaron los primeros auxilios, yo hasta aprendí a enyesar brazos, piernas, y tratar cualquier mordedura. ¿Por cierto, cómo te hiciste la que llevas allí?

—Es una larga historia —sonrió el joven Alan acariciándose el cuello—. Fue una buena idea aquella campaña. ¿No crees?

—Fue una excelente idea, mal ejecutada —el cajero desvió la mirada hacia la carretera. Un vagabundo esperaba del otro lado, con la ropa desgarrada y un asqueroso olor a mugre, del cual no podrías acercarte a menos de tres metros sin querer vomitar—. Cuando ocurre algo que pudiera beneficiar al ser humano, son ellos mismos quienes se encargan de convertirlo en algo dañino. Toda esa libertad de medicamentos, creó un enorme mercado negro y a un grupo todavía más grande de adictos.

Alan tragó saliva, veía al pobre vagabundo de la carretera y sintió repulsión.

—Lo bueno fue que aprendí a ayudar a los pobres desafortunados —continuó el cajero— en su travesía por ese largo camino.

—Y yo te lo agradezco, querido amigo.

Alan estrechó la mano de aquel buen muchacho y después salió de vuelta a la estación de gasolina. Su motocicleta aguardaba bajo aquel árbol. No pudo resistir la tentación, y decidió tomar reposo algunas horas debajo de la acogedora sombra, con la motocicleta a su diestra como si le custodiara un poderoso león.

El sol se ocultaba lentamente, y comenzaba a caer un viento helado sobre la carretera, recubriéndolo todo a su paso.

Una hermosa mujer con una pequeña falda pegada a su piel, delineando a la perfección sus cautivadoras y bien torneadas piernas, además de vestir una pequeña y llamativa blusa de tirantes blanca, se acercaba lentamente a la motocicleta de Alan, y después se inclinó curiosamente para admirarle los vendajes, al hacerlo, el cabello se dejó caer en un efecto de cascada hasta cubrirle el escote que perfectamente creaban sus suaves pechos.

Alan despertó gracias a aquel tierno perfume que despedía la hermosa mujer. Confundido miraba alrededor, buscando su motocicleta, pero lo que llamó su atención fue la mujer delante de él.

—Hola —dijo mientras sonreía—. ¿Cuanto tiempo llevas allí de pie?

—Me llamo Liliana Farsi —contestó la dama—. Tú puedes decirme Lili, pues todos aquí lo hacen...

Toda la estación de gasolina se había transformado por completo. Increíblemente se asemejaba mucho a una especie de club social, los coches llegaban por pares, el estacionamiento de gasolina estaba hecho un total caos, con todas las bombas de gasolina repletas. El joven miró hacia la carretera, la noche había ennegrecido cada centímetro del camino, y de no ser por los vehículos que cruzaban de vez en cuando por allí, sería como si no existiera carretera alguna.

—Impresionante —anunció Lili tendiéndole la mano al joven para que se levantara—. ¿Que te parece nuestro negocio de prostitución?

Alan desvió la mirada hacia el otro lado del establecimiento, cerca de la última bomba de gasolina, estaba un lujoso sofá, y sobre el cual estaba sentado un hombre de aspecto misterioso, a su lado dos mujeres, una de ellas mas vieja que la otra, pero ambas lucían despampanantes.

Dedujo que aquellos deberían ser los dueños.

Lo que sorprendió al joven Alan, fue sin duda el aspecto del hombre sentado en el sofá. Pues cargaba consigo una mirada triste y cansada, de quién lleva demasiado tiempo haciendo un trabajo arduo, un cuerpo esbelto, y rostro cadavérico que fácilmente podrían aterrar a cualquier forastero. Pero sin duda, daba la impresión de ser una persona muy astuta.

—Ven conmigo —dijo Lili después de poner en pie al joven—. Te presentaré a mi jefe, Liam James. Y a sus compañeras, Melinda Fisher la mayor, y Angélica Fisher, su hija...

Capítulo 21
Tom

En un hotel de paso, cerca de los limites de la ciudad, una habitación había sido alquilada. Era un cuarto de bajo costo, cuatro hombres lo pagaron. Tres de ellos trabajaban en el caso del criminal que fue asesinado por el oficial Jim Harris hacía dos días. El cuarto sujeto, era de los mejores detectives que el estado pudiera ofrecer. Thomas Henson, quién se dedicó a inspeccionar el curioso rifle modificado, aquel de perfecta precisión que sirviera para matar al policía McRide, y a tres personas más antes de la persecución.

La noche ya había caído, todos ordenaron café y algunas galletas. Cenarían mientras continuaban con la investigación.

— ¿Cómo sigue tu esposa Seth? —preguntaba uno de ellos, era una plática entre los tres hombres sentados al fondo, alrededor de la mesa junto a la puerta de salida y la única ventana.

—Bien, pero ya no toma licor ni prueba bocado de algún embutido —respondió aquel hombre alto y robusto llamado Seth—. Creo que unos cuantos días más, y se pondrá mucho mejor.

El tercer hombre asintió con la cabeza, y todos regresaron al bulto de papeles sobre la mesa, para que las pruebas comenzaran a ser ordenadas.

Mientras tanto, Thomas trataba de liberar las lentes del resto de la mira, el rifle ya había sido desmontado. Se podía diferenciar la calidad del trabajo realizado sobre esa mira, por que ya sea en un día soleado o con la peor tormenta de nieve, estaba garantizado que los cristales no se empañarían y protegerían a la perfección de cualquier rayo solar. Además, tenía en los laterales tres tornillos muy suaves, para orientar la dirección hacía los lados, ajustar la altura, e incluso el viento. Fácilmente maniobrable, todo aquello constituía una mortífera y precisa arma.

De inmediato, Thomas comenzó a tomarle cariño. Recordó un arma que le obsequiara su padre antes de morir. La nostalgia le llegó de golpe, su único compañero en la vida, y gran amigo...

— ¿Todo está bien Tom? —preguntó Rich, el hombre mas callado de la habitación.

—Si amigo —contestó Thomas tratando de esconder sus verdaderos sentimientos—, todo está bien.

El sonido de una sirena, posiblemente alguna ambulancia, se escuchó pasar rápidamente por la carretera, a tan sólo quince metros de la habitación de hotel. Los accidentes eran más comunes conforme avanzaban los días, haciendo que la carretera fuera más peligrosa de lo normal.

Tom continuó la investigación, esta vez revisaba el archivo con el nombre Rolland Benedict, no demoró mucho y rápidamente se enteró en qué situación había estado Roy, orillado a vivir como ermitaño solo en esa vieja cabaña, y haber muerto así, casi ser sepultado por kilos de nieve, y para colmo la pista de las marcas de neumáticos.

—Mira esto Tom —decía Hall, el cuarto miembro del grupo y el mas joven, sostenía los resultados de la autopsia—. ¿Que opinas?

En dichos documentos ponía una hora además de la fecha exacta del deceso. Rápidamente Thomas recalculó mentalmente para cuestionarse cuanto tiempo llevaban las marcas de neumáticos.

—Realizaremos una búsqueda —dijo al final de hacer los cálculos—. No es oficial, pero tengo el presentimiento que la motocicleta que buscamos no se alejó demasiado de aquella cabaña. Si recuerdan bien, había un pequeño rastro siguiendo ambos neumáticos, además de que podía percibirse un ligero aroma a gasolina. Esto último no es tan preciso como el rifle —señaló el arma sobre las sábanas—, pero creo que la motocicleta está fallando, pensé en que aquel rastro provenía del líquido de frenos, pero si hubiera sido eso...

—La motocicleta no habría avanzado tanto —interrumpió Rich.

—Incluso hasta podría haberse accidentado —reanudó Thomas—, y dado que no se han dado accidentes en los que una motocicleta, de las características que concuerden con la que buscamos, este involucrada en alguno de ellos, puedo atreverme a decir que tal vez la falla estuviera en el tanque de gasolina. Así, seguiría avanzando pero tendría que detenerse con frecuencia, para llenar el depósito.

Todos en la habitación se miraron pensativos.

—Creo que lo mejor será —alegó Seth— comenzar a preguntar en las gasolineras por la motocicleta, tiene una falla con el tanque, o con cualquier otra cosa, pero la falla está presente. No debería ser difícil averiguar algo en dichos establecimientos.

—Muy bien —dijo Thomas al dar por terminada la charla—. Mañana a primera hora del día realizaremos la búsqueda. Nos dividiremos para cubrir terreno, y por ahora, descansen compañeros.

—Que duermas bien Tom —respondieron todos.

Capítulo 22
Al anochecer

Sobre un acantilado, un grupo de coyotes se agruparon para producir una orquesta de aullidos, a la luminosa luna llena. Con afilados colmillos y feroces ojos, gruñían unos a otros tratando de mostrar lo peligrosos que eran.

Seguidos de unas cuantas peleas, la sangre no se hizo esperar, y se presentó de manera inmediata manchando el seboso pelaje de los animales. Dos de ellos, realmente enfurecidos resaltaban entre la jauría.

Las miradas de esos animales demostraban rencor. Y sin pensarlo mucho, en cualquier cosa que piensen los coyotes antes de pelear entre sí, ambos colisionaron derribándose sobre la nieve y destruyendo la pacifica y suave capa de hielo, que estaba de sobra en aquel acantilado.

Tanto fue su coraje, de ambos animales, en ese momento que ninguno de los dos se percató de lo cerca que estaban a la orilla del precipicio. Todo el resto de la jauría lanzó un fuerte y coordinado aullido, capaz de levantarse sobre el resto del frío bosque en aquella noche de invierno.

Ambos coyotes resbalaron, y terminaron cayendo hasta estrellar sus cuerpos contra las afiladas rocas del fondo.

El acantilado más peligroso de toda la región, sin duda alguna.

Varias corrientes de aire bajaron a toda prisa por la vertical caída libre, perdiéndose entre árboles y rocas hasta llegar a la carretera. Cada vez eran mas débiles y comenzaban a ser simples resoplidos, alientos de frío viento helado, que desaparecieron hasta terminar siendo una suave brisa que acarició el cabello de Alan Jackson, mismo que se acercaba a su encuentro con Liam.

Con cada paso que daba, Alan se aseguraba de no correr peligro alguno, y debido a que jamás había visto a una sola persona de las tres que estaban sentadas en aquel sofá, decidió no confiar demasiado en Liliana Farsi, la dama que lo acompañaba.

—Te agradarán —decía Liliana, después de sujetarse del brazo de Alan—, o por lo menos eso creo.

—Hola pequeña —dijo Liam al levantarse del sofá y dar un beso en la mejilla a la joven—. ¿Has dormido bien el día de hoy?

La figura y rostro de Liam habían cambiado mucho en estos últimos veinte años. Era mas delgado y viejo, se podían notar arrugas alrededor de sus ojos, las noches despierto le habían hecho adecuar su cuerpo a solo dormir por el día, los excesos con drogas, licor, y mujeres, le fueron consumiendo para dejarlo en aquel hombre de aspecto demacrado. Vestía una camiseta blanca y vaqueros azules, llevaba unas elegantes zapatillas deportivas en color negro y un flamante reloj de pulsera que le había obsequiado un cliente hacía ya una semana.

—He dormido de maravilla —la mujer que sujetaba el brazo de Alan sonrió—. Mira, te presentó a mi buen amigo, se llama Alan y está recorriendo el país en su motocicleta.

—Increíble —Liam examinó al joven con la mirada, le pareció agradable a primera vista—. Pierde ese miedo, no seas tímido. Angie, acércale una silla a nuestro invitado.

Una hermosa mujer de largo cabello lacio y grandes mejillas, se apresuró a conseguir una silla. Llevaba consigo un collar plateado, con un pequeño crucifijo de oro blanco de veintiún kilates, que le obsequiara un cliente enamorado. Un vestido negro de tirantes muy corto, dejando al descubierto unas grandes piernas. El escote tenía un adorno de tela alrededor, despertando la impresión de curiosidad en cualquier persona que la mirara. Llevaba puesto también, un discreto maquillaje, rimel sobre sus largas y curvadas pestañas, delineador debajo de sus maravillosos ojos, rubor sobre sus grandes mejillas, mismas que cualquiera desearía besar durante largo tiempo. El negro color de su cabello resplandecía con la brillante luz de la luna, como el reflejo cristalino de cientos de estrellas sobre el agua en total calma de alguna laguna. Y sus labios, sin lugar a duda la mejor parte, una boca tierna que hacía juego con su cara y mirada que llevaba de alegría y esperanza a quien le dirija la mirada, con grandes labios cubiertos por una fina capa de labial color rojo intenso. Era muy bien parecida y la mas provocadora del lugar, a pesar de no tener una actitud provocadora como el resto de las mujeres. Así era Angélica Fisher, con sus veintiún años cumplidos.

Alan se sentó, no era como si estuviera delante de alguien que le ofreciera empleo y tuviera que entrevistarlo, se trataba más bien de una charla entre viejos amigos.

— ¿Así que viajando al otro extremo del país? —Decía Liam prestando toda la atención en él— esa es una larga travesía.

—Ya lo creo que sí —afirmó Alan—, me han sucedido muchas cosas en un tramo tan corto.

—Espero que nada fuera de la ley —encendió un cigarrillo, y ofreció la cajetilla al joven, quién la rechazó cortésmente—. Aunque así fuera y quisieras mantenerlo fuera de nuestra incumbencia, creo que lo mejor sería que ocultaras esa grandiosa motocicleta de la vista del mundo.

Liam señaló el vehículo justo frente al establecimiento, a plena vista de cualquiera que cruce la carretera en esos momentos.

—Es decisión tuya —continuaba Liam— pero te recuerdo que esto no es precisamente una casa de monjas o un monasterio. Aquí la presencia policiaca es demasiado frecuente, y por lo que vi en tu motocicleta, te conviene creerme y ocultarla. En aquel garaje puedes guardarla, incluso si lo deseas, puedes dormir en una habitación. Detrás de la tienda que vez allí, donde seguramente compraste lo que llevas en el cuello, está situado un pequeño hotel. Los cuartos son cómodos, y por que me agrada tu presencia, no te cobraré. ¿Qué te parece?

Alan sonreía. Tal vez era la manera de hablar del hombre o su despreocupada forma de observar el panorama delante de él, pero por alguna razón sentía comodidad al hablar con Liam.

—¿Revisaste mi motocicleta? —Alan desvió la mirada hacia Lili—. ¿Tú lo sabías?

—No es obvio —Liam miraba al joven mientras buscaba detrás del sofá un viejo sombrero vaquero— ¿dime que harías tú, si un sujeto extraño llegara en una gran motocicleta, con el cuello sangrando y la oreja perforada por un disparo? Además tenía razón en husmear en tus cosas pues gracias a ello encontré un arma. ¿Para que quiere un revólver, un viajero como tú? Y por lo visto ha sido utilizado no hace mucho...

Las cosas alrededor se veían obscuras, y no solo por el hecho de ser una noche fría y melancólica, sino también por que los secretos que ocultaba ese lugar podrían llegar a ser demasiado peligrosos. Aquel joven no conocía a nadie de ese lugar, del cual la primera impresión fue buena, conoce al sujeto que le atiende cuando llenaba el depósito de gasolina, después al que le apoya a curar las heridas y le administra las inyecciones necesarias, todo bien hasta que anochece y el sitio deja de ser calmado. Alan se atrevió a preguntar a sabiendas de que la respuesta sería obvia:

—¿Qué clase de lugar es este?

—Es la mejor "casa de citas" de toda la región —respondió Lili esbozando una leve sonrisa.

De pronto un trailer blanco llegaba por la misma dirección en la que venía el joven cuando llegó al establecimiento. Se podían escuchar los sonidos producidos cuando frenaba para estacionarse a una distancia considerable de Liam, quien giró la cabeza para ver quién llegaba y al oído susurraba algo a la misteriosa mujer que estaba a su diestra:

—Llegó Marco, ya sabes que hacer, prepárala bien y rocíale el perfume que tanto le gusta a él.

Lili se despidió del joven Alan y le siguió el paso a la misteriosa mujer.

—Obviamente esto es un prostíbulo —continuó Liam—. Normalmente no hablaríamos con ningún extraño sobre esta clase de cosas, pero eres diferente. No sé por que pero me da la impresión de que puedo confiar en ti, y te lo digo en serio, yo no acostumbro a seguir lo que mis instintos me dicen —desvió la mirada hacia el horizonte—. Mis instintos siempre se equivocan.

Del trailer bajó un hombre calvo con la ropa muy sucia, llevaba shorts deportivos negros y se veía obligado a utilizar lentes con aumento, con una playera blanca manchada de grasa y aceite del motor. La extraña mujer se acercó, Lili la acompañaba del brazo.

—Buenas noches señora Fisher —saludó el hombre calvo del trailer—. ¿Cómo ha estado?

—Bien, hasta el momento todo marcha viento en popa —respondió Melinda Fisher.

—Luce deslumbrante esta noche con ese vestido rojo que lleva puesto, si aun estuviera disponible créame que no dudaría en llevarla a mi habitación.

Melinda sonrió sin interés y entregó a la joven Lili.

—Prometo entregársela en una sola pieza —el hombre soltó una enorme carcajada y se alejó rumbo a la zona de habitaciones.

Alan observaba con repulsión aquel panorama, la joven Lili le había parecido realmente una mujer muy tierna y agradable, no se hacía a la idea de imaginársela teniendo relaciones con ese asqueroso sujeto. Observó a Liam con algo de coraje mientras se preguntaba para sus adentros lo que estaba sucediendo, lo extraño que sonaba todo aquello, y lo asqueroso que era.

Estaba por amanecer, Alan se despidió de Liam y llevó la motocicleta al garaje. Después se encaminó hacia su habitación pasando por el cuarto donde dormía Lili, en el acto salió de dicho cuarto el hombre calvo del trailer caminando un poco mareado con dirección a su vehiculo. Dejó detrás la puerta entreabierta. El joven no resistió mirar dentro, allí estaba la hermosa mujer con el trasero al descubierto. Dormía placidamente, y era lógico pues estaba demasiado cansada.

Alan cerró lentamente la puerta y se dirigió a su dormitorio, estaba asqueado de ver aquel panorama.

A lo lejos, Angélica Fisher miraba al joven y se sorprendió de ver como el joven no intentaba entrar en la habitación para acostarse con Lili, era muy raro pues normalmente Lili conseguía que cualquiera que cruzara por su dormitorio quisiera entrar y tener relaciones con ella.

Angélica sintió curiosidad por Alan.

Faltaba poco tiempo para que amaneciera en aquella gasolinera, y el rastro del prostíbulo había desaparecido por completo. Los primeros automóviles del nuevo día comenzaban a hacerse presentes, llenando sus tanques atendidos por el joven Bryan Isaacs.

En esos momentos se puede ver llegar un auto deportivo negro de dos puertas, no precisamente un último modelo pero daba a relucir su majestuosa elegancia.

El automóvil entra por el andén principal, Bryan se

toma la molestia de saludar, pero aquel conductor hace no le presta atención y siguió manejando hasta la parte trasera del autoservicio, donde se encontraban las habitaciones y la cochera, el auto aparca dentro de ésta y apaga el motor.

La puerta del conductor abre, del interior surge un sujeto de cuerpo esbelto y mirada seria, con un rostro afilado, cejas delineadas, camisa blanca y una fina barba alrededor de la boca. Veía desprevenidamente fuera de la cochera, lucía cansado, había pasado la noche entera recolectando a las prostitutas que terminaban en algún hotel de los alrededores, e inclusive a orillas de la carretera. Revisó los asientos traseros del automóvil, tres jovencitas dormían plácidamente unas sobre los hombros de otras.

—Despierten ya —dijo al abrir deslizando el asiento hacia adelante para que salieran del coche—. Hemos llegado ya, felicidades por lo de hoy pues permítanme decirles que fue una noche demasiado productiva.

—Gracias Dizzy —respondió una de las chicas refiriéndose al conductor— pero de no ser por los clientes que tú mismo has conseguido, no hubiésemos terminado con tan buenos resultados.

—Dejen ya de halagarme, que yo solo hice lo que debería. Pero anda, en marcha todas a descansar esos culos, que esta noche promete ser mejor...

—Mira que si no fueras homosexual —anunció la mujer con menor edad de las tres chicas, despidiéndose de Dizzy— yo misma te llevaría a mi cama, por que créeme que aún tengo suficientes fuerzas como para satisfacerte, querido.

Todos rieron y se encaminaron cada quien a su respectiva habitación.

Dizzy cruzó el umbral de su cuarto.
Al encender la luz, su mirada dejo de ser alegre y

sufrió un cambio radical, ahora lucía triste y desconfiado. Observando con anhelo un retrato de su viejo amor Brendan, sobre la mesita de noche al lado de la cama, haciéndole sentir la necesidad de salir huyendo.

Aun extrañaba a su amante, y estaba seguro que Liam lo había asesinado, en una ocasión estuvo a punto de vengarse tratando de quemarlo junto con la gasolinera. Organizó durante largo tiempo algún método para lograrlo, tratando de que solo estuviera él, pero se arrepintió después de enterarse de una cosa que lo cambiaría todo.

Dizzy terminó enamorándose de Liam, y aunque sabía que lo que sentía por él jamás terminaría en ninguna parte, de algún modo se sentía feliz de saber que estaba cerca de ese hombre.

Todo el asunto del enamoramiento, surgió de aquella ocasión en la que intentó quemarlo, Liam obviamente no sabía que el responsable era su jefe de seguridad, y como el asunto salió mal, Dizzy terminó bajo varios kilos de escombro. Liam no pensó demasiado y se arriesgo para salvarle.

Al final, optó por dejar de intentar matarlo, por que en resumidas cuentas, ambos eran solitarios. Estaba al pendiente de que mantenía una relación nada más que sexual con Melinda Fisher, pero no tanto como para amarla, y por esa razón no estaban disparejos. Pero dejando de lado eso, ninguno de los dos tenía algún lazo que lo atara de manera emocional con otro ser vivo.

Y mientras eso siga así, pensaba Dizzy soltando un gran bostezo, no hay razón para vengarme.

Se recostó con todo el rencor que tenía acumulado y mirando el retrato de su amado Brendan, durmió profundamente.

Capítulo 23
La visita

Amaneció.

Alan Jackson descansaba plácidamente en su habitación, cuando sin avisar, el delicioso aroma a café recién hecho despertó en sus sentidos cierta satisfacción. La cama era cómoda, comparada con la acera del día anterior cuando tuvo que dormir a la intemperie, en la gasolinera. A decir verdad, llevaba ya varias noches sin dormir en una cama decente.

Abrió los ojos lentamente y dio un fuerte sobresalto.

—¿Qué haces aquí? —preguntó confuso al ver que la joven Liliana estaba sentada a la orilla de la cama sosteniendo una taza de café.

—Estoy disfrutando de la vista —contestó ella mirándole el atractivo pecho que llevaba el joven al descubierto, después acercó la taza a la boca de él— ¿Quieres un poco? Está delicioso…

Alan bebió un sorbo, pero lo alejó de inmediato señalando lo caliente que estaba. La lengua se le quemó y se recostó nuevamente.

—Angélica me comentó hace unas horas algo que vio durante la noche —señaló Lili dirigiendo una mirada discreta hacia el joven—. Dijo que notó que te diste cuenta cuando salió Marco de mi habitación después de tener relaciones conmigo. Pero lo extraño fue que, al ver la puerta abierta, no aprovechaste la oportunidad. Si era por que no tenías dinero suficiente para pagarme, recuerda que Liam dijo que cualquier cosa correría por su cuenta, y en realidad se refería a cualquier cosa.

—No es eso…

—Entonces, si es por que no aceptas caridad de él.

Te digo de antemano que somos libres de elegir a quien cobrarle por nuestros servicios.

—¿Quieres decir que te acostarías conmigo solo por que se te antoja? —Alan se ruborizó.

—No es que se me antoje —Lili desvió la mirada hacia la puerta, comenzaba a ponerse nerviosa—. Si tú no quieres, no puedo obligarte.

El joven se sentó a su lado y le retiró la taza de café, al mismo tiempo sujetaba su mano. Ella no la retiró, sino todo lo contrario, se apresuró a intentar besarlo.

—Eres muy atrevida —señaló el joven retrocediendo un poco—. ¿No te parece?

—Entonces. ¿No te agrado?

—Claro que me agradas. Es solo que me sorprendió tu reacción ante mi gesto.

—¿Cuál gesto?

—No haber intentado tener relaciones sexuales contigo.

—Eso si que fue extraño —el café se terminó, ahora solamente charlaban frente a frente—. ¿Te atraen los hombres? Por que si es así tenemos un amigo llamado Dizzy que no tarda en llegar...

—No. Déjalo así, la verdad si me atraen las mujeres, simplemente no tengo intención de hacerlo contigo solo por que sí. Bueno ya, olvidemos este asunto del sexo por un momento. Y mejor dime de donde vienes...

Lili se preguntaba lo mismo todos los días. Odiaba tener que tratar de recordar a sus madres y el gran sacrificio que habían hecho para mantenerla a salvo.

—Pues soy la hija adoptiva de un par de mujeres que me amaban, y no tienes idea cuanto —decía la joven con una voz que comenzaba a quebrarse—. Se separaron hace ya diez años...

—Problemas maritales —bromeó Alan.

—No —Lili tragó saliva y los ojos le brillaron de

tristeza—. Lo hicieron para protegerme, pues la trabajadora social no permitía que ambas siguieran siendo mis madres, hasta que yo cumpliera la mayoría de edad y lo decidiera por mi cuenta.

—Entonces tu mamá regresaría de nuevo y estarían las tres unidas...

—Esa era la idea —Lili soltó suaves sollozos, Alan la abrazó y besó en la mejilla, ella agradeció el gesto—, lamentablemente la madre encargada de mi cuidado murió hace dos años, y de la que tuvo que alejarse no he vuelto a saber de ella.

—No es posible que estés sola...

—De no ser por Liam yo habría tenido que buscar la manera de sobrevivir por mi cuenta —Lili lo miró con ternura—. Sabes, mis madres y él se conocieron hace veinte años, cuando este negocio se inauguró.

— ¿Piensas buscar a tu madre?

—Se llama Ashley, y aunque me lleve el resto de mi vida, pienso buscarla y encontrarla.

Anocheció.

Liam comenzaba a organizar a sus mujeres. Unas dedicarían la noche entera a satisfacer camioneros, mientras que otras tendrían que acompañar a Dizzy y buscar sobre la carretera múltiples clientes para después ser recolectadas nuevamente por él.

Un par de luces se acercaba bajando la colina, Liam notó que por la calma deberían ser oficiales de policía. Con tantos años en la práctica, se había convertido en todo un maestro referente a identificar patrullas policíacas, incluso algunas veces los había descubierto aún con las luces apagadas.

Pero aquel vehículo no era un transporte oficial de la policía. Era un coche grisáceo y veloz, que en menos de unos cuantos minutos ya estaba frenando para estacionarse justo al lado de Liam. La ventanilla del conductor bajó lentamente, y en cuestión de nada se podía reconocer al hombre dentro del automóvil.

—Buenas noches Tom —saludó Liam como un gesto sin importancia—. ¿Otra vez por aquí? Seguramente buscas algún pretexto para dar por terminado mi establecimiento.

Tom sabía desde hace tiempo que no podía hacer nada para evitar que Liam siguiera operando el prostíbulo. En muchas ocasiones intentó arrestarlo, dos de ellas logró hacerlo, pero un cierto abogado llamado Hopper había logrado dejarlo en libertad alegando que en ese lugar no sucedía nada fuera de lo ordinario, y ya que las mujeres no estaban allí contra su voluntad sino todo lo contrario, no existía alguien alegando en contra del prostíbulo. Pero en cuanto a ese asunto, Tom sabía ser paciente, y estaba dispuesto a esperar a que alguien decidiera declarar en su contra.

—No es eso por lo que he venido —replicó el detective Thomas—. Alguien muy cercano a ti se encargara de llevarte a la ruina.

—Eso es imposible —alegó Liam confiado.

—Descuida, pronto sucederá. La verdadera razón por la que estoy aquí, es por que hace unos cuantos días una persona que conducía una motocicleta se vio involucrada en un posible homicidio.

Los oídos de Liam se prepararon para escuchar con atención lo que el detective tenía que decirle con respecto al sujeto que acababa de conocer hacía dos días, el joven Alan.

—Había gran cantidad de gasolina derramada en la escena del crimen. Lo que quiere decir que esa cantidad no le permitiría viajar muy lejos —bajó del automóvil con mirada amenazadora y sin retroceder, con total fortaleza continuó alegando—. Todo ello nos lleva a una sola conclusión.

Liam sostuvo su posición de inocente e indiferente. No quería decirle absolutamente nada, y no lo hacía por proteger al muchacho, simplemente sentía repulsión hacia cualquier figura que representara autoridad, y que mejor que ante la ley misma.

—La conclusión es —prosiguió Tom—, si la persona que busco ya se marchó, por que estoy seguro que tuvo que parar a llenar el tanque debido a la gran fuga, así que puede ser que se fuera una vez llenado el depósito, da igual preguntártelo por que no me responderías, por lo menos no con la verdad.

—En eso tienes toda la razón, pero igual no contestaría a ninguna de tus preguntas, sin importar cuales sean.

—Y es eso justamente lo que deseo. Al no darme respuesta das por sentado que este personaje misterioso pasó por aquí, y que tú lo conoces.

—¡Eso no es cierto!

—¿Lo vez, me lo acabas de asegurar? Sé que lo estas negando por que de no ser que muriera, nada le impediría llegar aquí. También pensamos en que pudiera haber tomado el camino contrario, pero las marcas de los neumáticos indican que dirección llevaba cuando se desvió de la carretera principal, así que no pudo tomar la misma dirección de regreso, ya que lo que busca en realidad esta por la misma dirección que seguía antes de desviarse.

—Todo esto suena muy interesante —dijo Liam con sarcasmo—. ¿Pero qué tiene eso que ver conmigo?

—Aún no puedo levantar cargos contra él, pero algo me dice que si es culpable de cualquier cosa, tú podrías verte involucrado como su confidente.

—Veremos si puedes intentar siquiera ponerme un dedo encima...

—No estoy aquí para escuchar tus amenazas inútiles. Pero te dejare mi número de teléfono. Si llegas a saber algo de esta persona, no dudes en llamar.

    Tom subió nuevamente al automóvil y se alejó a toda prisa de regreso al hotel donde se hospedaba junto a sus tres compañeros, en segundos, su vehículo se perdió a la vista de Liam debido a la fuerte tormenta de nieve y a la densa obscuridad de la noche. Por alguna extraña razón, sentía que Liam trataba de proteger a su sospechoso.

Capítulo 24
Víspera de una posible amistad

Eran alrededor de las seis de la tarde.
Bryan Isaacs limpiaba su bomba de gasolina, media hora más y ya estaría de camino a casa, con sus dos hermanos y un perro labrador. Desde que sus padres fallecieron, tuvieron que solucionarse la vida solamente ellos tres. No había sido tan difícil, todos podían demostrar ser capaces de solventar ellos mismos cualquier gasto que se les presentara.

Hacía un frío devastador, posiblemente la tormenta de nieve que había estado acechando desde hace varios días, al fin mostraría lo que era capaz de ocasionar.

Creo que no me marchare pronto de este lugar, pensó Bryan al ver como la carretera era azotada por grandes ráfagas de viento helado.

De último instante, Liam había decidido cancelar a todas las chicas que darían servicio sobre la carretera principal, y se inclinó por la idea de seguir el resto de la noche, sólo con la gente que acudía a la gasolinera.

Las mujeres que habitualmente vestían poca ropa, ahora sacaban a relucir sus finos abrigos pagados con el sudor de sus esculturales cuerpos, haciendo que aquello se asemejara a una comunidad de esquimales residentes del polo norte.

Con una sensación de calma y preocupación al mismo tiempo, ese chico supo que aquella noche estaría llena de acontecimientos importantes para el futuro del negocio nocturno, que pacientemente esperaba a que anocheciera.

Eran las ocho de la noche.

Alan sacaba la motocicleta de la cochera para comenzar la revisión y descubrir por qué derramaba tanto combustible. Las mujeres de Liam lo veían incrédulas, no les resultaba posible que aquel joven rechazara el tener relaciones con Liliana, y en cierta forma tenían razón, pues hasta la fecha no conocían a nadie que lo hubiera hecho.

Pero Alan no prestaba atención a las mujeres, su mente se enfocaba casi por completo sobre el tanque de gasolina y el motor. Esa falla no le permitiría avanzar en absoluto, y eso le fastidiaría todo el resto del trayecto.

Aparcó la motocicleta frente a la bomba principal de gasolina, a sólo pocos metros del asfalto de la carretera. Liam le facilitó herramientas y algo de ayuda, pero con todo y la tormenta tuvo que disculparse al no poder revisar juntos el motor, el joven agradeció de igual forma el gesto y entendió que debería cuidar de sus chicas.

No demoró demasiado en encontrar el desperfecto, aquel viejo llamado Roy había intentado robar el combustible, y en el acto una pequeña manguera transparente fue perforada posiblemente por un destornillador. Ahora solo necesitaba conseguir una manguera nueva, y decidió entrar en el establecimiento donde le auxiliaron con la herida del cuello.

Una vez dentro, preguntó al hombre que atendía:

— ¿Disculpe, tendrá alguna manguera similar a esta?

Aquel hombre verificó el grosor y en resumidas cuentas aclaró:

—Me parece que no vendemos mangueras tan pequeñas —sacó un tubo con sellador por debajo de la caja registradora—. Una vez logramos detener una fuga de agua con esto, y ya que la gasolina de la motocicleta es más densa —olfateó y examinó a fondo el contenido de la manguera—, no es mucho pero servirá por el momento.

Alan sujetó firmemente la maguera con ambas

manos,, se sorprendió al ver como resistía el líquido que aquel hombre vertía.

—¿Lo ves? —advirtió el hombre que al ver la expresión de desagrado de Alan, alegó con voz amistosa— lamento que no sea nueva pero además tengo algo extra para ti.

Se precipitó a entrar en la parte trasera del mostrador, posiblemente con el poco espacio que tenía la tienda, aquel lugar sería la bodega. Regresó un par de minutos con algo en sus manos.

—Aquí tienes —le entregó al joven una manguera prácticamente nueva— era de un viejo motor que Liam dejó de reparar hace un año, y no creo que le haga tanta falta como a ti.

La expresión en el rostro de Alan cambió, ahora ya tenía dos mangueras en su poder, una de ellas en excelente estado.

—Muchas gracias —señaló mientras le estrechaba la mano al hombre—. Pero espera, necesito algo más...

Avanzó en dirección a los artículos para acampar a la intemperie, y cogió un par de bolsas para dormir y una pequeña tienda de campaña color verde camuflaje, y las colocó sobre el mostrador al lado de las mangueras.

—Añade también esto a la cuenta —dijo sonriendo felizmente.

—No piensas ir de excursión con esa tormenta aproximándose, ¿o es que quieres morir congelado allá afuera?

—Claro que no —respondió Alan mientras guardaba las mangueras en los bolsillos del pantalón—. Pero quiero estar preparado para cuando el clima cambie, ya que no deseo dormir sobre un lugar con insectos tan peligrosos, y nuevamente gracias por toda tu ayuda.

—Eso es muy astuto de tu parte —alzó el dedo pulgar en señal de aprobación—. Y suerte con tu aventura...

Nueve de la noche.

Al salir del autoservicio, Alan sintió un frío estremecedor no solo por el clima, era algo en su interior, como un sentimiento de derrota ante las posibilidades de no encontrar el final de su aventura.

—Éste es un buen momento para rendirte y regresar a casa —la voz del viejo Rene invadió los pensamientos del joven.

Lo sentía tan real, pareciera como si estuviera de pie tras él, con ese inconfundible aliento a alcohol e impregnado sobre su ropa.

No puedo renunciar ahora amigo, pensó el joven mientras sonreía y se dirigió a toda prisa hacia la motocicleta con los artículos recién adquiridos en las manos.

Nueve con quince minutos. Noche.

Liam apreciaba desde su viejo sofá, el viento y la nieve caer arremetiendo fuertemente contra las bombas de gasolina. Sabía que no vendería ni una sola gota de combustible esa noche, pero deseaba continuar vigilando atentamente el panorama.

De pronto pudo notar que el misterioso joven Alan se disponía a reparar su motocicleta en plena tormenta de nieve.

Hay que ver como está loco este tipo, pensaba Liam al levantarse del sofá. Creo que será mejor ayudarle o terminará congelado con el destornillador en la mano.

Caminó con paso decidido, metió la mano izquierda en el bolsillo del pantalón, y sacó de allí una cajetilla con cigarros, puso uno sobre sus labios y la guardó nuevamente. Del otro bolsillo sacó una caja de cerillas y encendió el cigarrillo protegiéndolo del viento con las manos, impidiendo que la llama se extinguiera, al final se deshizo de la cerilla. Hacía todo aquello mientras avanzaba en dirección a la motocicleta, donde Alan forcejeaba con un par de tornillos que no embonaban.

Los dos hombres repararon juntos el depósito de gasolina, cambiaron la manguera, y bromearon sobre cualquier cosa. Parecían un par de buenos amigos que se estimaban y anhelaban mutuamente la dicha del otro. Al final estrecharon las manos con la esperanza de que ese momento y su nueva amistad durara para siempre, sin que la diferencia entre edad o ideas fueran algo importante.

Al final de la noche se dirigieron cada quien a sus respectivas habitaciones. Alan llevó la motocicleta nuevamente a la cochera. Y Liam decidió que esa noche se suspendería el servicio del sexo, pues aunque la tormenta se hubiese calmado, el frío era insoportable y la carretera demasiado peligrosa como para que alguien decidiera conducir sobre ella. No tenía ninguna lógica continuar esperando a la intemperie.

Once de la noche.
La gasolinera estaba completamente obscura, el autoservicio parecía un local abandonado con las puertas cerradas, y luces apagadas. Varios pedazos de papel, hojas de árboles, y pequeños rastros de basura recorrían el suelo del establecimiento, impulsados por el viento que lentamente disminuía su intensidad.

Angélica Fisher, desde su dormitorio sin poder conciliar el sueño, pensaba en el joven Alan.

Esa misma noche soñó con él.

Capítulo 25
El misterioso viajero de la otra habitación

La obscuridad de la noche recubría hasta el último rincón de la estación de gasolina, y no es que aún hiciera tanto viento pero las temperaturas continuaban bajo cero, a tal grado que un ser humano sufriría grandes daños al exponerse largo tiempo a dichas temperaturas.

En aquellos momentos, las manecillas del reloj estaban por señalar las seis de la madrugada, y Angélica desde su habitación comenzaba a despertar. Logró descansar después de haber estado pensando en Alan prácticamente toda la noche.

Se levantó despacio y caminó hasta el guardarropa, en busca de una bata blanca, similar a las batas de baño pero esta lucía muy elegante.

La habitación se mantenía a buena temperatura, pues el termostato hacía más fácil sobrellevar los brutales inviernos. Liam había tomado por costumbre realizar un chequeo general de la calefacción antes de comenzar la temporada helada, tratando de evitar que el frío le sorprendiera, tanto a él como a sus chicas.

Angélica avanzó en dirección a la puerta, no sin antes cubrirse los pies con un par de botas para mantenerlos calientes, y abrió el cerrojo. Al empujar la puerta pudo notar la calma que había fuera, y rápidamente se dirigió al dormitorio de Alan, para evitar estar mucho tiempo a la intemperie.

Dicho dormitorio se hallaba justo al final de todas las habitaciones, pero al llegar pensó en que posiblemente estaría cerrado y no tendría la llave para abrir. Afortunadamente recordó que Dizzy acostumbraba dormir sin asegurar la puerta de su habitación, y siendo jefe de la seguridad lógicamente tendría el duplicado de todas las llaves.

La joven continuó avanzando, esta vez en dirección a la habitación de Dizzy, frente a ese lado de los dormitorios y estaba allí para cuidar de las chicas con mayor facilidad.

Como lo pensó, la puerta estaba abierta. No puede ser que éste hombre sea nuestro jefe de seguridad, pensó la dama mientras avanzaba en dirección a la mesita de noche al lado de la almohada de Dizzy. Ella sabía entrar y salir de las habitaciones sin despertar a ningún cliente, por lo tanto no tendría problema en conseguir la llave sin llamar la atención de Dizzy. Una vez obtenida, salió a toda prisa y regresó donde Alan descansaba.

Al llegar introdujo la pequeña llave en el picaporte, para su sorpresa el cerrojo no estaba asegurado y no necesitaba dicha llave.

Estos hombres tan descuidados, pensaba Angélica con cierta satisfacción al abrir la puerta. Aunque claro que con este clima, dudo mucho que alguien trate siquiera de intentar tocar la carretera, aunque fuera en coche.

Una vez dentro del dormitorio, Angélica podía escuchar la respiración del joven mientras dormía. Cerró la puerta tras ella para que ninguna brisa le fastidiara el descanso. Estaba por amanecer, sabía que cuando lo hiciera tendrían que presentarse, y aquello sería como si se conocieran por primera vez pues no habían tenido oportunidad de hacerlo. Pensó en lo que diría, un saludo tal vez, preguntar por su salud, o cualquier cosa que dijeran las personas para demostrar que les importa conocer cada detalle, o al menos hasta satisfacer la curiosidad.

Una silla vacía esperaba justo al lado de la cama, era de madera vieja, la joven tomó asiento tratando de no rechinarla pues él dormía dándole la espalda a ella.

—Buen día —señaló Alan sin voltear.

—Creí que aún estabas dormido —añadió ella

mientras se arropaba y subía las piernas a la silla—. Supongo que ahora ya no tiene sentido evitar hacer ruido.

— ¿No te enseñaron a tocar antes de entrar?

—Lo siento mucho. Pero no quería despertarte.

—Descuida —el tono de voz del joven cambió al ver como Angélica se arrepentía sinceramente—. No fuiste tú quien me despertó, fue ese maldito frío que entró cuando abriste la puerta.

—Entonces estoy absuelta de cualquier culpa— mostró una coqueta sonrisa.

A pesar de que no le vio el rostro, Alan disfrutó su presencia por que le causaba tranquilidad.

—De no ser por ti, la puerta no hubiera dejado entrar el aire al abrirse —Alan giró sobre la cama para apreciar a su hermosa visita.

—Pero mírate —la joven señaló el torso desnudo del muchacho—. ¿Quieres una playera o prefieres congelarte?

—Descuida, no hace tanto frío ya.

— ¿Y entonces, por que te quejas tanto?

—Está bien —el joven tomó asiento sobre la cama para estar frente a ella— olvida mis quejas y mejor dime, ¿a que has venido?

—Me causa mucha curiosidad el pensar que no quieres acostarte con Lili.

— ¿Otra vez con eso? No es posible que simplemente con ver a un hombre pisar el establecimiento ya tengan que hacérselo.

—No es eso. Simplemente me da curiosidad ver como la rechazas —soltó una leve risita—. ¿No es tu tipo, será que te gustan diferentes?

—Pues tú me pareces atractiva —le acarició sus grandes mejillas—. Creo que a ti no me daría el lujo de siquiera pensar en rechazarte...

— ¿Hablas en serio?

—Por supuesto que si.

—Lastima que cuando Liam dijo que todo era una cortesía, eso no me incluía a mí.

—Creo que será mejor regresar a dormir —Alan sonrió y se cubrió con las sábanas—. En un par de horas, cuando salga el sol, terminare de reparar la motocicleta y reanudaré mi viaje.

—Perdón si te hicimos perder tu tiempo —la joven se levantó de la silla y acercó su boca a los labios del joven. Alan le respondió el gesto y se besaron durante varios minutos.

—No fue una pérdida de tiempo, haberte conocido y a todos los demás, hizo que mereciera la pena. Además para qué son los viajes sino para conocer, explorar, y disfrutar todo y a todos —metió la mano en el bolsillo del pantalón que se hallaba en la silla donde Angélica estaba sentada, y sacó un pequeño listón amarillo, lo midió alrededor de la muñeca de la joven, en la mano izquierda. Alan sintió la suavidad de aquella piel mientras ajustaba el listón convirtiéndolo en una humilde pulsera—. ¿Te gusta? Es un obsequio, para que me recuerdes cuando ya no esté a tu lado.

—Es una pulsera muy bonita —decía mientras pensaba en lo mucho que comenzaba a estimar al joven— pero no quiero que te marches todavía.

—¿Por que no?

Ella se acercó a la puerta y abrazó la bata con fuerza, sabía que estaba por salir al frío. Al final dijo a manera de despedida:

—No quiero que te alejes tan rápido de mí —giró la cabeza para ofrecerle una cautivadora y coqueta mirada que, gracias a la luz de la luna entrando por la puerta abierta, el joven tuvo la fortuna de apreciar—. Lo que pasa es que me agrada mucho tu compañía, y no quiero dejar de tenerla.

Al salir de la habitación, la dama regresó rápidamente a su dormitorio sin percatarse de que Liam la observaba a lo lejos. Después de ver eso, al hombre no le quedó más remedio que comenzar a buscar la manera de alejarla de él.

Alan disfrutó tanto aquella mirada que la joven le ofreció, y empezó a lamentar que posiblemente fuera la última mirada bajo la luz de la luna que tuviera la oportunidad de verle.

Capítulo 26
El lago congelado

Los primeros rayos del sol en todo lo alto anunciaban la llegada del nuevo día. Sobre las puntas de los árboles el rocío de la mañana comenzaba a caer en forma de pequeñas gotas de agua, sobre el césped cubierto de nieve. El calor que bajaba sobre los altos acantilados, pasando por cada copa de árbol y rocas hasta llegar a la carretera, comenzaba a derretir la fina manta de hielo sobre todo el terreno.

Alan había decidido salir pronto de la cama para terminar con las reparaciones de la motocicleta, ahora justo cuando salía de su dormitorio e intentaba saludar a su buen amigo Liam, éste le rechazaba alegando que tenía un asunto importante que atender.

Alan decidió no prestar tanta atención a lo que Liam alegaba, le deseó suerte con lo que sea que fuera a hacer y siguió su camino.

Pero no se dirigía a la cochera, primero visitaría el autoservicio para saludar a quien le ayudó cuando llevaba la herida en el cuello, y también para consumir un café con algo para desayunar, normalmente justo al levantarse solía tener hambre, era un hábito adquirido desde que era pequeño en la vieja granja de sus padres.

Llegó a prisa al autoservicio y rápidamente se dirigió a la cafetera, tomó un vaso y presionó un pequeño botón azul, al instante el vaso comenzaba a llenarse de café tipo americano. Después se dirigió a la parte de la mesa donde tenían pequeños sobres con azúcar. Abrió dos y comenzó a esparcirlos dentro del vaso mientras mezclaba el café con un fino agitador de plástico.

Un hombre alto con pantalones vaqueros, camisa a cuadros, y una gastada gorra de béisbol, con la leyenda

Yankees de Nueva York, se acercó al joven y saludó, Alan regresó el saludo, por unos instantes el silencio reinó. Al final el hombre preguntó:

—¿Trabajas por aquí? Yo conduzco un trailer, frecuento mucho esta zona y jamás te había visto antes.

—No trabajo por aquí —respondió Alan cortésmente— soy un viajero que se detuvo a llenar el tanque de gasolina, y al final terminó quedándose a dormir un par de noches.

—Ya veo —aquel hombre bebió un largo sorbo de café—. ¿Entonces, te gusta la fiesta nocturna que se lleva acabo aquí?

—Si, ya me enteré de eso.

La imagen de aquel conductor de trailer, que había pagado por tener relaciones con Lili hacía ya un par de noches, llegó a los pensamientos del joven, pero por algún motivo, éste conductor de trailer no era igual al otro.

—A mi me parece algo horrible todo esto —opinó el hombre y después bebió café—. No es justo que tomen a una mujer y la traten de esa manera.

—Pero, ellas no se quejan...

—No tienen por qué. Y es lógico, pues cuando eres criado desde pequeño con esa clase de ética y enseñanza no puedes pensar por ti mismo, es como si tuvieras una venda sobre los ojos de lo que es el mundo en general y vivieras solo con las opiniones que se te dan.

—Si —el joven tragó saliva— desde cualquier punto de vista, todo esto es una mierda. Gracias por la charla, necesito salir a dar un paseo y calentar los músculos.

—Que tengas un buen día muchacho, y recuerda que esto está mal, así que no te recomiendo que te quedes por mucho tiempo.

—No te preocupes, no lo haré.

Aquel hombre terminó el café y salió, el joven sentía curiosidad por todo lo que acababa de suceder, se acercó al cajero para preguntarle:

—Disculpa, buenos días yo soy Alan —se presentó pues no era el mismo cajero que le auxilió cuando llevaba la herida en el cuello—. ¿Sabes quien era el hombre con el que platicaba hace unos minutos?

—Por supuesto, era el viejo Frank, un excelente conductor de trailer, devoto padre de familia y sobre todo buen amigo.

—Eso suena muy bien —Alan agradeció al cajero y salió de la tienda con el café en una mano y su desayuno, un pan de zanahoria en la otra.

Se dirigió hacía la bomba principal de gasolina para saludar a Bryan Isaacs, y a lo lejos podía notar que Frank trepaba en su trailer, con intenciones de marcharse.

—Buen día señor Alan —saludó Bryan mientras entregaba las llaves al dueño de una camioneta, pues había terminado de cerrar la tapa del depósito.

— ¿Que tal va todo Bryan? Espero que bien— había cierta atención hacía esa camioneta con curiosidad.

—Hace un par de minutos vi a Liam dirigirse a la carretera, creo que el señor Dizzy llamó anoche y le pidió que fuera a recoger a alguien, al parecer ya se puede circular por esa carretera. Eso es bueno, ayer no pude regresar a casa junto a mis hermanos debido a la tormenta, y espero que ahora si pueda.

— ¿Entonces, dormiste aquí?

—El señor Liam me prestó una habitación, no es novedad suele hacerlo cuando hay mal clima o no puedo regresar a casa. En varias ocasiones me ofreció que viviera aquí con él, y no niego que lo considere seriamente, pero no podía aceptarle la oferta, en casa somos tres hermanos muy unidos, como un gran equipo y si a uno le pasa cualquier cosa los demás estamos obligados a seguirle ciegamente.

— ¿Y por que no se vinieron los tres?

—Por dos sencillas razones, no quiero ser una

carga tan grande para Liam, y además, a mis hermanos no les agrada en absoluto lo que pasa aquí por la noche.

—Entiendo —Alan le miró con curiosidad—. ¿Quieres que te lleve con tus hermanos en la motocicleta?

—Por supuesto —la mirada de Bryan se llenó de alegría— sólo espero que no tengas algo mas importante por hacer...

—No te preocupes, tenía pensado verificar como había quedado la motocicleta después de la reparación y también deseo saber que tan peligrosa es la carretera cuando comienza a derretirse. Obviamente no conduciré tan deprisa, necesito verificarlo por mi mismo.

—Entonces ya está. Termino con esto y nos iremos —dijo Bryan y continuó con sus deberes.

Quince minutos transcurrieron, Alan buscaba a la hermosa Angélica, pero no había rastro de ella. Decidió revisar por la zona de habitaciones, pero no había una sola pista, hasta que Lili se acercó a él con precaución, pues no deseaba que nadie los viera.

—Angie no esta por aquí —dijo Lili con voz baja—. Creo que fue al viejo acantilado...

— ¿A que te refieres exactamente? —Alan preguntó confuso mientras observaba en derredor tratando de ver algún acantilado.

— ¿Ves aquella cima por donde la carretera sube esa cuesta? —Señaló con el dedo—. Antes de llegar a la cima, existe una pequeña desviación, que lleva al acantilado. No te sorprendas, pero Angie siempre habla de ir allá y abrazar el mundo desde el cielo...

Rápidamente fue a la cochera, sacó la motocicleta y se apresuró a subir hasta el acantilado por la carretera que aún no terminaba de descongelarse.

—Ten mucho cuidado —vociferó Lili viendo como el sonido del motor se escuchaba cada vez menos y al final terminó gritando para ser escuchada—. ¡Que Liam no llegue a la gasolinera antes que tú, o en serio se molestara demasiado!

El trayecto hasta la desviación no fue tan peligroso como esperaba, y a esa velocidad tan baja, en ningún momento sintió que perdiera el control de la motocicleta. Al final, Alan solo había demorado alrededor de veinte minutos en llegar hasta la cúspide de aquella cuesta, desviado solo un par de minutos de la carretera.

Aparcó el vehículo cerca de un árbol con poca escarcha, y comenzó a caminar sobre lo que ahora era césped muy húmedo, cuando sin darse cuenta observó frente a él un maravilloso escenario. Desde aquel lugar podía apreciar a distancia cómo un pequeño río comenzaba a derretirse, se veía también varios lugares verdes aún.

Sentía una suave brisa cálida recorriendo los alrededores. Bryan había mencionado que lo de anoche solo fue la primera gran ventisca de todo el invierno, y que posiblemente el poco hielo que aún quedaba esparcido, se derretiría casi por completo antes de la segunda ventisca. Pero su principal atención estaba centrada sobre aquel río, su mente divagaba acerca de si sería o no el mismo río que visitó cuando aconteció lo de Roy en el bosque.

De pronto, su imaginación se quebró al ver a Angélica parada tras él

—¿Es maravilloso no crees? —Angélica contempló el panorama y al mismo tiempo se abalanzó hacia el joven para abrazarlo fuertemente, quién retrocedió al no estar preparado para tanta muestra de afecto por parte de la dama—. Te voy a mostrar algo más hermoso aún. Sígueme.

Al lado del sitio donde estaban parados apreciando el panorama que ofrecía el acantilado, se hallaba escondido un pequeño camino de tierra suelta y enormes rocas, que formaban una escalera improvisada hasta llegar a una cueva en el costado norte del acantilado.

Los dos jóvenes comenzaron a bajar, lenta y cuidadosamente con Angélica guiando y Alan un par de pasos por detrás, sintiendo cada vez que pisaba firmemente como los pies le resbalaban, pues gracias a la tierra suelta que se esparcía desde la cima les resultaba mas difícil lograr mantenerse firmes a los escalones. Además el clima frío y la nieve que congeló parte del trayecto hicieron más complicada la situación.

—Será mejor que volvamos a la gasolinera— declaró sabiamente el joven ante el hecho de saber que una caída de esa altura impediría a cualquiera de tener una oportunidad de sobrevivir.

Extendió la mano hacía ella tratando de hacer que girara la cabeza y le viera a la cara, en el acto Angélica dio un paso en falso y un pequeño y deforme escaloncillo hizo que perdiera el control pues éste se partió por la mitad. Afortunadamente la mano de Alan logró sujetarla de la ropa, evitando que cayera golpeándose contra las rocas hacia una muerte muy dolorosa.

—Gracias, no imaginó lo que hubiese ocurrido si no me capturas.

—Habían pasado dos opciones posibles, te hubieses golpeado la cara fuertemente y eso arruinaría por completo lo hermosa que luces, o milagrosamente saldrían un par de alas de ángel de tu espalda y volarías hacia cualquier parte del mundo.

—Eso sería increíble —dijo Angélica con ternura reflejada en sus ojos— y gracias, por decir que luzco hermosa.

Una vez terminaron de bajar la escalera siguieron caminando hasta llegar a la entrada de la cueva, la cual estaba húmeda y fría, recubierta por una densa obscuridad. La dama metió la mano en el bolsillo de su chamarra y sacó una pequeña linterna que al ser encendida, iluminó gran parte del lugar. Al haber hecho esto, varios animales pequeños se pudieron notar en las paredes y sobre la cueva, algunos corrían para ocultarse de la iluminación y otros se inmovilizaron al recibir aquella iluminación.

Los dos jóvenes se limitaron a solamente caminar entre aquella obscuridad con la chica como guía, Alan se mantenía al margen limitándose a seguirla un par de pasos por detrás, hasta que decidió acercarse y tocarle con la mano el hombro.

—Parece como si acudieras con frecuencia a este lugar —dijo Alan tratando de no soltarla por mas a prisa que ella avanzara—. ¿Vienes mucho por aquí?

—Cuando era una niña —respondió Angélica— mamá solía traerme hasta el viejo lago al final de la gran escalera. Es muy bello y privado, aunque en este tipo de temporadas se congela y resulta imposible nadar, pero eso no importa, que por ahora no tengo intenciones de nadar.

—Eres una mujer misteriosa, pero interesante...

— ¿Tu crees? Bueno no importa, lo que si es que tenemos que darnos prisa para regresar a la gasolinera antes de que el señor Liam vuelva de su viaje.

— ¿Se molesta si no estas cuando vuelva?

—Lo que lo pone de malas es que me involucre de cualquier manera con las personas, mientras no sean asuntos del trabajo, y es extraño por que con ninguna de mis compañeras se comporta así.

—Creo que está enamorado de ti —bromeó Alan y aún sujetaba a la chica.

—No, eso no puede ser por que aunque no lo admita nunca, él siente algo especial por mi madre.

— Tu madre es la hermosa mujer que casi siempre se encuentra a su lado, ¿cierto?

—Si, tienes razón, también es verdad que ella es muy hermosa. Y por cierto, hoy se fue con él esta mañana.

— ¿Sabes hacía donde se dirigían?

—Creo que piensan expandir el negocio, realmente no lo sé. Pero tenemos algo de tiempo antes de que lleguen, por el momento no te preocupes tanto.

Durante el resto del trayecto se mantuvieron callados, Alan dejó de tocar el hombro de la dama y pasó a sujetarle la mano, ella le aceptó las buenas intenciones y se aferró a ella para no soltarse.

La cueva continuaba helada, lo cual resultaba lógico debido en gran parte a la época del año, pero por otro lado era normal los niveles de frío a pesar de la época. Y así se mantuvo un minuto mas, hasta que a lo lejos se pudo ver un resplandor señalando el final del obscuro túnel, el cual había maravillado al joven con su perfecta construcción.

Al salir de la cueva, la expresión de Alan fue sorpresiva al notar que continuaba la escalera hasta el fondo del acantilado.

—No te preocupes —señaló Angélica hacía un pequeño camino que se apartaba de la escalera a pocos instantes—. No bajaremos del todo, allí tomaremos un desvió y seguiremos por algunos diez minutos más.

Y así fue, en aproximadamente ocho minutos ya finalizaron el trayecto con una densa niebla recubriendo el panorama desde las alturas, por el lado izquierdo haciendo que, hasta cierto punto, todo aquello pareciera un poco tétrico. Dos minutos más y ya estaban en una superficie plana, el acantilado quedaba atrás y frente a ellos se situaba un enorme lago, que resplandecía reflejando los primeros rayos del sol gracias a su delgada capa de hielo que lo clausuraba.

—Llegamos justo a tiempo —anunció Angélica y se abalanzó hacía el costado de Alan para que éste la abrazara, y así fue—. Dentro de casi nada veras algo sorprendente...

El reflejo de la luz solar rebotaba sin alguna dirección en especifico, y millones de luces en todas direcciones creaban un espectáculo de pequeños y grandes destellos sobre el lago, decorando con luces naturales ya que el sol desde el oriente apenas comenzaba a surgir a pesar de que ya fuera algo tarde, y eso era gracias a la cantidad de cerros y otras elevaciones que no permitían que la luz llegase aún.

—Es hermoso —indicó Alan al ver como varios arco iris pequeños comenzaban a brotar del hielo que se derretía—. Pero claro que a tu lado queda opacado por ti.

Volteó para mirar a la dama, y la besó profunda y melancólicamente durante más tiempo del que creía posible.

Capítulo 27
Un hombre de avanzada edad

Liliana Farsi miraba con anhelo en dirección hacia la carretera, al mismo tiempo disfrutaba de una deliciosa taza de café que minutos antes le preparó una de sus compañeras.

Desde pequeña soñaba con conocer el océano, estar de pie en cualquier playa mirando el horizonte como el agua se movía brutal o calmada dependiendo de la marea. En ocasiones le comentaban sobre como era todo aquello, en realidad prácticamente ninguna de sus compañeras tenía idea de ello, a excepción de Melinda, y por lo regular eran los clientes quienes le describían las olas, la arena, el agua salada, cómo muchas veces se encontraba con agua dulce y a pesar de ello no se mezclaban. Con cada nueva historia, la chica se ilusionaba cada vez más.

Ahora ya los deseos de conocer el mar no eran tan fuertes, y la razón había sido la necesidad de buscar a su madre. Hasta el momento no se había atrevido a emprender en su búsqueda, y una de las razones era la falta de transporte.

Cuando conoció a Alan mientras éste dormía placidamente sobre el pavimento, ella sintió la tentación de pedirle que la llevara con él en su motocicleta, que la dejara en una gran ciudad o cerca de ella, ya se las arreglaría para encontrar a su madre. La búsqueda de una persona, en un lugar desconocido, y sin tener idea alguna de donde podría comenzar a buscar, le perturbaba y hacía sentir que nada tendría sentido, que prácticamente era imposible volver a reunirse con ella.

Todo aquello la entristeció, pero cuando llegó Alan a su vida, un pequeño rayo de luz de esperanza surgió.

—Lili —se escuchó una voz suave proveniente del

autoservicio, era Dizzy—. ¿Sabes donde está tu compañera?

— ¿Angie? —bebió café y respiró profundamente.

—Si, Angie, durante la noche entró a mi habitación y robó el duplicado de las llaves del resto de los dormitorios. Ya estoy cansado de pedirles que no entren a mi habitación...

Liliana disimuló una sonrisa, y trató de abstenerse de reír.

— ¿Por qué no cierras bajo llave cuando duermes? Así no tendrías de que preocuparte por que alguien entra —continuó la joven, y sonrió.

—Es mi dormitorio y si quiero dormir con la puerta totalmente abierta, lo haré —replicó Dizzy y después se marchó.

Liliana lo miró alejarse y río a carcajadas. Le parecía graciosa la manera en que se enfurecía, haciéndole parecer a cuando un anciano cuida de su propiedad melosamente.

Un vehiculo negro mate se acercaba a la gasolinera, venía en dirección del acantilado. Se acercó y aparcó en el pequeño estacionamiento del autoservicio, de aquel misterioso vehiculo bajó un extraño hombre corpulento, vestido con un traje corte italiano color café.

—Buenos días pequeña Lili —decía el hombre mientras avanzaba hacia la dama—. ¿Que tal va el negocio?

—Bien señor Wallace —le estrechó la mano y lo invitó a tomar café, él le rechazó cordialmente la invitación—. El señor Liam no se encuentra por el momento, y la verdad no sé a donde iría.

—No importa, no es a él a quién busco —se quitó el saco y se lo entregó a Lili—. Necesito utilizar la oficina de Liam.

—En seguida la tendré lista señor, pero por favor sígame.

Ambos caminaron hasta llegar a la zona de habitaciones, Lili abrió la puerta y el señor Wallace entró sin demora. El lugar estaba muy limpio, eso siempre había caracterizado a Liam, su pulcra imagen en cada lugar al que asistía, siempre tratando de que todo estuviera lo más limpio posible.

Una vez dentro, y después de encender la luz, la joven puso el saco del hombre sobre un perchero de madera que estaba justo al lado de la puerta.

Wallace estaba cansado, había conducido desde muy lejos, por un asunto que tenía que solucionar con Liam de suma importancia. No le agradaba tanto viajar, le molestaba incluso más que la incompetencia de los hombres a su mando, y por lo regular solía arreglar cualquier asunto de alto riesgo personalmente.

—Necesito un favor más, pequeña —anunció Wallace mientras desabotonaba la camiseta dejando al descubierto el enorme estómago.

A la jovencita le pareció repulsivo, un tanto grotesco, y no precisamente por el físico ya que durante el tiempo que llevaba teniendo relaciones con todos los clientes, a pesar de ser grandes y obesos, ella nunca había sentido distinción de ningún tipo hacia sus cuerpos, pero con Wallace era totalmente diferente, le daba asco su piel llena de imperfecciones y granos alrededor del cuello, era desagradable hablar con él, pues cuando lo hacía siempre terminaba por aburrirse, y una vez que comenzaba a desabotonarse la maldita camisa, sabía que le seguían varios minutos de brutal agonía. Lili deseó que llegara Liam e impidiera lo que estaba a punto de suceder.

El corpulento hombre bajó su cremallera y con el dedo índice le ordenó que se acercara.

—Estoy muy enfadado —alegó— y tengo la necesidad de desahogar todo mi coraje, así que ponte de rodillas y abre tu pequeña boca.

Ella estaba triste, lentamente se inclinó hacia él

pero antes de siquiera intentar agacharse, el desgraciado la sujetó de la cabellera y tiró de ella hacia el suelo, la mujer se impactó con fuerza sobre sus rodillas disimulando el dolor. Sus hermosos ojos le lloraron mientras comenzaba a saborearle el pene, que olía asqueroso y sabía mucho peor. A ello le siguió un tiempo aproximado de diez minutos, después el obeso hombre la aparto de un golpe en la cara y ella cayó sobre la alfombra, por lo menos se sintió feliz de que hubiera terminado.

—Eso fue bueno —alegó y al mismo tiempo se acercó a reposar sobre la silla de Liam.

Lili sintió sensación de alivio al ver que nuevamente se ponía la camiseta. Y al mismo tiempo había rabia, no le parecía agradable verlo sentado en esa silla. Cuando niña, su madre le contaba historias antes de dormir, sentada allí, decía que era muy cómoda, Liam decidió conservar la silla y restaurarla cuando se maltrató.

—Siéntate pequeña —Wallace extendió la mano señalando la otra silla, cerca de ella—. ¿Tienes algún objetivo en la vida, Lili?

—Creo que sí —la joven mantenía la cabeza en alto, pero su mirada distraída, no tenía intenciones de mirarle a los ojos.

— ¿Y cuál es?

— Quiero madurar un poco más...

—Mmm, ya veo, esa idea me gusta mucho —sacó un cigarrillo y ofreció otro a la joven, pero ésta lo rechazó.

—...para marcharme de aquí cuanto antes.

— ¿Y a dónde piensas ir?

— Buscaré a mi madre.

— ¿Ashley? No pequeña, tu madre murió hace ya largo tiempo. ¿No te lo dijo Liam?

—Mi madre aún sigue viva —varias lágrimas le deslizaron por las mejillas, parte de ella sabía que lo que decía Wallace era verdad.

— Ashley, al igual que Britany, fueron asesinadas

por un cliente mientras trabajaban de servicio por la carretera. Pero si quieres tener la esperanza de que aún siguen con vida, allá tú.

    Lili salió corriendo y se dirigió a su dormitorio, de sus ojos brotaban lágrimas que salían despedidas hacía el suelo. Ya conocía aquella desafortunada historia, pero deseaba con tanta fuerza que fuera falsa. Al estar sobre su recamara mirando hacia arriba, tomó la decisión de pedirle a Alan que la llevará con él.

Capítulo 28
Hotel en llamas

Liam conducía con precaución mientras que en el asiento del copiloto, Melinda Fisher dormía un poco. Él la miró de reojo, estaba sentada cómodamente sobre aquel asiento, llevaba las piernas abrazadas por sus brazos, vestía pantalones de mezclilla, eran un par de jeans ajustados que no podían apreciarse debido a que la cubría una manta de lana. Sólo era capaz de apreciarse su hermosa cara, y aunque tenía los ojos cerrados lucía apacible y cautivadora, para Liam ella era la mujer de la cual estaba profundamente enamorado, aún así continuaba visitando a su antigua esposa para evitar descuidar a sus hijas, todo esto Melinda lo comprendía y admiraba pues también ella sabía lo difícil que era ser madre y mas aún cuando estas sola.

El coche maniobraba en curva bajando la autopista principal a la siguiente ciudad. Conducía un poco lento, considerando lo peligrosas que eran las curvas y también que apenas la nieve comenzaba a derretirse, era lógico conducir y acelerar de esa manera.

Liam mantenía la mente ocupada pensando en lo que había visto la noche anterior, la idea de ver a la hija de Melinda enamorarse de un hombre como aquel sujeto extraño, y no tenía la culpa Alan, incluso le agradaba el chico, pero era un hombre misterioso buscado por un detective, y no cualquiera mas que el mismísimo Thomas Henson, lo cual significaba que Tom le buscaba por la gravedad del crimen que cometió, o para poder atraparlo a él, acusándolo tal vez de encubrimiento de un sospechoso.

Después de conducir por más de media hora, notó gracias a una curva pronunciada, que aproximadamente a dos kilómetros había una desviación que debería tomar.

Una vez llegado el momento, ya se encontraba conduciendo por aquella desviación rumbo a un viejo y conocido hotel de paso, con vista de calidad hacía el río Biacci.

Disminuyó la velocidad y aparcó frente a la recepción del hotel, sobre un pequeño estacionamiento del mismo.

—Hemos llegado cariño —dijo al despertar a la bella Melinda.

—Grandioso —respondió ella mientras retiraba la manta con el brazo y cogía un abrigo para protegerse del frío matinal—. Es un hotel un poco común, no entiendo por que todo este escándalo, creí que sería algo más sorprendente.

— ¿Pero que dices princesa? Mira esa maravillosa vista hacia el río, además nuestra habitación es aquella — señaló con el dedo índice hacia una pequeña terraza situada en la segunda planta, a la cual solo se podía acceder mediante una escalera metálica, justo delante de Melinda.

—Espero que tengas algo mas grandioso en mente después de esto, por que si no es así, me sentiré un poco insatisfecha. ¿Sabes a que me refiero?

—Por eso no te preocupes, que tengo en mente una romántica velada. Adelántate, mientras tanto yo realizo los trámites necesarios para el alquiler, y consigo las llaves.

Diez minutos más tarde, el equipaje de la pareja estaba dentro de la habitación, Melinda examinaba la recámara y se sorprendió al sentir que era más cómoda de lo que esperaba. Alan pensaba profundamente en lo que estaba por hacer, y al mismo tiempo apreciaba el repetitivo avance del agua correr con dirección a donde la corriente le llevase.

Liam sacó del portaequipaje una pequeña caja color café obscuro y la puso sobre la recámara, observó alrededor asegurándose que nadie estuviera espiando, incluyendo a Melinda. Al ver que efectivamente no había ningún ojo curioso, sujetó la caja café y la abrió.

Dentro de dicha caja había un arma, era una pistola conocida a la perfección por el joven Alan, el revólver que lo acompañaba en su travesía. Durante la noche antes de realizar este recorrido al hotel, y justo después de ver a la joven Angélica salir del dormitorio de Alan, entró en la cochera y sacó el arma. En aquel momento no tenía idea alguna de qué hacer con ese revolver, pensó en devolverlo. Fingir que nada había pasado y creer que solo era un mal entendido ya que él mismo dijo que todo corría por su cuenta, aunque la dama sabía perfectamente que el precio para estar con ella debería ser bastante elevado, y por lo tanto tiene que ser ilógico acostarse con ella por cuenta de la casa.

Pensó también en delatarlo, llamar por teléfono a Thomas y decir que tenía al asesino del pobre desgraciado muerto en el bosque, pero eso podría arriesgarlo a tener que presentarse para declarar ante un juez. No deseaba, ni tenía intención alguna de hacer tal cosa.

Al final, mientras contemplaba la primera luz del sol azomar por el este y sentir la helada brisa matinal, pensó en lo que sería mejor para todos. Aunque no le agradaba mucho la idea, decidió aceptar el hecho de que Alan y Angie estuvieran juntos, y para eso tendría que acabar con todos los impedimentos que pudieran poner oposición, de cualquier manera, el joven Alan tenía algo que le hacía sentir confianza. Así que decidió hacer algo que no acostumbraba, y eso era ayudar al joven para no ser acusado de ningún crimen, sabía de antemano que no podría desaparecer las pruebas en contra, pero si desaparecería a quien estuviera interesado en esas pruebas.

Aquel día soleado, Liam tenía en mente liquidar a los tres hombres que investigaban el caso para Tom. Desde aquella visita, a Dizzy se le había dado la orden de investigar donde residía Thomas y tras horas de exhaustiva búsqueda, al final terminó por descubrir que se alojaban en aquel hotel cerca del río.

Mediodía.
La vista era hermosa, algunos animales se acercaban lo suficiente para beber agua del río Biacci, un poco temerosos y al mismo tiempo atrevidos, pues para ellos cada día era un riesgo conseguir lo fundamental para subsistir.

Melinda Fisher asomó desde la pequeña ventana de la habitación en el hotel, donde podía ver a solo unos cuantos metros, la carretera por donde habían llegado no hace más de una hora. Seguida de un pequeño desnivel de arbustos, rocas y árboles de todos los tamaños. Después se encontraba la corriente con dirección hacía el sur, y la brisa acariciando las hojas de los árboles.

La vista de la dama se centró con total atención rumbo al agua, que a pesar de lo fuerte que la llevaba la corriente, la calma y quietud del ambiente le permitían mantenerse totalmente cristalina. Así sin mas, Melinda era absorbida por toda esa tranquilidad, cuando comenzó a notar que el río empezaba a perder poco a poco su tono para dar paso a un obscuro carmesí. Su vista ascendió contra la corriente, y justo detrás de un cubo de basura al lado del río, sobresalían un par de zapatos deportivos blancos, todo aquello despertó en ella una profunda curiosidad, así que apresuradamente salió de la habitación vistiendo una blusa color beige que hacía juego con un par de pantaloncillos cortos azul mezclilla, que fue prácticamente lo primero que encontró sobre la recámara.

Bajó al vestíbulo a toda velocidad saltando los escalones de dos en dos, debido a que el ascensor se encontraba fuera de servicio. Una vez en el abajo, caminó un poco mas lento tratando de no llamar la atención del encargado de la recepción, quién no pudo evitar el verla caminar con aquellos pantalones cortos que se le veían tan bien.

Ella salió del hotel y se detuvo un par de minutos frente a la puerta principal, observando delante la gastada carretera y un poco mas arriba, sobresalía un pequeño camino de tierra, un sendero que se alejaba tras un enorme árbol de la mencionada carretera. Melinda cruzó hacia el otro lado y avanzó hacia el río, no tardó ni un minuto cuando ya se encontraba muy cerca del cubo de basura. Lentamente hecho un breve vistazo e instintivamente se llevó la mano izquierda hacia la boca en señal de repulsión, al ver que el par de zapatos deportivos blancos pertenecían a un cadáver que yacía inerte, con un ligero corte en la garganta, pero grandes brotes de sangre seca que saliera de ella.

De pronto, giró la cabeza para desviar la mirada del macabro hallazgo, y en ese preciso momento se escuchó una explosión que provenía del hotel. La dama cayó de espaldas al presenciar que efectivamente en dirección al hotel se elevaba por encima de los árboles una inmensa cortina de humo.

Rápidamente, se levantó y avanzó hacia aquel lugar comenzando a preocuparse por Liam, y mientras esquivaba las rocas y sorteaba algún que otro arbusto, notaba que el corazón se le aceleraba hasta el punto de creer que no avanzaba nada por más que corriera. En eso, cuatro disparos se oyeron con un segundo de ventaja cada uno de ellos.

Ella no sabía si hacía lo correcto al dirigirse al hotel, pero no se detuvo ni un instante hasta que sus tenis se pararon sobre el asfalto de la carretera, y mirar con asombro lo que ocurría delante de sus ojos. Las llamas salían de las ventanas y ascendían hacia el cielo como si el infierno mismo se hallara entre las paredes del hotel, pero antes de que Melinda intentara acercarse, el auto en el que llegó se detuvo frente a ella saliendo de la nada.

—Sube rápido —señaló Liam desde adentro del vehiculo mientras abría la portezuela del lado del copiloto.

La dama entró sin estar conciente de lo que ocurría a su alrededor. Al subir, Liam cerró la puerta y pisó el acelerador a fondo.

—Alguien incendió el hotel —dijo Liam una vez que se habían alejado del lugar—. Creo que buscaban asesinar a alguien que se alojaba allí.

Cuando Melinda reaccionó, se le ocurrió mirar en la parte trasera del automóvil, sobre los asientos del mismo se encontraba el equipaje de ambos, al menos gran parte pues como era costumbre a ella le agradaba llevar bastante equipaje consigo en cualquier viaje. Y le pareció extraño que Liam tuviera tiempo de sobra para hacer las maletas y tener a punto el coche para cuando ella llegara.

Le miró tratando de encontrar algo de calor humano en su mirada, pero él se mantenía frío viendo el camino delante, dirigiéndose a una velocidad normal de vuelta a la gasolinera.

Capítulo 29
Lo que Liliana deseaba...

Un calor ligero invadió aquel lago congelado, cayendo en picada desde la cúspide del acantilado hasta la superficie del fondo.

—Será mejor que nos marchemos en seguida —dijo Angélica al levantarse de la roca donde estaba sentada—. Liam llegara en cualquier momento y tenemos que estar allí antes que él llegue.

—De acuerdo —Alan se preparó, alzó la mirada para apreciar el perfil de la dama, después se puso en píe y levantó los brazos, estiró algunos músculos y articulaciones del cuerpo.

Caminó directamente hacía la gran escalera de regreso, la joven siguió de cerca sus pasos, mirándole caminar podía notar que era propietario de una grande y fuerte espalda, le pareció muy atractiva.

No demoraron en llegar a la cima, aunque esta vez el trayecto fue obviamente más cansado y en quince minutos ya estaban en la cima del acantilado, frente a ellos la motocicleta esperaba. Ella divagó un poco y al final se abalanzó contra Alan para abrazarlo fuertemente.

—Eres muy cariñosa Angie —dijo él sorprendido.

—Lo que pasa es que estoy a punto de ser tu copiloto y no quiero resbalar y caer contra el asfalto, por eso tendré que abrazarte con fuerza y no soltarte. Espero que no te moleste pero no quiero morir por culpa de un estúpido accidente justo antes de comenzar mi aventura.

—No te preocupes que prometo ser el conductor mas precavido del mundo.

Ambos se besaron, después él se aproximó al vehiculo intentando encenderlo, pero no podía debido a que el motor estaba frío, probó un par de veces mas y el resultado seguía siendo el mismo.

—Una vez alguien me dijo que esa clase de motocicletas tenía una pequeña palanca que servía como desahogue para cuando el motor se enfría —dijo Angélica señalando con la mano justo al lado del manubrio, bajo el puño izquierdo.

El joven accionó la palanca y encendió el motor, segundos mas tarde la desactivó pero el motor no se apagó.

—Impresionante, por lo que veo serás de gran ayuda Angie —el joven agradeció y ambos se marcharon con rumbo a la gasolinera.

La habitación era cálida y reconfortante, con un olor agradable a limpio, como cabe esperar de una mujer a quien le fascina la limpieza. Los muebles, artículos, incluso hasta un par de cuadros decorativos de lugares hermosos y tranquilos en el mundo, se situaban en las más calculadas posiciones haciendo juego con el papel tapiz y el cielo del dormitorio, sin lugar a dudas había heredado de sus madres el buen gusto por el arte.

En esos instantes, Liliana Farsi desayunaba café después de haber estado con Hopper, había llorado e imaginaba en como sería el mundo a varios kilómetros de distancia, después cerraba los ojos y recordaba a su madre cuando ella era pequeña, cinco o seis años tal vez, fue esa la mejor época, ambas madres estaban a su lado para amarla. A medida que el tiempo transcurría, la situación comenzaba a empeorar, una misteriosa trabajadora social había sido alertada por alguna persona anónima y, al parecer de ciertos pensamientos y opiniones, una persona sin escrúpulos y sin tener siquiera la idea de cuanto amaban a esa niña. Gracias a la presencia de la trabajadora social y a las constantes presiones por parte de la misma, ambas madres tuvieron que esforzarse mucho mas e idear alguna manera de mantener a la niña cerca de ambas, teniendo incluso que sacrificarse una de ellas alejándose de la pequeña e indefensa Lili.

La joven notó una pequeña fotografía al lado de la mesita de noche, la cogió y comenzó a llorar diciendo:

—No importa lo que digan de ti madre, no me creo que estés muerta —suspiró y abrazó el retrato de Ashley con intensidad—. Sé que aún sigues viva y prometo que me reuniré contigo, pase lo que pase.

Guardó únicamente la fotografía sin el portarretrato, en la maleta del equipaje, el cual estaba ya terminado y solo esperaba para el largo viaje que Liliana tendría que realizar.

Espero que Alan acepte llevarme con él, pensaba al secarse las lágrimas con un pañuelo blanco.

De la oficina de Liam, el abogado Hopper Wallace salía caminando con paso firme, lucía un poco enojado cruzando por la gasolinera sin saludar a nadie, se limpiaba el sudor de la frente con un pañuelo que sacó del bolsillo trasero en el pantalón. Veía el establecimiento, y a los trabajadores, en uno de los servidores de gasolina Bryan exhalaba aliento frío por la boca, el clima helado hacía que el aliento pudiera verse como si estuviera fumando un cigarrillo. Ningún cliente llegaba, sería una locura salir a carretera con el clima en esas condiciones. Hopper entendió que si tardaba más de la cuenta, el clima empeoraría, así que se apresuró a hacer lo que tenía que hacer, sin esperar que Liam llegara.

El coche en el que el abogado llegó estaba cerca de la tienda de autoservicio, pero al lugar a donde iría estaba tras los dormitorios, cerca del depósito de agua.

En múltiples ocasiones, Hopper había realizado ese viaje, siempre acompañado de su chofer y guardaespaldas, la mayor parte del trayecto en el automóvil en el que llegaron, otras veces viajaba en compañía de sus cuatro hombres, los cuales conformaban su mayor fuerza bruta.

Ahora Hopper se dirigía a una puerta metálica que tenía grabada la leyenda; Depósito de agua, la abrió despidiendo un repulsivo olor a humedad, aquel agujero en el suelo era grande, podían caber fácilmente dos hombres grandes cómo él al mismo tiempo. Después abrió la puerta del portaequipaje en el automóvil, para sacar una bolsa negra, con un cadáver putrefacto dentro, y lo arrojó por el agujero. Al instante cerró la puerta.

Cuando Hopper se giró para regresar al coche, notó que Bryan le miraba perplejo, rápidamente el corpulento abogado se apresuró a perseguirlo, pero el joven resultó ser más rápido, y justo cuando Hopper creyó que había escapado, apareció su chofer con el joven sometido con las manos en la espalda.

Después de arrojar a Bryan por el mismo agujero, se marcharon de la gasolinera, habiendo cerrado muy bien la redonda puerta metálica, y asegurados de que nadie más los había visto.

Liam miró a Hopper alejarse, eran ya las siete de la tarde, el día casi terminaba para dar comienzo a una noche ajetreada, avanzó hacia su viejo sofá y se sentó un par de minutos. Pensaba un poco en lo que acababa de ocurrir en el transcurso del día, desde la recién descubierta relación de Angélica con Alan, el homicidio del hotel, y la desagradable visita de Wallace, que por fortuna no había recibido en persona gracias a que el abogado se veía con prisa.

Ahora sólo se limitaba a despejar su mente, relajar el cuerpo y concentrarse únicamente en atender a sus clientes, bromear un poco con las chicas y amigos que solían frecuentar el lugar.

Notó también que Alan ajustaba su motocicleta un poco retirado de él y muy cerca de la carretera, también había acercado un par de cubetas con agua y jabón en polvo, posiblemente se disponía a realizarle una limpieza.

La tranquila normalidad reinó durante una hora más, todo seguía su curso con naturalidad, desde las prostitutas, pasando por los clientes y el resto de empleados, hasta cualquier vehiculo que cruzara por la carretera a esa hora de la noche.

El servicio a carretera estaba temporalmente suspendido y en lugar de eso, Dizzy tendría que atender las necesidades de los conductores de trailer, para que no les faltase absolutamente nada.

Una gran nube se acercó cubriendo la brillante luz de la luna, a eso le siguió un sorprendente frío estremecedor. Cómo cuando un sonoro conjunto de melodías indica que esta por empezar la tragedia.

Dizzy despedía al buen hombre llamado Frank con la gorra de los Yankees sostenida por la diestra, insistiendo para que se quedara un par de minutos mas, divertirse con alguna chica y después continuar se trayectoria. Pero el buen Frank no estaba interesado en alguna de sus chicas, no podía negar el hecho de que fueran atractivas, pero su sentido de moralidad y saber que posiblemente lo que hacía estaba mal, le impedía siquiera considerar el hecho de tener relaciones con alguien que no fuera su esposa, lo cual a Dizzy no le pareció mas que una divertida broma.

Frank subió al trailer y arrancó, con la gorra bien puesta y música de los ochenta en la vieja radio al lado del volante, llevaba rumbo a la gran ciudad al este del país calculando llegar en alrededor de tres días, justo a tiempo para cenar con su familia.

El pulso de Alan comenzó a acelerarse al ver como

la joven Angélica se aproximaba donde Liam descansaba sobre aquel sofá. Se veía finamente educada con el hermoso vestido rojo que la caracterizaba tanto y le hacía resaltar la bellísima figura. Alan sonrió mientras buscaba las refacciones del motor en la caja de herramientas que le había prestado Liam un par de minutos antes.

Revisó ambos neumáticos, buscando alguna anomalía, no sabía prácticamente nada de mecánica automotriz ni mucho menos, pero se daría cuenta si existiera algún desgarre o desgaste sobre cada uno de ellos, y para eso no precisamente debería saber algo de mecánica. Los neumáticos estaban bien, y el resto de la motocicleta, al parecer el único problema había sido culpa de la pequeña manguera rota. Pensó en todo el tiempo que había pasado desde que llegó a esa gasolinera, y recordó el portaequipaje.

Regresó al garaje, había puesto ambas maletas en una esquina del pequeño cuarto cerca de un rojo gato hidráulico averiado que caracteriza tanto a las cocheras.

Se acercó hasta ellas y abrió la que guardaba el revólver, se levantó de un sobresalto y tembló al ver que el arma no estaba. Nuevamente sujetó las maletas y comenzó a revisar ambas a fondo, en medio del movimiento de objetos que estaban guardados allí, sintió como el filo de algo le cortaba la palma de la mano, la sacó instantáneamente y observó que se había hecho un corte algo profundo.

Al ver que era lo que le había hecho eso sintió un escalofrío recorrerle la espalda, pues estaba completamente seguro de haber guardado aquel cuchillo de cacería en su funda y jamás lo sacó de allí. Y por otro lado estaba lo del revolver, era obvio que le habían robado el arma.

Salió a toda prisa del garaje con el cuchillo bajo el cinturón del pantalón era imposible que se notara, y las maletas que conformaban el portaequipaje sostenidas por la mano izquierda sobre su hombro. Caminó directamente hacía la motocicleta sin desviar la mirada.

Pero antes de llegar es interceptado por Liliana, quién estaba lista para pedirle que la llevara con él.

—Luces estupenda con esa pequeña falda blanca —señaló Alan mientras le observaba las caderas.

—Gracias —dijo ella sonrojándose un poco y limpiando con la mano una microscópica partícula de polvo, casi exagerado—. Es mi nueva falda, un cliente me la obsequió y me gusta mucho usarla.

—Y bien. ¿Como has estado?

—He pensado un poco sobre nosotros —añadió ella mientras ambos comenzaron a caminar hacía la motocicleta.

—¿Nosotros?

—Si. ¿Bueno, si te interesa tener algo de compañía en tu viaje?

—No lo sé, eso es algo que no he pensado en absoluto.

—Estuve analizando las posibles ventajas de que viajemos juntos tu y yo —le miró con curiosidad, pero él no se percató de ello y continuó su camino.

Llegaron hasta la motocicleta, estaba obscuro y Alan tuvo que encender una pequeña linterna de carga por fricción que compró hacia un par de días en aquella tienda de autoservicio después de haber comprado la tienda de campaña. No era mucha la iluminación que se conseguía con aquel aparato, pero sería suficiente para terminar de revisar los detalles que aún faltaban.

—Me agrada mucho tu compañía, y eso ya es una gran ventaja —alegó Alan sujetando un trapo húmedo para limpiar el exceso de grasa y aceite de sus manos—. ¿A qué clase de ventajas te refieres?

—Principalmente, por que no es bueno viajar solo —respondió ella al sujetar sus manos— además de que así me ayudarías a llegar a la gran ciudad del este. No lo sé, creo que mamá está viva o tal vez me equivoco, pero sea como sea necesito averiguarlo por mi cuenta. Y por el dinero no te preocupes, durante mucho tiempo he estado ahorrando para cuando llegara la oportunidad. ¿Y bien, que me dices, aceptas llevarme contigo?

—No lo sé, en verdad que no sé si sea lo indicado.

—Que lástima —la mirada de la joven Liliana cambió drásticamente, siendo prácticamente todo lo contrario a aquel día cuando conoció a ese joven. Esa mirada de ilusión y deseo de emprender la búsqueda de su madre, poco a poco se desvanecía.

—Espera un segundo aquí, por favor —Alan desvió la mirada hacía el sofá de Liam, un horrendo conductor de trailer estaba cerca de Angélica, al parecer intentaba negociar por algo de placer. Rápidamente se acercó hacía ellos.

Liliana lo vio alejarse y entendió que Alan ya tenía a su copiloto, regreso a la zona de habitaciones en espera de algún cliente que le arrancara de raíz ese inútil deseo de aventura.

Dizzy regresaba a su habitación, había realizado sus labores durante algunas horas, pero ahora necesitaba atender un asunto de suma importancia antes de volver al trabajo.

Entró en su dormitorio e hizo lo que nunca había acostumbrado hacer, cerrar bajo llave.

Una vez dentro, sacó una mochila que había bajo la cama, donde tenía guardado el revólver, Liam le había pedido regresar el arma nuevamente al portaequipaje de Alan, pero finalmente decidió que aún era muy pronto para eso, y prefirió conservar el arma.

Comenzó a recordar a Brendan, cuando le golpeaba y terminaba siendo internado en algún hospital, y que de no haber sido por el asesinato que sufrió, posiblemente habría terminado muerto o con laceraciones graves.

¿Quién se vería perjudicado por el daño que recibiera a manos de Brendan? Solamente existía una persona en ese momento, y es que Melinda le había pedido que trabajara para ella. Lógicamente, muerto de nada serviría.

Todo aquello siempre estaba claro en la mente de Dizzy, pero nunca quiso dañarla pues ella le ofrecía gran alegría a Liam, aunque eso no quitaba de en medio el hecho de que pudiera hacerle daño a Angélica, ya que ella le quitó a alguien importante para él, ahora le arrebataría algo importante a ella. Su hija.

Analizó durante mucho tiempo la posibilidad de acabar con la joven, pero jamás le había puesto empeño en realizar tal acto, inclusive la vez que se originó aquel incendio, la malicia hacia la pequeña nunca fue tal. Y es que en cierta manera, Angélica era solo una niña.

Pero ahora, que la pequeña niña era ya toda una mujer, y más aún que estaba por formar parte de Alan en algo que todavía no tenía bien claro, pero que no estaba dispuesto a arriesgarse. Decidió que debería actuar de inmediato.

Cargó el arma y la guardó detrás, justo debajo del cinturón. Después regresó a la gasolinera.

Alan introdujo la llave justo en el lugar que debería, entre el manubrio bajo el tablero del velocímetro, e intentó encender el motor. Fue inútil. De pronto recordó lo que Angélica le había dicho en el acantilado, puso la pequeña palanca del ahogador debajo del puño izquierdo, después encendió el motor y cuando todo parecía marchar bien regresó la pequeña palanca a su posición original.

Agradeció mentalmente a la joven.

Decidió de último momento que ya se había retrasado bastante en su viaje para encontrar a la joven

Mary, quien era el objetivo principal en su aventura.

Apagó el motor y se preparó para despedirse de Liam, guardó el resto de herramientas nuevamente en la pequeña caja, la cual levantó con la mano derecha y fue directamente hacía el sofá donde Liam atendía a dos clientes que recién habían llegado.

—Pero mírate, luces como una súper modelo —señaló Alan Liam a manera de mofa al ver como Alan estaba completamente cubierto por grasa.

—Aquí tienes —dijo Alan entregando la caja de herramientas—. En verdad me resultaron muy útiles.

— ¿Pero cómo, te marchas tan pronto? Pensé que te gustaba este lugar —añadió Liam confundido, dejando de atender al cliente y enfocándose completamente en él. Melinda se encargó de seguir con el cliente.

—Lo que pasa es que el objetivo de este viaje es encontrar a una mujer llamada Mary Montesco, y he pasado tanto tiempo en este sitio cuando realmente no tengo ni idea de donde comenzar a buscarla. Creo que el mejor lugar para hacerlo es en una de las ciudades mas grandes de los alrededores, y después seguir con cualquier pista que pudiera encontrar.

—Entonces te diriges a la gran ciudad del este. Ese es un gran plan, pues si fuera yo, haría exactamente lo mismo. Este chico me agrada Melinda —la hermosa mujer llegaba de atender al cliente y se sentó nuevamente a su lado, mirándole con cariño—. Es muy astuto el cabrón.

Alan sintió como el tono de voz de Liam cambiaba bruscamente, siendo más rudo y agresivo, como si intentara ponerse a la ofensiva por alguna razón que al joven le resultaba totalmente desconocida. De pronto desvió la mirada hacia Angélica, quien estaba al lado de su madre, intentando que ella le ofreciera un poco de ayuda.

— ¿Se puede saber que le estas mirando a Angie? —indicó Liam conteniendo una pequeña carcajada.

—Tiene un sorprendente vestido rojo que da oportunidad de resaltar bastante sus bien torneadas piernas y me preguntaba cuanto podría costarme tener una cita con ella —respondió Alan notando como aquel hombre sostenía una macabra sonrisa burlona—. No sé, tal vez podríamos ver una película en algún cine cercano, o inclusive viajar muy lejos de aquí para conocer una hermosa playa y pasar la noche platicando de cualquier cosa con la cálida compañía de una fogata.

—Me temo que no podrías costearte tal cosa— Liam miró la vestimenta del joven y continuó—. Lamentablemente cuando dije que todo corría por mi cuenta, no me refería a esta princesa.

La mano de Liam se acercó a la suave mejilla de Angélica para acariciarla. Ella tragó saliva, estaba casi segura de que el hombre a su lado estaba ya enterado del pequeño viaje que realizaron al acantilado.

Alan contuvo su coraje y trató de no saltar para golpear a Liam. Y justo cuando estaba por estallar y arremeter contra él, Melinda decidió levantarse y marcharse, en ese momento el joven comprendió que la dama apoyaba su decisión y se relajó un poco, fue entonces cuando Dizzy apareció, se acercó a Liam, e inclinándose al oído le susurró algo imposible de entender a las limitadas posibilidades de Alan, pero por el sobresalto que dio Liam al escuchar aquello debió ser algo realmente importante.

—El deber me llama, amigo —dijo Liam a manera de disculpa. Se levantó del cómodo sofá y partió hacia la zona donde aparcaban los enormes trailers y camiones de carga, por que últimamente cualquier vehículo grande aparcaba en esa gasolinera.

—Está bien —respondió Alan con una sonrisa que no deseaba disimular—. Te esperaré aquí...

Lentamente Liam se alejaba en compañía de Dizzy. Alan le miró tratando de encontrar el momento propicio para actuar, sólo fue cuestión de esperar un par de minutos, pues a lo lejos podía apreciarse como después de discutir con el hombre de un viejo trailer, Liam comenzó a arremeter contra el sujeto, asestando fuertes puñetazos a su rostro.

—Estará ocupado por un largo tiempo —dijo Angélica mirando al joven Alan, tratando de advertirle que era el momento.

—Si —respondió éste mientras le sujetaba la mano y la dirigía hacia donde se encontraban los baños públicos de la gasolinera—. Es ahora o nunca, pero primero hay algo que deseo hacer contigo...

Avanzaron a paso rápido, y al llegar, Angélica decidió que el sanitario de damas sería más conveniente. Entraron, y varias de sus compañeras que preparaban el maquillaje que se les había gastado, salieron al ver a la joven pareja entrar.

—Disfrútenlo amigos —dijo una de ellas guiñándole el ojo a su compañera.

Había un cubículo al fondo que no tenía retrete y en general estaba muy limpio. Angélica comenzó a tomar la iniciativa y llevó a su acompañante sujetándole la mano, hacia dicho cubículo.

Una vez dentro, él aseguró la débil puerta con un pequeño seguro de acero, después abrazó con fuerza y calidez a la dama. Ella le besó los labios y levantó sólo un poco la ligera camiseta que llevaba puesta, desabotonándole los tres últimos botoncillos de plástico. Después continuó el, le subió la blusa hasta cruzar el bien torneado busto y dejar por debajo de su cuello la prenda sin retirar del todo. Los besos no cesaban, en la boca en el pecho de ambos, en el hermoso y suave cuello de ella, y lentamente bajando por el pecho del joven hasta llegar al pene. El placer aumentó en gran cantidad, Alan la tomó por los brazos y la levantó, ella le abrazó con las piernas alrededor de la cintura para dar paso a la penetración. Al joven le fascinaba aquella minifalda, no sólo por el color tan llamativo sino también por lo mucho que facilitó el acto sexual.

Así sin más, una serie de brutales golpes a la débil puerta interrumpió a la pareja.

—Angélica soy yo, Liliana —el tono de voz de una compañera tras la puerta sonaba un poco exaltado—. Es Liam, está como loco buscándote...

— ¡Abre la maldita puerta! —una voz más fuerte y brusca, seguida de fuertes puntapiés, arremetieron contra la puerta. Era Liam.

Alan no pensó demasiado, el plan llegó de súbito a su mente. Tomó el cuchillo de cacería del pantalón y se adelantó a abrir la puerta.

En medió del caos, y la obscuridad que ofrecía el sanitario, la sangre no se hizo esperar y tras varios golpes por parte de Liam, éste terminó cayendo al sentir como el filo de aquella arma blanca le atravesaba el estómago. Las mujeres dentro y fuera del sanitario comenzaron a gritar, y el ambiente se estremeció.

Alan sujetó a Angélica quien se reacomodó la ropa y después salieron del lugar dirigiéndose hacia la motocicleta.

Liliana había recibido un golpe en la cabeza y estaba un poco mareada, pero aún así pudo darse el tiempo suficiente para encerrarse dentro del sanitario junto con Liam, evitando así que éste pidiera ayuda a Dizzy.

Alan encendió el motor, el poco equipaje y dinero de Angélica ya había sido preparado por Melinda quien abrazó a su hija despidiéndose, y deseándole suerte en el viaje.

—No olvides llamarme —añadió finalmente y la motocicleta se alejó entre el llanto de la joven y su madre.

No cogió bastante velocidad cuando Dizzy desde la zona de bombas de gasolina y apuntando con el revólver disparo contra la joven pareja. No acertó, pero dejó al descubierto que el tenía el arma en su poder. Alan entendió en ese momento que se encontraba en desventaja, y por lo sucedido en el sanitario, Liam no le dejaría en paz ni un instante.

El sonido del motor se escuchó alejarse entre la helada obscuridad de la noche.

**Quinta parte
El final de la línea**

*El tiempo corre en su contra, una carrera se presenta contra los viajeros, un celoso perseguidor y otro rencoroso, un detective dispuesto a vengarse, y muchas personas más. Una apresurada travesía esta por terminar, la persecución tras una ambulancia, que lleva dentro la verdad del misterio.
¡Todos hacia el final de la línea!*

Capítulo 30
La cueva húmeda

Liam abrió los ojos, se encontraba en su oficina y el cajero del autoservicio cuidaba de la herida, que a simple vista parecía superficial, pero si se descuidaba podría provocarle una fuerte infección.

—Ese hijo de perra, malagradecido —vociferó mientras Melinda le lavaba la herida con agua caliente—. No es posible, después de todo lo que hice por él, le ofrecí comida y refugio de la tormenta helada. Incluso estaba por permitirle quedarse y ser mi socio, sin importar que se quedara con Angélica...

—Espera un segundo —interrumpió Melinda— no hables de Angie como si fuera un simple objeto.

— ¿De que hablas mujer? Yo sólo me refería a que juntos formarían algún nuevo establecimiento. Estaba por retirarme, incluso hasta hubiera llegado a ocupar mi lugar. Ese maldito Alan, no tiene ni puta idea de lo que tuve que hacer para que se sintiera a salvo.

— ¿Te refieres a lo del hotel?

Liam disimuló un poco y trató de no mencionar el tema. Pero Melinda insistió:

— Anda, acepta que fuiste tú el infeliz que quemó el hotel y mató a esos hombres —le miró fijamente—. Acepta que no eres más que un maldito asesino.

—No tengo idea de lo que hablas cariño, yo no tuve nada que ver con aquel incendio.

—Por lo menos deberías aceptarlo, tener un poco de valor —la mujer se puso en píe y se marchó cerrando la puerta tras ella, dejándole solo con su dolor y el cajero que no tenía idea de lo que hablaban.

Una vez fuera, el sol emanaba un calor aceptable manteniendo una temperatura baja pero sin llegar a ser muy helada, como es costumbre en esa época del año.

Era ya el medio día. Melinda se dirigió al autoservicio, necesitaba comer algo urgentemente ya que se había descuidado un poco al estar atendiendo a Liam durante toda la noche. Tal vez comería pan o galletas, acompañadas por café.

Dizzy tocó la puerta de la oficina donde Liam reposaba, el cajero abrió y después de una entrada agresiva, comenzó a examinar la herida.

—No luce tan mal viejo —añadió al levantar la sábana y ver los vendajes—. Con un poco de cicatrización y listo, calculo un par de semanas.

—Para entonces, Angélica y el bastardo de Alan ya estarán demasiado lejos —balbuceó Liam e intentó ponerse en píe—. Y por lo que veo no encontraste siquiera el rastro. ¿Me equivoco?

— ¿Eso que importancia tiene ya? La puta decidió marcharse, así que ya no hay remedio.

—Alan tiene que morir y Angélica debe volver. No hay más explicación.

—Pero aunque así fuera, ella volvería escapar con alguien más. Así que no comprendo por qué tanto interés en una puta cualquiera.

—Deja de llamarla así —Liam sacó una escopeta y una pistola del calibre .22 debajo del escritorio y algo de munición de uno de los cajones laterales.

—Pero Liam, ¿te has vuelto completamente loco?

—No son para ti idiota —guardó la pistola y la munición en una maleta café que sacó tras el asiento—. Son para liquidar al maldito Alan, por que claro que tú jamás podrías hacerlo. Además, esto es algo que tengo que hacer por cuenta propia.

—Maldición Liam, ¿estás haciendo esto simplemente por que el malagradecido se llevó a una puta que ya no quería estar aquí?

—Deja de llamarla así —Liam se volvió una vez en la puerta de salida y asestó una bofetada sobre la nariz de Dizzy, éste retrocedió—. De ahora en adelante no quiero que vuelvas a llamar puta a mi hija. ¿Entendido?

Cerró la puerta tras de sí.

Dizzy trató de digerir a prisa la noticia, cuando encontró lógica en las palabras del hombre comprendió por qué estaba por arriesgarlo todo en su búsqueda tras Alan. No podía creer que Angélica fuera su hija.

Salió rápidamente de la oficina intentando alcanzar a Liam, pero ya era tarde, el viejo se había marchado a toda prisa llevándose el deportivo negro, al parecer se había ido solo.

Sintió rabia tras la noticia, él siempre había creído que Angie era producto de algún romance de Melinda con uno de tantos clientes, y en realidad todos los residentes de la estación de gasolina lo creían, aunque había ciertas sospechas nadie se atrevía a decir algo por respeto a Liam, todas las chicas lo querían mucho, incluso Dizzy le guardaba cierto cariño mismo que desaparecía en esos últimos minutos, sin darse cuenta que aquella era la última vez que lo vería a los ojos. Avanzó hacia la vieja camioneta y después de luchar contra ella para que arrancara, la estacionó frente a una de las bombas de gasolina para llenar el depósito. Luego se dirigió a su habitación para hacerse con el revólver.

Al salir se encontró con Melinda, ya no tendría que ir a buscarla. Sonrió un poco y después borró la sonrisa para dar paso a una seriedad total.

—Rápido Melinda —dijo mientras avanzaba hacia ella para sujetarla del brazo—. Liam escapó, aún no ha sanado, creo que va tras tu hija y ese chico con el que se marchó. Temo que ocurra una desgracia.

—Bien iré contigo, solo dame unos minutos, te busco en la parte delantera de la gasolinera —respondió ella y se alejó a su dormitorio.

Quince minutos mas tarde y una vez Melinda se encontraba sentada en el lugar del copiloto, Dizzy se puso en marcha hacía la carretera, subiendo la inclinada colina que estaba a tan solo unos cuantos minutos, después se desvió por el mismo camino que tomó Alan hacia el acantilado.

— ¿Pero qué haces? Este no es el camino— preguntó Melinda un poco alterada.

—Te estoy tomando como rehén —mostró el revólver y apuntó con el arma cargada directo a la frente de la dama—. Ahora sal de la puta camioneta.

Después de recibir un golpe en la nuca, la mujer perdió el conocimiento. Lo recuperó hasta un par de minutos mas tarde…

Un olor a humedad rodeaba por completo el sentido del olfato de Melinda Fisher. La dama había despertado atada de pies y manos a una silla, dentro de lo que parecía una cueva. En cuestión de segundos se percató de que en realidad estaba dentro del túnel que conecta con la gran escalera y el lago congelado.

— ¡Auxilio, por favor ayúdenme!

Sabía de antemano que no había absolutamente nadie que pudiera socorrerle, estaba sola y en total obscuridad.

Trató inútilmente de soltar las manos de la cuerda, pero conforme tiraba de ella las ataduras se cerraban impidiendo que el nudo cruzara las muñecas. Parecía un buen nudo. Recordó que Liam también sabía hacer diversos nudos perfectos.

El recuerdo de Liam llegó a su mente y sobre ello, además de que no tenía nada mas que hacer estando atada en ese lugar, comenzó a visualizar la historia que le contó hacía ya varios años, sobre él y su antigua esposa.

Pensó también en la joven Angélica y su pasión por conocer mas allá de lo que era evidente. Siendo la mejor amiga de Liliana, compartía con ella el deseo de conocer alguna playa, mirar el mar y tal vez hasta viajar en barco.

Las cuerdas comenzaron a lastimarle las muñecas, pero lo que más le molestaba graciosamente, era una pequeña comezón que empezaba a surgir de su espalda. Maldijo por no ser capaz de satisfacer su ansiedad y rascar fuertemente con cualquier cosa.

Comenzaba a aburrirse, preguntándose donde se encontraría su captor, y por qué razón le había entrado la necesidad de secuestrarla. Fue entonces cuando la posibilidad de que Dizzy quisiera matarla llegó a su mente como algo muy real. Se alteró un poco, su mente ideaba la forma de escapar, inclusive gritaba para qué, si es que Dizzy se encontraba espiando desde la obscuridad, se compadeciera y la desatara. Pero no hubo respuesta.

La comezón en su espalda se hacía más fuerte, y fue cuando un frío estremecedor recorrió todo su cuerpo, debido a la idea de que una tarántula le estuviese trepando hasta la nuca. Rápidamente sacudió su cuerpo intentando no sentir comezón, y fue allí cuando notó que la silla comenzaba a romperse, escuchando fuertes crujidos provenir de la madera que conformaba las patas y el respaldo de la misma. Entonces decidió dar pequeños saltos para ejercer presión sobre la silla, hasta que logró destrozar una de las patas. Se felicitó a sí misma, pero lo que realmente necesitaba era vencer el respaldo entre el cual estaban atadas ambas manos.

El desequilibrio de la silla había hecho que cayera, por el momento le resultaba un poco difícil ponerse en píe. Se encontraba de espalda al suelo apoyándose sobre sus brazos.

Alzó la mirada y trató de relajarse, cuando la comezón regresó y en breves segundos, sintió como si le cortarán la espalda con una navaja. Melinda comenzó a gritar:

— ¡Duele!

Y el filo de la navaja dejó de hacerle daño, aunque la sangre no se hizo esperar.

— ¿Dizzy, eres tú?

No hubo respuesta.

Melinda consiguió luego de un gran esfuerzo, ponerse en pie y liberar las manos de la cuerda, pues la navaja había debilitado además de su cuerpo, sus ataduras. Aunque seguía teniendo los pies sin libertad de movimiento.

—Maldito hijo de perra —indicó la dama al ver que frente a ella estaba Dizzy sosteniendo un revólver con la diestra—. ¿Por qué haces esto?

—Sabía que lo habías olvidado, puta —respondió Dizzy mientras comenzaba a colocar una a una las balas en el arma.

— ¿Olvidar qué?

—Tú entregaste a esa sabandija de Liam al único amor de mi vida —la expresión en su rostro le cambiaba para reflejar todo el rencor acumulado.

—No tengo la mas minima idea de lo que me estás diciendo —un par de lágrimas empezaron a brotarle.

—Brendan. ¿Ya lo recordaste?

Melinda se liberó de las cuerdas que mantenían presos a sus pies, había estado debilitando el nudo desde que notó como se maltrataban con el primer impacto de la silla al caer. Ahora ya no tenía cuerda alguna que le impidiera el escape. Se abalanzó contra Dizzy golpeando su rostro con un pequeño trozo de madera recogido de la destrozada silla. Y conforme Dizzy retrocedía confundido, la dama avanzaba en dirección al lago.

Salió del túnel agradeciendo la cálida luz del día y se apresuró a encontrar refugio. Miraba alrededor alguna piedra grande, árbol o arbusto que pudiera servirle de protección. Trepar un árbol y esperar a que Dizzy le tomara por tiro al blanco, cualquier escondite no le sería muy útil pensándolo claramente. Al final decidió que la mejor opción sería optar por hacerle frente, aunque no tenía la más minima idea de como liquidarle.

El tiempo transcurría, y con ello las posibilidades de que muriera a manos de él.

—Melinda, sé que solo seguías ordenes de Liam —alardeó Dizzy caminando a paso lento fuera de la cueva suavizando con la mano, el lugar en la cabeza donde le había golpeado el trozo de madera—. Pero aún así tienes que pagar, prometo que no dolerá demasiado.

Melinda sólo contaba con una posibilidad, y sosteniendo el trozo de madera que contaba con una extraña punta llena de filo, ella trepada sobre la copa de un árbol a la espera de que se situara justo debajo. Comprendió entonces que estaba sola, su hija ya no regresaría a su lado, y aquella vez en la gasolinera había sido la última vez que la vería. Un par de lágrimas rodaron por ambas mejillas, cayendo al suelo con tristeza, alertando a Dizzy de la presencia de la dama, y anunciando así el final de Melinda Fisher.

La mujer se debí caer tratando de asestar un golpe, aunque fuera el mas mínimo, con suerte le rozaría la vena yugular para así salvarle la vida. Pero ya era demasiado tarde, y en aquel lugar, donde solía ir a visitar en compañía de su pequeña Angie, Melinda cayó arrodillada ante su secuestrador.

—Liam me arrebató una persona muy importante para mí, por lo tanto, yo le quitaré a la mujer más importante para él —anunció Dizzy. Apuntó con el revólver de Alan a la frente de la dama y tiró del gatillo.

Tan solo un instante pasó, y la mujer yacía tendida sin vida mirando en dirección al lago. Posiblemente veía como un microscópico copo de nieve caía sobre el agua.

Lentamente, el asesino le arrebató de las manos el

trozo de madera, pensando en que de no haber sido por las lágrimas de Melinda, le hubiera perjudicado mucho un corte con esa clase de arma improvisada.

Guardó el revólver y regresó hacia la camioneta, cruzando por el túnel y volviendo a la cima de la colina.

Eres la siguiente Angélica, pensaba mientras arrancaba con dirección a la gran ciudad del este.

Capítulo 31
Cenizas y cadáveres

Un autobús de bomberos obstruía el paso en aquella desviación, con dirección al hotel donde Liam y Melinda pasaron una noche hacia ya un par de días. Los residuos del incendio y los asesinatos de tres personas contando el cadáver que fue encontrado cerca del río, todo el lugar estaba plagado de pistas.

El coche conducido por el detective Thomas Henson se acercaba al lugar de los hechos.

—Lo siento señor el camino está cerrado —dijo un oficial que vigilaba el pase del personal a veinte metros del hotel.

— ¿Que demonios fue lo que pasó aquí?

—Eso es confidencial...

—Déjate ya de tantas estupideces —Tom comenzaba a alterarse, sacó de su bolsillo la placa de identificación—. Soy detective del estado y tres de mis mejores hombres se encuentran hospedados en ese hotel. Por lo que te sugiero que me entregues detalle, o mejor aún, puedes dejarme cruzar que yo lo averiguaré.

—Lo siento mucho señor Henson —aquel oficial miró la placa con asombro, pero realmente no tenía idea que fuera usted, es toda una leyenda. Pues verá, lo que sucedió es que algún maniaco pirómano incendió el hotel. Y varias personas resultaron heridas.

— ¿Hubo muertos?

—Si, el dueño del hotel con quemaduras de tercer grado. Y precisamente tres sujetos más...

—Déjame pasar —encendió el motor y aceleró mientras el oficial se apartaba.

No condujo ni un par de minutos cuando tuvo que detenerse rápidamente al ver el cadáver de Hall, tendido sobre el asfalto.

Llevó sus manos a la boca y cerró los ojos un momento. Después bajó del vehiculo.

—Disculpe señor, no puede estar aquí —anunciaba un policía con sombrero vaquero mientras se acercaba lentamente para reconocer al intruso—. Pero mira a quién tenemos aquí, nada mas ni nada menos que Thomas Henson, y dígame señor, ¿a qué se debe el honor de contar con la presencia de una leyenda como usted por esta carretera tan desolada?

—Dejémonos de toda esta charla sin sentido— Tom se apresuró a preguntar mientras señalaba el cadáver—. ¿Donde esta el resto de mis hombres?

—Pues a este le dieron un tiro mientras intentaba escapar del incendio —justo a mitad de la carretera, frente al hotel, el cuerpo de Hall miraba perdidamente hacía el cielo.

— ¿Y el resto?

—Un cadáver mas se puede encontrar por ese camino en dirección al río —señaló hacía una pequeña entrada al bosque, donde un estrecho camino de tierra llevaba hasta el cuerpo de Rich oculto tras un cubo de basura, del que sólo asomaban los pies, calzando un par de zapatos deportivos en color blanco.

— ¿Y el tercero?

—El tercer muerto, además del dueño del hotel, es un sujeto de baja estatura, que se hospedaba en la suite de lujo junto a su familia.

—No, me refiero a un oficial de policía llamado Seth...

—No amigo, el se encuentra vivo, solamente fallecieron los cuatro ya mencionados.

Una leve sonrisa comenzó a dibujársele en el rostro al detective Thomas, por lo menos Seth podría decirle quien había sido el hijo de perra que había asesinado a sus compañeros.

—Será mejor que hable con él cuanto antes— continuó Tom.

—Me temo que eso no podrá ser —respondió el oficial mirando la cara de preocupación de Thomas.

— ¿Por qué no?

—Al parecer su compañero sufrió graves quemaduras, creemos que fue él quien recibió el impacto que originó el incendio.

— ¿Fue una explosión de gas?

—Si, así lo fue.

— ¿Donde lo tienen hospitalizado entonces?

—Fue llevado de urgencia al hospital mejor equipado, debido a que necesitaran atenderle con los mejores aparatos posibles.

—El mejor hospital se encuentra en la gran ciudad del este, por lo tanto eso quiere decir que tal vez no alcance a llegar, pues esa ciudad está demasiado lejos.

—Pero no se preocupe, que la ambulancia donde lo trasladaron tiene el equipo suficiente para que su amigo llegue a salvo y a prisa. Pero pase, que aún puede usted echar un vistazo al hotel antes de que los forenses decidan que ya es hora de trasladar los cuerpos.

Nada mas entrar en el establecimiento, un olor a humo penetrado en las paredes del lugar era despedido haciendo capaz a Tom de percibirlo con facilidad. Las paredes habían cambiado su tonalidad clara para dar paso a un obscuro color negro grisáceo ocasionado también por el humo. Las alfombras, especialmente la que cubría la gran escalera principal, estaban completamente deshechas por el fuego, incluso dejando algunos lugares al descubierto o manchados con sangre, que posiblemente los habitantes dejaran al intentar huir.

El detective Thomas se dirigió a buscar los registros del hotel, pero estaban completamente quemados, y el único que conocía la identidad de los huéspedes era el ya fallecido dueño del hotel.

De pronto, un hombre entra en el lugar, escoltado por el oficial que recibiera a Thomas un par de minutos antes.

—Señor Henson —dijo al entregar al hombre misterioso— éste sujeto dice haber visto a una mujer muy hermosa salir del edificio justo antes del incendio, también dice que la mujer regresó al hotel y fue interceptada por un vehiculo.

En eso, el sonido del teléfono en la recepción comienza a sonar, y todos se sorprenden.

—Es increíble que este aparato aún funcione —anunció el oficial al soltar al hombre y después sujeto el auricular—. ¿Diga, quién habla?

—Deseó hablar con el detective Thomas —dijo la voz del otro lado de la línea en el auricular.

—Es para usted señor Henson.

—Detective Thomas al habla. ¿Quién rayos eres tú?

—Soy yo, Liam James.

— ¿Y que demonios quieres?

—Es una pena lo que le ocurrió a sus hombres Tom —Liam trató de disimular su tono de voz—. Pero no llamo para reírme de su desgracia, sino al contrario...

—Maldito hijo de perra. ¿Cómo sabes tú lo de mis hombres?

—Por que sé quién lo hizo, pues él mismo me lo confesó.

—Si no quieres que ahora mismo valla hasta tu maldito prostíbulo y te acuse de asesinato múltiple, será mejor que confieses todo lo que sabes.

—Si claro, recuerda aquel hombre al que vino a mi gasolinera a buscar, el que mató al anciano del bosque, pues resulta que se presentó ante mí y se llevó consigo a mi mejor chica, pero antes de marcharse dijo que tendría que deshacerse de los perseguidores, que por lo visto resultaron ser sus hombres, y al ver que efectivamente usted contestó el teléfono, eso significa que se encuentra en dicho hotel y que la desgracia ya ha ocurrido.

—Bien maldito bastardo —Tom estaba enfurecido presionando con fuerza el auricular hasta casi romperlo— será mejor que me digas como se llama ese asesino.

—Con gusto señor Thomas, ese hombre conduce una motocicleta acompañado por una hermosa mujer, y su nombre es Alan Jackson. Hasta conozco su siguiente destino. Se dirigen a la gran ciudad del este.

Liam colgó.

Creo que piensa terminar el trabajo, pensó Tom refiriéndose a Seth quien seguía con vida en la ambulancia y con la misma ciudad de destino. Recordó que Hall tenía heridas de una bala disparada con lo que posiblemente sería el mismo maldito revólver y a simple vista el calibre era muy similar. Observó al hombre que le mencionó haber visto a una mujer hermosa salir del hotel antes del incendio y regresar. Le preguntó:

— ¿Cuando la mujer salió, hacia donde se dirigía?

—Iba con dirección al bosque...

Ese hijo de perra de Liam me decía la verdad, tengo que alcanzar esa ambulancia.

Capítulo 32
Todo el dinero disponible

El motor se escuchaba bien mientras Alan tomaba las pronunciadas curvas sobre su motocicleta.

Le acompañaba la hermosa Angélica quién no dejaba de sonreír mirando el inmenso bosque a la orilla de la carretera bajo el impresionante acantilado que se veía, con una caída incalculable a simple vista.

La motocicleta recorría el descenso por el carril de la derecha, que era el que se acercaba más a la orilla, por lo tanto se podía apreciar casi por completo el majestuoso panorama frente a ellos.

Angélica estaba feliz, deleitándose visualmente sin dejar de sonreír.

—¿Te parece bien si nos detenemos en el siguiente restaurante? —Alegó Alan—. Ya he conducido un largo trayecto sin parar, creo que será mejor descansar un poco.

—Suena a una excelente idea —respondió Angie dando un fuerte abrazo al joven—. Además hay algo importante que debo decirte.

La charla quedó en suspenso momentáneamente, pues el impacto directo con el viento no les permitía escucharse con total claridad entre sí.

Después continuó a una velocidad un poco más alta de lo normal, y logró tomar todas aquellas curvas tan características del inmenso tramo de carretera, al lado del barranco que se mantiene alrededor de sesenta metros de altura, y que justo en el fondo, paralelo al camino, corre el agua del río Biacci.

Media hora después.

Ahora tenía frente a él sólo una extensa llanura y la carretera que seguía recta, hasta cruzar al lado de un señalamiento que indicaba un restaurante de comida rápida a cien metros. La joven también se percató del letrero y se alegró al saber que pronto comería. Después de la persecución al salir de la gasolinera, la motocicleta al igual que los pasajeros, no habían tenido oportunidad para descansar, por esa misma razón, sin tanto esperar Alan redujo la velocidad y aparcó frente al restaurante.

—Tengo mucha hambre y estoy realmente cansada —anunció Angie al bajar de la motocicleta— pero a pesar de tener que haber salido corriendo, he disfrutado bastante este viaje.

—Si, ha sido un verdadero placer —respondió el joven—. El viaje nunca fue tan cálido como ahora.

Entraron al restaurante y ordenaron huevos fritos con tocino para desayunar. Por veinte minutos no hablaron nada importante, no fue mas allá de una plática convencional como solían tener cuando desayunaban en la gasolinera. Hasta que Alan dijo al fin:

—Y entonces, ¿qué era aquello tan importante que hablarías conmigo?

Ella no respondió, y terminó su bebida.

—Yo también tengo algo que decir —continuó Alan mirando hacía afuera por la ventana del restaurante—. Seré muy franco, pero ya queda poco dinero disponible en nuestro fondo.

—Siento mucho oír eso —la joven estaba apenada—. Por las prisas, no pude traer todo el dinero que había ahorrado, pero la buena noticia es que mamá podría enviarnos algo. Será de mi propio dinero, y nos servirá aunque sea para llegar a la ciudad del este.

—El asunto es que creo que lo mejor sería dejar a tu madre fuera de todo esto, si Liam llega a enterarse que ella apoya tu decisión, tal vez podría correr peligro, por el momento estaremos bien pero tendremos que dormir en la tienda de campaña que compré en el autoservicio antes de partir. No será tan cómodo como dormir en una calientita cama de algún motel pero debe ser mas seguro por el hecho de que Liam nos esté siguiendo.

—Yo no creo que nos siga, no puede descuidar tanto el prostíbulo, además de que no sabe hacia donde nos dirigimos.

—Si que lo sabe. Pero basta de charla debemos seguir, creo que conduciré el resto del día parando para descansar momentáneamente, y al caer la noche aparcaremos en un hotel de paso, lo aprovecharemos al máximo por que puede ser la última vez, antes de llegar a la gran ciudad, donde podremos disfrutar de esa caliente cama.

Eran casi las nueve de la noche.

El trayecto había resultado agotador, pues Alan condujo por casi ocho horas. Se detuvo y aparcó en el estacionamiento de un pequeño hotel de paso, en lo que parecía una carretera muy verde, debido a que estaba decorada por los laterales con una fina capa de pasto y algún que otro arbusto.

—Dormiremos aquí —anunció Alan y comenzó a bajar el equipaje.

Una vez dentro se dirigieron a su habitación, todo parecía marchar bien pues ahora tenían alrededor de ocho horas de ventaja sobre Liam posiblemente solo la mitad calculando que él también conduzca rápido, y además durante todo el camino habían estado tratando de comunicarse a la gasolinera en espera de que Melinda respondiera y les enviara dinero, pero resulto que las compañeras de Angie le habían visto salir en compañía de Dizzy, pero ninguno de los dos regresaba, además de que Liam no daba rastro alguno de presencia. Todo esto solo podría significar una cosa, en verdad estaban siendo perseguidos, y ahora contaban con el problema de que no podían comunicarse con Melinda.

Las presiones eran demasiadas, por lo cual Alan no tenía otra opción más de que seguir adelante hasta llegar a la ciudad, una vez allá se preocuparía por perder la pista y conseguir algo de dinero.

Al ver lo acogedora que lucía la cama, se dejó caer y disfrutar de la comodidad y suavidad del colchón y las sábanas.

Pero se levantó de inmediato para revisar la billetera aprovechando que Angélica estaba en la ducha. Nada mas abrirla, notó que no contaba con mucho efectivo y que ocultárselo a ella no ayudaría absolutamente nada. Agitó la billetera en señal de desesperación, sin darse cuenta la había soltado y ésta se estrelló contra la pared liberando un pequeño papel que se encontraba muy bien oculto en uno de los bolsillos del centro. Alan se acercó para examinarlo, era un número de teléfono.

La curiosidad aumentó, de quién podría ser, por suerte el hotel contaba con un teléfono al lado de la cama, sobre la mesita de noche. El joven se planteó la idea por un momento, por un lado no quería darse el lujo de despilfarrar dinero ya que las llamadas, el hotel las cobraba fuera de la cifra acordada al alquilar la habitación. Pero por otro lado, deseaba saber quién era el propietario de dicho número.

Optó por llamar.

Una dulce voz conocida se escuchó del otro lado de la línea. Angélica desde el cuarto de baño no podía escuchar ni una palabra de la conversación por teléfono. Y sólo se limitaba a terminar de ducharse.

—Tengo algo importante que decirte desde hace ya unas horas —dijo Angie mientras se enjuagaba el cabello. Te lo traté de comentar durante el desayuno pero con todo y lo del dinero, no pude mencionarlo.

Alan escucho ambas voces pero se concentraba

mas en la que viajaba a través del teléfono.

—Cuando las chicas y yo teníamos que trabajar por la noche en la gasolinera —continuó ella—. Liam nos hacía tomar una píldora anticonceptiva antes de tener a nuestro primer cliente. El asunto es que mi última noche en ese lugar no tomé la píldora.

Ahora ambas voces eran importantes.

—Estoy embarazada —anunció Angie mientras acariciaba su vientre con cariño.

Del otro lado de la línea telefónica, la mujer continuaba hablando. Pero Alan no le prestaba atención a ella, sonriendo un poco decidió terminar su plática con la mujer diciendo:

—Lo siento mi amor, he conducido un largo camino sin descansar. Me alegra que por fin pueda comunicarme contigo, perdón por no haber notado el pequeño papel en la billetera, debí haber sido más brillante. Te marco mañana, necesito saber cómo has estado. Dulces sueños Helena.

Colgó.

Angélica salió del cuarto de baño completamente desnuda, y le miro provocándolo. Se acercó para besarlo y al final preguntó mientras le acariciaba el pecho:

—¿Te gustaría liberar un poco de estrés? Y repetir, pero con mas paciencia lo que hicimos en la gasolinera...

Capítulo 33
Sin luz de luna

Una extraña mirada hacía el mingitorio fue dirigida por Liam, sintiendo una gratificante sensación de alegría al salir de su cuerpo la orina acumulada. Sacudió el pene cuando terminó y después fue a lavarse las manos.

Se encontraba a una hora de camino del hotel donde Alan residía, claro que eso él no lo sabía y se limitaba a secar sus manos con un par de toallas al lado del lavamanos. Depositó el papel ya húmedo dentro del pequeño cubo de basura azul y salió del cuarto de baño.

Frente a él se hallaba una larga barra comedor, tras ella estaba una mujer que tomaba las órdenes de los clientes, el resto del lugar se encontraba plagado de mesas con sus respectivas sillas aunque la mayoría estaban vacías, no era natural a esa hora de la noche.

Regresó a su silla en la barra y pidió otra cerveza, la segunda desde que llegó allí. Pidió a la mujer un pedazo de papel y algo con qué escribir, ella no tardo en sacar debajo de la registradora un lápiz y la servilleta del despachador.

— ¿Te sirve esto? —preguntó ella.

—Es perfecto, gracias —Liam tomó rápidamente las cosas y las dejó sobre la barra, justo a su lado.

Bebió un largo trago de cerveza y comenzó a escribir, anotando un guión largo antes de cada frase para diferenciar cada punto de la lista entre sí. Primero estaba el asunto de Alan, pensando en que tal vez ya este en la gran ciudad del este, lo que significaría un problema mayor pues se dificultaría el encontrarle, además cabe la posibilidad de que se le valla a ir la lengua e intente hablar con las autoridades a detalle del prostíbulo, lo cual no significaría nada si no estuviese con él Angélica, quién le respaldaría como su testigo e incluso podría testificar en su contra.

También estaba el asunto del detective Thomas, por el momento no representaba un gran problema para él, pues lo mas probable era que se hubiese tragado el cebo y justo en esos momentos ya estuviera tras la pista de Alan, incluso podría tener en cuenta el hecho de que Thomas ya lo tuviera bajo custodia. No tenía tantas pruebas en su contra pero Liam aprovecharía que lo encerraran en alguna pequeña celda de algún pueblo debido a que la ciudad aún estaba muy lejos, si eso pasaba y fuera encerrado en esa celda ya podría darse por muerto, Liam en persona le mataría. Aunque fuera la otra opción y le custodiaran en la gran ciudad, contaba con suficientes contactos para enviar a liquidarle en la primera oportunidad posible, antes de que Tom descubriera al verdadero responsable de la muerte de sus hombres.

En el caso de que Thomas no le capturara aún, bien podría valerse de los asesinos que Hopper tenía en su nómina, lo cual sería muy eficaz pues cuando esos sujetos buscan a alguien es un hecho que prácticamente ya puedan darle por muerto. Liam decidió no optar por esa opción por que al hacerlo su hija, la joven Angélica también se consideraría un cadáver más.

Y por último, pero no menos importante, estaba el asunto del prostíbulo, ya lo había descuidado mucho. Claro que Dizzy estaba a cargo, lo cual preocupaba aún mas a Liam, ya que el muy cabrón se comportaba extraño últimamente.

Guardó la servilleta en la billetera, pagó a la mujer y le regresó el lápiz, después salió del lugar y fue directamente al vehiculo, ahora que tenía claro los problemas sabía que no podría darse el lujo de perder mas tiempo.

Media hora más tarde.
Liam ya había cruzado las curvas entre la gran cadena de montañas, ahora se encontraba conduciendo recto, en una oscuridad casi total debido en gran parte a que no había luna y la única luz que lo guiaba era la de su coche deportivo.

La penumbra y el frío le hizo extrañar a su amada Melinda, ella siempre había sido su compañera de viaje, y a pesar de que tal vez no lo pareciera, Liam la amaba con intensidad siempre preocupándose por su bienestar manteniéndola a su lado para protegerla de cualquier cosa que le pudiera pasar.

El cristal delantero del deportivo tenía una pequeña ruptura por una esquina, cerca del espejo retrovisor por el lado del conductor. Aquel minúsculo orificio permitía entrar el suficiente aire helado, y debido a que Liam no tenía idea de donde localizar dicha falla, se tuvo que ver obligado a mantener la calefacción encendida. En el portavasos llevaba un pequeño envase de metal donde calentaba café con ayuda del encendedor del mismo vehiculo.

Recordó cuando Melinda viajaba con él, ella era quien le atendía haciendo lo necesario para mantener la temperatura adecuada y que él solo se limitase a conducir.

Calculó el tiempo que tenía Thomas para alcanzarle, teniendo en cuenta que conducía un auto patrulla mas veloz que su deportivo, con el mínimo tráfico, supo que llegarían casi al mismo tiempo a la ciudad.

Una sonrisa burlona se dibujó en su rostro. Si todo salía bien, para antes de llegar a la ciudad Alan ya debería estar muerto y preparado para cuando Tom lo alcance, así Liam ya estaría a varios kilómetros de distancia a salvo.

Pero lo que él no sabía era que uno de los hombres de Tom aún seguía con vida y próximo a llegar al hospital, pues a pesar de que la ambulancia que le transportaba no era tan veloz como los demás vehículos involucrados en la persecución, contaba con la ventaja de haber comenzado antes, por lo tanto no se podría saber con exactitud a cual distancia se hallaba. Pero esta información no estaba dentro de los conocimientos de Liam, él creía que los tres hombres de Thomas habían sido liquidados con éxito, jamás imaginaría que sería el primero en recibir el impacto de la explosión quien lograra sobrevivir.

Continuó acelerando, cada letrero a la orilla de la carretera anunciaba el número de kilómetro en el que se encontraba, iluminado entre aquella obscuridad latente por los focos delanteros del automóvil, en aquella noche trágica.

Después de algunos kilómetros diferenció a lo lejos un cielo bañado por los colores rojo y azul, moviéndose en círculos, creciendo conforme se acercaba, y diferenciando con el oído el sonido de las sirenas de coches patrulla y ambulancias.

Redujo la velocidad pero no frenó, avanzó detrás de una larga fila de vehículos que avanzaban lentamente obedeciendo las indicaciones de los oficiales de tránsito, dispersados a los laterales de la carretera con cierta distancia entre ellos y aquel característico chaleco reflejante.

Liam estaba por llegar al sitio donde reposaban las victimas del accidente automovilístico, cuando su atención se centro en un enorme trailer estacionado sobre el carril contrario, reconoció al conductor, era el reservado de Frank.

Pero había justo al lado del trailer, un vehiculo todavía mas familiar. La camioneta que conducía Dizzy, con un fuerte impacto sobre el cristal.

Sin duda alguna era una noche trágica, y apenas comenzaba.

Sexta parte
Orquídea

El recorrido de la joven amada que se cansa de esperar en casa.
La trayectoria de la chica que se siente acorralada.
Un detective que busca concluir su venganza, estando cada vez más cerca de conseguirlo, con pistas realmente fuertes.
Y un fatal contratiempo antes del final de la línea.

Capítulo 34
Antes del señor Wallace

Primera visita al psiquiatra:

Ambos estaban sentados, doctor y paciente, en aquella habitación de paredes color café claro. Un largo sofá en medio, con uno más pequeño delante. Nadie decía nada.

— Considerando solo la realidad —preguntó el psiquiatra al fin—. ¿Dirías que estás en paz?

Hopper lo considero unos cuantos instantes, pero ya conocía la respuesta antes de anunciarla, no la decía por que le gustaba perder todo el tiempo posible con el doctor. Nunca le había demostrado confianza alguna, a él o al resto del mundo.

—Pienso que sí —dijo al fin. Era la respuesta ocasional y común que solía decir indicaba que no iba a decir nada mas sobre ese asunto.

Pero el psiquiatra no era estúpido, sabía como tratar a los chicos de esa edad.

—Mira Hopper —dijo levantándose de su asiento y cruzando los brazos. Observaba discretamente al joven, pero con sumo cuidado, intentando no perder detalle de sus actos—. Tienes solo diecisiete años, ya lo sé, es una edad difícil como para hablar sobre un asunto tan delicado como éste. Lo cierto es que me facilitarías mucho las cosas, y sé de antemano que es una gran pérdida. Pero debes decirme lo que pasó en esa casa…

El reloj en la habitación parecía escucharse mas fuerte, debido al silencio que guardaban ambos, el cual solo podría romperse cuando el joven Hopper comenzara a hablar.

Pero no era un asunto, del cual se pudiera hablar así sin más. Y Hopper lo sabía, aunque deseaba poder contárselo a alguien y desahogarse un poco. Sus ojos comenzaron a irritarse, y los síntomas del llanto crecerían, aunque no se atrevía a llorar.

Siempre había sido sensible, desde que estudiaba en la primaria, donde trataba de no frecuentar amistades para después no sufrir las consecuencias de algún reproche o traición por parte de ellos. A pesar de todo ello nunca estaba solo, poseía el carisma para atraer a los demás aunque él tratara de alejarse.

Hopper se acomodó en el sofá. Se relajó preparándose para contar la historia.

—Bien —dijo sin mirar al doctor que sostenía el pequeño cuaderno de notas—. Los acontecimientos son los siguientes…

Dos días antes de la visita de Hopper con el psiquiatra, y tal acción no había sido necesaria. Vivía con naturalidad, sin hechos inesperados o acciones que lo pusieran en problemas. Pero un pequeño descuido y un estúpido traficante de ácido lograron ponerlo a debatirse entre la vida y la muerte.

Con la edad de diecisiete años cumplidos, el joven Wallace acudía comúnmente a la escuela, preparándose para comenzar sus estudios sobre alguna carrera mas adelante. Como era costumbre, subía al tren subterráneo para después bajar seis estaciones delante, salir de allí y subir al autobús que lo llevaría hasta el colegio. Pero aquella mañana del 27 de abril, el joven no tenía intención de ir al colegio. Llevaba ya más de dos meses reuniéndose a hurtadillas con varios amigos de otra aula, después se veían con un camello a un par de calles de la estación del metro, donde acababa de bajar.

Uno de los estudiantes, el más alto del grupo, lo

visualizó de entre la multitud que salía del subterráneo.

—Hey Wally —dijo alzando la mano— aquí estamos amigo, soy yo Eric.

Aún a esa edad, Wallace no estaba acostumbrado a llamar la atención, le parecía más adecuado mantenerse firme y oculto del resto de los demás, cuando llegaba el momento de acusar a alguien siempre era él, el último del cual sospechar.

— ¿Todo está bien? Lucen como señoritas — bromeó Wallace mientras saludaba con choque de palmas a sus camaradas.

—Si, todo está genial —asintió el alumno Chip, quien llevaba alrededor de un mes que no asistía al colegio, desde que el director decidiera expulsarle por varios problemas con los alumnos de los demás grupos. Chip se tomó muy enserio el asunto de la expulsión de tres días, decidiendo así alargar un poco sus improvisadas vacaciones y aprovechar un más el tiempo

— ¿Qué les parece si nos largamos de aquí? Comenzaremos la fiesta —propuso Eric haciendo un gesto con la mano y la nariz simulando estar retirándose el polvo después de haber consumido cocaína.

Todos rieron.

—Marciano —anunciaron al unísono los dos jóvenes restantes, refiriéndose a un traficante de yerba, cocaína e incluso algunas veces algo de heroína, pero los chicos decidieron que las agujas serían un paso más grande, y ellos solo buscaban relajarse y divertirse con alguna chica.

El nombre real de Marciano, era Gale Fileman, y la razón de por qué le decían así era simple, en una ocasión había sido encontrado cerca de un granero con el cuerpo casi al desnudo y la piel de un color verde obscuro, lo cual hizo pensar a algunos que la yerba le había ocasionado un efecto secundario, claro que no era cierto, pues sólo fue un poco de pintura que el propio Gale estaba tan drogado que no fue capaz de recordar como terminó así. El asunto era que a alguien le hizo mucha gracia verle la piel como un marciano de historieta, y el apodo se le quedó.

— ¿Pero cómo encontraremos a ese cabrón?

—Anunció hace dos días que estaría cerca del parque, creo que le ha ido bien vender allí —señaló Eric.

—Por lo menos hasta que los hombres de Fred lo descubran —respondió Wallace—. Marciano sabe que no puede invadir territorio de nadie más, y si Fred defiende sus plazas es por que comprende que están entre las mejores.

—Entonces será mejor que vayamos antes de que le maten —Chip rió a carcajadas pero a los demás no les hacía tanta gracia por que sabían que era cierto.

Avanzaron a pie dos manzanas arriba, por la calle principal sobre el tren subterráneo. No pensaban en nada concreto y se limitaban a bromear entre ellos sobre las chicas con las que habían estado, todos ellos exageraron sobre el tema, pues a más de alguno le habrían hecho burla en el colegio por lo rápido que terminaba el acto sexual.

Al llegar al parque, Wallace saludó a un par de camaradas que se reunían allí, sobre una especie de elevación recubierta por pasto, desde la cima se podía apreciar con claridad las canchas de basquetbol, las cuales fueron transformadas en un pequeño parque para patinetas.

A lo lejos estaba un hombre delgado fumando yerba. Con su asquerosa boca exhalaba tanto humo que parecía una maldita chimenea.

—Si vienen a comprar —dijo Marciano apuntando al grupo de jóvenes con el cigarrillo improvisado de mariguana— digan cuanto y de qué necesitan, pero si solo quieren ver, será mejor que se vallan a la mierda.

—Si —respondió Chip sonriendo y mostrando un abanico de billetes—. Queremos comprar un poco de ácido...

—¿Por que razón creen que tengo ácido?

—Si mal no recuerdo tú vendes droga...

—Correcto, pero en este territorio no puedo vender ácido, o de lo contrario Fred me asesinaría.

—Pero vamos, si Freddy no está aquí en estos momentos. Por lo tanto puedes hacer una excepción y venderme algo de producto. ¿Que dices amigo?

—No soy tu maldito amigo —Marciano se puso en pie, estaba comenzando a enfadarse—. Y no están aquí para comprar caramelos, así que será mejor que compren esto, por que lo que ven es lo que hay.

—Vámonos —añadió Eric demostrando que le daba lo mismo el que no les quisiera vender—. Este hijo de perra no va a vendernos ácido.

—Hijo de puta —Marciano llevó la mano al bolsillo—. No tienen idea de a quién acaban de insultar...

El traficante sacó una pistola del bolsillo, pero antes de apuntar los cinco jóvenes presenciaron como recibía un impacto de bala en la frente, justo arriba de su ojo izquierdo, y caía desplomado por la inclinada colina dejando un ligero rastro de sangre tras de sí.

Hopper desvió la mirada en dirección a los asesinos, cinco sujetos de traje negro parados a unos quince metros perfectamente armados y seguramente todos ellos con chalecos antibalas.

De pronto, y con un inmenso miedo recorriéndoles el cuerpo, dos jóvenes se echaron a correr. Hopper les miro e intentó detenerlos con palabras, pero ellos no escucharon, estaban cegados por el horror, y así recibieron el mismo destino que Marciano, muriendo abatidos por dos impactos de bala cada uno de ellos.

—Chip, Eric, no se les ocurra huir —susurró Hopper sin mover el cuerpo y manteniéndose completamente firme— si hacen un movimiento en falso, esos cabrones nos van a acribillar en cuestión de segundos

—tragó saliva—. Será mejor que yo hable.

En el consultorio, el psiquiatra escuchaba con atención la historia del joven, intentando no interrumpir en absoluto.

—Creo que hasta aquí dejaremos la sesión de hoy —dijo al ver como Hopper comenzaba a sentirse presionado—. Continuaremos mañana.

El psiquiatra se levantó y avanzó hacia la puerta acompañando al muchacho.

—Al parecer, hablar con usted empieza a calmarme —dijo Hopper mintiendo.

—Esperemos que pronto vuelvas al colegio.

—Yo también —el joven se despidió con un saludo de mano.

Segunda visita al psiquiatra:

El estúpido ventilador de aspas sobre su cabeza ya comenzaba a irritarle. Hopper decidió volver una vez más al consultorio del psiquiatra, creyendo que podría liberarse de toda la presión ejercida sobre su cabeza.

Aquel sujeto de aspecto intelectual, sostenía lo que parecía el mismo cuaderno de notas que la vez pasada. Tenía una mirada cansada tras esos finos anteojos italianos, manteniéndose a la espera de que el muchacho empezara a narrar la segunda parte de aquel trágico acontecimiento que le llevó a tener que reunirse con un psicólogo cada lunes.

Y así, el hombre comenzó por preguntar:

— ¿Estás listo para continuar con tu relato?

—Por supuesto —asintió Hopper al ponerse cómodo sobre el sofá.

—El pasado lunes terminaste por contarme que tú y los alumnos que te acompañaban fueron testigos de un asesinato en el cual dos de esos alumnos perdieron la vida, cuando intentaban adquirir droga de un traficante.

—No sólo era droga, sino que era ácido, y uno de los mejores de la zona.

—Entonces, te escucho —el psicólogo preparó el lápiz y puso total atención al joven.

Las personas que acudieron al parque el día del asesinato de Marciano, escucharon los múltiples disparos, algunos inclusive lograron ver los cuerpos de los alumnos caer por la pequeña elevación de tierra, donde Wallace, Chip y Eric, tenían una gran vista de todo el parque.

La pista donde los jóvenes patinaban, estaba vacía, al contrario de cuando llegaron para comprar el ácido. Y al igual que el resto del parque, donde cada rincón estaba deshabitado.

—Es perfecto —decía Fred acercándose a los tres jóvenes estudiantes, cruzando al lado del cadáver de Marciano, aprovechando la cercanía para dar un fuerte puntapié directo al estómago—. ¿Y, se puede saber quién demonios son ustedes?

Los tres muchachos estaban perplejos ante las palabras de Fred, todos creían que era el final, pero estaban muy equivocados. Finalmente, Eric se atrevió a responder:

—Sólo somos estudiantes del colegio, en el centro de la ciudad.

—¿En serio? —el tono burlesco de Fred podía notarse a pesar del fuerte viento que hacía—. ¿Y qué los trae por aquí? Junto a ese hijo de perra.

—Marciano, bueno nos enteramos por medio de otros alumnos que vendía ácido a buen precio y de una excelente calidad.

—Y ya lo veo que es una excelente calidad —Fred se enfureció golpeando nuevamente el cuerpo de Marciano en el suelo—. Pero si el muy cabrón me ha robado toda esa mercancía que trae consigo, incluso hemos pasado mis colegas y yo —señaló a los hombres que le acompañaban—, a la casa de éste, y le retiramos el resto de la droga robada.

Los tres alumnos tragaron saliva y se alteraron. Luego de unos segundos, Hopper se atrevió a preguntar:

— ¿Qué harás con nosotros?

—Ustedes no son importantes —dijo Fred y levantó la mano, en el acto los hombres a su lado mostraron las armas que llevaban y apuntaron a los tres alumnos—. Lo mejor será eliminar a todos los testigos antes de que la policía llegue.

—Espera —interrumpió Chip antes de que los acribillaran a balazos.

— ¿Qué tienes que decir?

—Somos muy útiles, podemos trabajar para ti.

—No es posible —Fred rió a carcajadas—. Mira, tengo una idea te daré una pistola y tienes que matar al idiota que está a tu lado, si lo haces puedes considerarte parte de nuestro grupo.

Chip parpadeó y comenzó a temblar con la pistola entre sus manos.

—Dame eso —Fred le arrebató el arma y se la entregó a Eric—. No puede ser que tengas miedo de matar a una simple persona. Bueno mira lo que pasa. ¿Tú, cómo te llamas?

—Eric señor.

—Bien Eric, tienes la pistola en tus manos. Misma oferta.

Eric sonrió, cargó el arma, apuntó a la cabeza de Chip y disparó. La sangre del joven le salpicó la cara. Hopper vio lo que ocurría frente a sus propios ojos y no podía creerlo.

—Bien hecho —Fred le quitó la pistola y se la dio a uno de sus hombres quién comenzó a limpiarle las huellas dactilares—. A eso le llamo yo tener las bolas en su sitio. Bienvenido a nuestra organización, mi nuevo reemplazo de Marciano. Y tú, el sujeto alto de allí...

—Ahora voy yo —Hopper le miró tratando de no mostrar su miedo.

—Creo que tengo algo bueno para ti.

—No mataré a nadie.

—No te preocupes, ya basta de tanta violencia. Pareces muy listo, y por lo que me dicen que son estudiantes de un colegio, tengo que preguntártelo. ¿Qué es lo que estudias?

—Leyes, quiero ser uno de los mejores abogados.

—Ya está, terminarás tus estudios y serás mi abogado particular, ¿que te parece?

—Creo que sí —miró los cuerpos de sus compañeros esparcidos por toda la cuesta y supo que no tenía opción—. De acuerdo, seré tu abogado.

—Pero antes debes saber que tengo que arrebatarte algo a cambio de tus servicios y como marca personal de que ahora perteneces a un mundo totalmente distinto al que conoces.

— ¿Qué pretendes arrebatarme?

—Luego te darás cuenta, por ahora será mejor marcharnos antes de que la policía nos arruine la fiesta.

El sonido de las sirenas comenzó a hacerse más notorio, pero cuando estas llegaron al lugar, ya no había nadie a excepción de los cadáveres.

El psicólogo mantenía la mirada de asombro ante ese final de la historia y no pudo evitar preguntar:

— ¿Y lo que te arrebató Fred?

—Si —un par de lágrimas brotaron del rostro del joven Wallace—. Cuando llegué del colegio al día siguiente, encontré a mis padres muertos sobre la alfombra de mi casa, con una nota sobre ellos que decía: Bienvenido a la organización.

—Eso es horrible. Tienes que acudir con la policía.

—No gracias —la mirada en el rostro del joven no volvió a ser la misma—. Ahora tengo un nuevo camino justo delante de mí. Y Fred me cuidara bien. Así que gracias por su apoyo y hasta nunca señor psicólogo.

Hopper dejó caer un fajo de billetes sobre la pequeña mesa delante de él y salió del consultorio. El hombre miró el dinero, sin poder creer lo que acababa de ocurrir.

Capítulo 35
Cruzando el parque Cranston

La respiración de la joven Helena era suave y calmada, sin pausas entre exhalaciones, ni ronquidos o sonidos extraños emanando de su boca. El hecho de que Alan estaba muy lejos de ella, no le había quitado el deseo de reposar durmiendo sus ocho horas diarias, incluso a veces dormía más, por ejemplo los días en que descansaba de su jornada laboral.

Su vida no era tan llena de cosas por hacer, tampoco es que el joven fuera la clave de sus experiencias, pero si le proporcionaba grandes momentos alegres y ella se había acostumbrado a pasar tiempo con él.

Ahora solo se limitaba a descansar mientras su hombre regresaba de aquel viaje, recordando lo mucho que le amaba, y la falta que le hacía.

De pronto, despertó mirando el reloj a su lado sobre la mesa de noche, pasaba de las diez. Ese día no tendría que trabajar, y había decidido ir al centro de la ciudad, dispuesta a comprar un vehiculo para facilitar su transporte al trabajo.

Estaba cansada de viajar siempre en transporte público, no toleraba el calor que se acumulaba por los cristales, los asientos con goma de mascar, y sobre todo las miradas acosadoras, hasta algunos roces con varios hombres. Llevaba ahorrando durante largo tiempo, tenía muy clara la meta de adquirir su propio vehiculo, y mofarse del resto de personas que tendrían que continuar viajando en aquel autobús.

Retiró todos sus ahorros del banco y los llevó a su hogar, el viejo departamento que Alan solía visitar. Una vez dentro, se encaminó hacia la recamara y despilfarró todos los billetes sobre el colchón, no era mucho, pero si lo suficiente, y con denominaciones pequeñas, para hacer bulto, había billetes de cincuenta y cien. Después de contarlo, regresó todo nuevamente a la bolsa, la cual escondió donde guardaba las especias en la cocina.

Tomó una ducha caliente, y se vistió muy casualmente, pantalones de mezclilla, una blusa delgada color blanco, zapatillas deportivas del mismo color, y para finalizar un maquillaje discreto sin demasiada sombra en sus ojos, estaba decidida a buscar en diversas agencias de autos y quería parecer la malvada madrastra de algún cuento infantil.

Salió del apartamento y llegó a la calle, allí cruzó a la acera de enfrente y esperó en la parada de autobús, feliz y disfrutando el momento, por que probablemente aquella sería una de las últimas veces que viajaría en transporte público.

El enorme autobús aparcó la puerta, se abrió y ella subió las pequeñas escalerillas de acero, pagó al chofer y se sentó en una de las últimas sillas al fondo, tuvo suerte, el camión estaba casi vacío.

Alrededor de media hora pasó. Helena miró por la ventanilla en dirección hacia el parque Cranston, el camión avanzaba sobre un puente de concreto sólido construido para que un pequeño río de desagüe pasara por debajo. La gerencia del mismo parque había sido muy estricta en cuestiones salubres, y gracias a ello el río no despedía ningún hedor desagradable y era en gran parte a la altura y el constante aseo por parte de los empleados. Toda esa cuestión de higiene no solo era para que las personas no tuvieran que cubrirse la nariz al pasar por allí, principalmente era para que la maldita basura generada por los mismos peatones y visitantes del parque, no fuera a tapar los respiraderos y filtraciones que impedían que el agua incrementara desbordando el río y provocando accidentes en el puente.

Al lado del puente, justo en el otro extremo había

un hombre extraño acercándose a un grupo de cruces cerca del río. El extraño sujeto era delgado y llevaba un sombrero vaquero color blanco, con su camiseta a cuadros azul, y el pantalón mezclilla negro que perfectamente hacía juego con sus botas del mismo tono de negro. En la mano izquierda sostenía un gran ramo de flores, las cuales Helena no pudo identificar por mas que intentara.

Una repentina curiosidad se presentó súbitamente en ella, quien no vaciló en observarle lo más que pudo, hasta que el autobús terminó alejándose cada vez más. Sintió el deseo de bajar y preguntarle cualquier cosa, lo necesario para entablar conversación con el misterioso hombre.

Pero no lo hizo.

Era absurdo por más curiosidad que tuviera. No sería correcto acercarse a un desconocido mientras visita un lugar con cruces clavadas al suelo y preguntarle como ha estado.

El resto del trayecto fue un tanto mas aburrido, sentía cansancio, bostezaba y los ojos se le cerraban. Adormilada recostó la cabeza sobre el cristal del camión y se durmió el resto del trayecto, aproximadamente veinte minutos más.

De pronto, como si su cuerpo ya estuviera acostumbrado se despertó exactamente a dos manzanas de llegar. Le avergonzaba quedarse dormida en transporte público pero no podía evitarlo, prefería descansar aunque fuera solo un poco.

El camión se detuvo y ella bajó. Después avanzó un par de calles por una amplia avenida hasta llegar a la agencia automovilística situada en una esquina.

Helena contempló por un instante el enorme edificio, donde la empresa exhibía lujosos y coloridos vehículos sobre escaparates de acero y un pulcro cristal frente a cada coche. Desde antes de entrar ya se podían apreciar, pero adentro la experiencia cambiaba.

Nada mas cruzar el umbral, más de un sujeto de traje le miró con asombro, pues era una mujer hermosa y sola en una agencia de coches, fue lo que muchos vendedores conocían comúnmente como una presa fácil. Pero dicha presa sólo estaba disponible para el vendedor más inexperto del lugar, el resto estaba entretenido con más clientes.

—Toda tuya Vince —anunció el hombre de traje con mayor experiencia sin que Helena escuchase—. Y sácale una jugosa comisión.

—Buenas tardes —dijo Vince al acercarse a la dama—, y bienvenida a la agencia. ¿Hay algo en que pueda ayudarle?

Un poco nerviosa, la chica curioseo mirando los extravagantes deportivos exhibidos en primera posición.

—No lo sé —dijo sin prestar tanta atención al hombre—. Creo que busco algo pequeño con solo dos puertas.

—Disculpe mi pregunta —Vince agachó la cabeza estando un poco tembloroso—. ¿Tiene hijos? Por que si es así, necesitara un vehiculo con mas puertas, aún si no los tuviera, debido a que tal vez piense tenerlos...

—¿Hijos? No lo sé, estoy próxima a casarme y creo que si estoy dispuesta a pensar en tener hijos. Pero aún no lo he planeado con mi futuro esposo.

—Tal vez debiera comentarlo con él —aquel hombre se arrepintió de inmediato por decir eso, tal vez perdería el cliente por pedirle que lo consultara con su esposo.

—Eso no es posible, él salió de viaje y no ha regresado, posiblemente ya esta por volver. El asunto es que necesito el auto rápido, no puedo esperar a que regrese.

—Entonces sígame...

Estuvieron revisando los vehículos toda la tarde hasta pasadas las dos. Helena pidió a Vince que la esperara, ya le había dado hambre, el amable sujeto le recomendó un pequeño restaurante cerca de allí, donde vendían comida tradicional con una excelente salsa.

Después de comer, ella no regresó a la agencia, en su lugar pasó al departamento para descansar un poco. Tenía muchas cosas en mente, pero principalmente la idea de ver de nuevo al joven Alan y discutir el hecho de tener hijos. Llegó al dormitorio y se recostó creyendo que otro día había terminado al igual que los demás días, sin noticias de Alan, completamente sola recostada sobre su lecho.

Entonces el teléfono sonó.

Era Alan que llamaba desde un hotel, al parecer había encontrado la nota que ella le dejó en su billetera. Un poco tarde pero la había encontrado.

Capítulo 36
Discusión entre un revólver y una escopeta

La obscuridad se hacía a un lado gracias a tantas lámparas en el estacionamiento. A pesar de ser una noche sin la luz de la luna, a ese lugar no parecía perjudicarle. El dueño del hotel decidió poner mucha iluminación cuando se dio cuenta de que algunos vagabundos se deshacían de la mierda sobre el piso del estacionamiento, y también que algunos traficantes vendían su producto a los propios inquilinos. Las luces artificiales ayudaron a combatir aunque fuera un poco todo eso, sin importar que solo los ahuyentara un poco.

Alan veía tras una camioneta gastada bajo un haz de luz a aquel hombre, y sabía que lo buscaba a él. Al parecer llevaba tras su rastro tal vez desde que salió de la gasolinera, recordando que Liam había sido herido con el cuchillo de cazador, inútilmente les perseguiría, pero Dizzy era otra cosa, al ser su brazo derecho, sería solo él capaz de cazarle.

Contempló las opciones que tenía, revisando todo el terreno su vista se desviaba hasta cada rincón del estacionamiento. Fijando la mente en los rincones más obscuros. Temiendo que aquel fuera su fin, y teniendo en cuenta que no contaba con ningún arma, supo que corría peligro.

Se agachó para que Dizzy no le viera, pero parecía que estaba muy distraído. Era como si algo le atormentara. Alan jamás lo comprendió o siquiera le prestó atención, y a pesar de ello entendía lo peligroso que era por el gran misterio que le acompañaba y la razón de ser alguien tan cercano a Liam.

Después de idear alguna manera de huir de él, lo observó cargar su viejo revólver haciéndole recordar que ya no lo tenía en su motocicleta.

El muy cabrón estaba armado, pensó. Intenta cazarme con mi propio revólver.

Recordó un pequeño desnivel cercano al hotel. Era un barranco a la orilla de la carretera, canal de desagüe tal vez, estaba viejo y cubierto por una gran capa de pasto. En el fondo no había rastro de aguas residuales, solamente un pequeño rastro de polvorienta basura y gran acumulación de tierra.

Tal vez si Alan lograba llegar hasta ese canal, podría tenderle una emboscada a Dizzy y cogerle por sorpresa, pero todo aquello podría resultar seriamente complicado. Aún así tendría que intentarlo.

Entró nuevamente a la habitación y apagó por completo las luces.

Se dirigió donde estaba la ropa, en el maletero al lado de la recamara y buscó a tientas su vieja sudadera negra. Le quedaba perfecta y podría ocultarle entre la obscuridad, después se midió los pantalones de mezclilla negros, y un par de guantes por si se presentaba el caso y tuviera que atacar con el arma una vez de vuelta en su poder.

Ya estaba preparado, y solo faltaba lo mas importante, algo con que defenderse. Pensó en el cuchillo de cacería, pero lo había abandonado donde Liam. Trató de revisar el resto del lugar tratando desesperadamente de encontrar algún objeto punzo cortante, pero era inútil. Hasta que llegó al cuarto de baño, justo en la pared sobresalía un viejo tubo de acero el cual resultaba difícil retirar, y después de un poco de esfuerzo logró escuchar cuando aquel tubo se partía formando una fina punta en el extremo que se había partido, estaba viejo y oxidado pero aún soportaba un par de golpes mas contra la carne humana. Y si los golpes no funcionaban, siempre podría provocarle una infección gracias al oxido.

Cubrió el viejo tubo y se preparó para salir.

—Alan —la voz de Angélica se oyó tras él—. ¿A donde te diriges?

—Es Dizzy —respondió él intentando controlar sus nervios y el miedo—. Está en el estacionamiento, y creo que sabe que estamos hospedados aquí.

— ¿Pero que quieres hacer?

—Tengo que desarmarle —mostró el tubo oxidado—. Tiene mi revólver.

—No es posible, no puedes arriesgarte así —se llevó las manos a la boca en señal de desaprobación y temor—. Si te acercas a él, podría matarte.

—Descuida, tengo un plan, solo tienes que prometerme que esperarás aquí sin encender las luces. ¿De acuerdo?

—Por favor cuídate mucho mi amor —los hermosos ojos de la joven comenzaron a llorarle. Lo abrazó con fuerza y le besó tiernamente la mejilla, pero Alan se apoderó de sus labios respondiendo al beso con sutil emoción.

Salió de la habitación y se dirigió al canal.

Hacia tanto que Dizzy no fumaba cigarrillo alguno, pero aquella helada noche, sintió una profunda necesidad que brotaba de lo mas profundo, la estaba sintiendo desde que había consumido la vida de Melinda junto al lago congelado.

Ahora mientras esperaba en el estacionamiento, disfrutaba alterado de su primer cigarrillo en meses. Pensaba en lo que haría cuando encontrara a la joven Angélica.

De pronto un hombre de avanzada edad, o al menos eso aparentaba por que realmente tenía cuarenta y cinco años, se acercó con una vieja escopeta entre sus manos, saliendo por un pequeño pasillo que dividía dos escaleras, el cual era un lugar muy oscuro.

—Será mejor que te marches de aquí —anunció el hombre con voz amenazadora—. No es hora de alquilar habitaciones...

—Yo creí que esto era un hotel veinticuatro horas —respondió Dizzy sin dar tanta importancia a la escopeta.

—Lo es, pero usted no parece ser alguien que quiera hospedarse aquí.

—Y en eso tiene usted toda la razón.

—¿Entonces, a qué viene eso de estar allí de pie sin hacer nada? Tampoco es un lugar donde pueda llegar y fumar libremente.

Dizzy ofreció un cigarrillo al hombre cuando se dio cuenta de que comenzaban a temblarle las manos.

—Relájese —pidió Dizzy, pero el hombre le rechazó aquel cigarrillo—. Como usted quiera, yo solo estoy buscando a esta mujer —enseñó una fotografía de Angélica un tanto reciente.

—He dicho que se alejara de mi hotel si no quiere que lo saque por la fuerza —apartó la fotografía con el cañón de la escopeta sin prestarle atención.

—Tranquilo viejo, yo solo pedía ayuda, ella está con un joven alto y de cabello negro, la raptó de nuestro campamento, debe creerme cuando le digo que es un tipo peligroso.

El viejo se relajó volviendo la mirada hacía la imagen de la joven, pero en el acto bajó instintivamente el cañón y Dizzy aprovechó la oportunidad para apartarlo con la mano izquierda, la escopeta se disparó justo al lado de él impactando contra el piso de cemento. Mientras la mano izquierda se mantenía alzada, pero sin tocar el caliente cañón que casi le destroza la muñeca, la diestra viaja hasta el bolsillo del pantalón para sacar el revólver y arremeter contra la cabeza del hombre, con un único y perfecto disparo en la frente, haciendo que cayera sobre la camioneta y después al suelo.

Dizzy se acercó a la portezuela del vehículo pero

antes de abrir escuchó una bala impactar contra el cristal del piloto que tenía delante. Al instante se ocultó tras la puerta ya abierta y localizó a quien le disparaba. Era uno de los inquilinos del viejo, posiblemente algún familiar con un rifle igual de viejo con calibre .22 entre sus manos. No podía diferenciar su rostro, pero notó que demoraba bastante en recargar.

Los disparos no se hicieron esperar. Las balas del revólver arremetieron contra el tirador, pero no daban en el blanco pues este se mantenía a cubierto tras una puerta de acero de dos pulgadas de grosor. Cuando finalmente cargaba la puntiaguda bala en el cañón del rifle, no esperaba demasiado para vaciarla disparando contra cualquier señal de movimiento, y Dizzy mantenía total atención a cada disparo, pues uno solo podría llegar a ser más letales, y su revólver parecía insignificante al lado de aquel sonoro rugido del cañón.

Calculó la situación creyendo que solo había una opción. Entonces cogió a hurtadillas la poderosa escopeta retirándola del cadáver que yacía a sus píes. Tenía un cartucho. La cargó y esperó, paciente, esta vez no fallaría gracias a la expansión de la munición en el cartucho.

El extraño tirador tras la puerta de dos pulgadas asomó un poco la cabeza, ya estaba harto de fallar y quería asegurarse de asestar. Pero justo en el momento en que vio quién era el agresor, sintió como le faltaba la respiración y el ojo derecho se tornaba de una total obscuridad. Un disparo de la escopeta le había destrozado el rostro, impidiéndole respirar y causándole la muerte casi inmediata, por desangrado.

Dizzy subió a la camioneta rápidamente, en cualquier momento el lugar estaría repleto de patrullas policiales. Aceleró con fuerza, a lo lejos se escuchaba un poderoso motor. Era Alan que huía despavorido con Angélica viajando como su copiloto. Pero al meter reversa, Dizzy escuchó el neumático trasero reventar, bajó para examinarlo y descubrió un tubo de metal oxidado clavado hasta el fondo.

Maldijo y se apresuró a instalar la refacción. La policía no llegaba, pero la motocicleta había ganado mucho tiempo ocasionando así nuevamente perderles rastro.

Capítulo 37
Entrada por el agujero de tierra

Un aire lúgubre se mantenía sobre la gasolinera, sosteniendo así la atmosfera de abandono y desolación que Liliana Farsi admiraba con desagrado.

Alrededor de veinte años ese lugar había sido la cúspide de logros en la vida de Liam, generando ganancias altamente elevadas, de las cuales la mayor parte fueron destinadas para el crecimiento del mismo. Y muy a pesar de que Hopper no tuviera intención alguna de aceptar el hecho de que Liam había encontrado la manera de hacer dinero, sí pedía su cuantiosa comisión por servicios tales como asesinar a la competencia, y conseguir que la policía se mantuviera al margen del negocio. Pero sin lugar a dudas, el mayor apoyo que podría ofrecer, eran cuatro hombres perfectamente armados, astutos y dispuestos a todo lo que decidiera ordenarles.

En algún tiempo atrás esos hombres formaban un grupo de seis, mismo que aniquilara en una ráfaga de tiros a Brendan, el tipo que golpeaba y por lo general enviaba al hospital a Dizzy veinte años atrás. Dos de los seis hombres murieron por distintas enfermedades, uno de ellos tenía cáncer en los pulmones, y el otro sufrió un derrame cerebral, los doctores se percataron de que tenía residuos de plomo dentro de su cabeza.

Liliana bebía café, situada cerca de la bomba principal de gasolina, observando como llegaban vehículos conducidos por hombres con exageradas intenciones de desahogar sus profundos deseos sexuales. Y así el lugar dejó de tener ese olor a vacío, comenzando a llenarse poco a poco y dejando que el olor a cigarrillo combinado con alcohol se apoderara del aire.

Los clientes comenzaban a pedir el servicio de las

chicas, que no dudaban ni un segundo en acudir al llamado, con sus faldas provocativas y escotes pronunciados, trabajando como si una orden previamente instalada en el cerebro les diera el programa a seguir, acompañada de la necesidad de conseguir el dinero para alimentarse y vestirse (que por la ropa no deberían preocuparse, no es que la necesitaran mucho), era una manera de continuar aunque Liam no estuviera allí para decirles que hacer.

La joven Lili sacudió su pantalón de mezclilla, del cual las demás chicas ya se habían quejado advirtiendo que con ese pantalón no conseguiría que nadie se acercara, y precisamente esa era la idea, pues no tenía intenciones de soportar a ningún hombre jadeando sobre su piel desnuda.

Un trailer se escuchó llegar bajando por la carretera en dirección del acantilado, enorme e imponente ante los demás vehículos haciendo llamar la atención de todos los presentes. Lili sonrió.

El enorme trailer pasó de largo, y justo detrás de él se ocultaban tres camionetas de policía, Lili se estremeció comprendiendo que era el fin, y mirando tras de sí buscaba desesperadamente la manera de escapar.

Mas allá del local donde vendían toda clase de consumibles y algunos medicamentos excelentes para el botiquín de primeros auxilios, estaba establecido un pequeño hotel privado con diversas habitaciones esparcidas por un amplio terreno, donde las chicas llevaban a sus clientes para completar el servicio. Pero aún mas allá, el acantilado continuaba, demostrando así que el negocio de Liam se ocultaba perfectamente entre aquella majestuosa montaña improvisando una simple y conveniente gasolinera.

Aunque ahora ya de nada les serviría lo oculto que estuviesen, por lo general Hopper, o Dizzy que era quien se encontraba en el servicio sobre la carretera, daban aviso de la policía y se agilizaba la manera de ocultar a los clientes en el hotel que, sin orden de cateo no había motivo legal para entrar. No había nadie para dar informe, y las chicas lo único que fueron capaces de hacer fue armar alboroto moviéndose de un lado a otro y gritando, algunas incluso trataban de huir por la carretera o perderse entre la obscuridad de la noche, lo cual de nada serviría debido a que el misterioso trailer ya aparcado a cierta distancia de la gasolinera, había encendido unas enormes linternas para iluminar ampliamente cada centímetro y posibles salidas, y aquel acantilado a sus espaldas no hacía mas que convertir el lugar en una trampa de fácil acceso y complicado escape.

Pero Liliana no perdió el control de la situación y mantuvo la calma. Sonriendo supo lo que tenía que hacer y huyó hacia el acantilado.

Caminando a prisa se ocultó tras los sanitarios públicos, intentando no atraer la atención de ningún agente policíaco, aprovechando que su vestuario no llamaba tanto la atención como las demás chicas.

Una vez estando segura de que la enorme luz que producía el trailer no le tocaba gracias a que el pequeño autoservicio la protegía, continuó avanzando más a prisa por un pequeño sendero de tierra alrededor de treinta metros entre la fría y obscura noche.

Conforme avanzaba notó que no había luz de luna, y el cabello que le caía por la frente no hacía más que empeorar su visibilidad, sacó una pequeña liga de felpa y la utilizó para sujetarse el pelo convirtiéndolo en una reluciente cola de caballo. Sus zancadas se hicieron mas largas hasta que se dio cuenta de que corría, y entre la oscuridad sería mejor andarse con cuidado antes de que tropezara, o peor aún cayera por el acantilado que, en el momento en que decidió frenar el paso, ya se presentaba delante de ella con una muy pronunciada caída libre de alrededor de veinte metros.

Sabía perfectamente que sin alguna pequeña luz, no podría encontrar la entrada a la gran escalera que continuaba desde la cima de la colina misma que de haber seguido Angélica y Alan, les habría llevado a ese lugar y mas abajo hasta llegar al río que corre en el fondo del acantilado. De pronto, un pequeño haz de luz le rozó la pierda izquierda, ella giró para ver lo que era.

Un policía le había seguido sin que ella se diera cuenta. A prisa se ocultó tras una enorme roca e intentó no hacer ruido, mientras claramente podía escuchar el sonido de pisadas acercándose lentamente. Sería cuestión de tiempo para que la arrestaran y fuera llevada a prisión o asesinada.

Buscó a tientas algo con que poder golpearlo teniendo en cuenta que nada podría hacer frente a un arma de fuego, pero no quería rendirse tan fácilmente sabía que una vez encontrando la gran escalera tendría una oportunidad de huir, aunque fuera muy pequeña. Sólo tendría que asestar un golpe directo a su cabeza. Pero no había rocas, ni siquiera piedras pequeñas, nada. Con una horrible sensación en el estómago y el sentimiento de pérdida apoderándose de su cuerpo, se resignaba a sucumbir ante aquella difícil situación cuando de pronto sintió algo entre sus dedos, era una vara de madera y muy resistente al parecer.

Creyendo que no serviría de mucho, la sujetó con fuerza y esperó el momento justo.

Tal vez si puedo divisar cuando su pie aparezca, pensaba mientras se preparaba para actuar.

Se oía más fuerte como se acercaba rompiendo pequeñas ramas y removiendo la tierra suelta al pisar con aquellas botas todas terrenas que suelen calzar ellos. El pie del policía asomó quedando a la vista de la chica e iluminado por la linterna que sostenía el oficial, Lili aprovechó el momento y atacó frenando al hombre con la vara entre sus pies y haciéndolo caer, después se puso sobre él y dio un fuerte golpe hacía su rostro rompiendo la vara y al mismo tiempo la nariz.

El oficial soltó un sonoro aullido, Liliana tomó la linterna y avanzó por la orilla del acantilado con pasos cautelosos, muy atenta a cualquier cosa que pudiera suceder, pero más que nada a la tierra suelta, por que cualquier derrumbe aunque fuera pequeño le haría caer varios metros en el acantilado.

Con la linterna en alto, a pocos pasos de ella podía diferenciarse una especie de agujero en el suelo rodeado por roca y cemento, construido por manos inexpertas hacía ya algo de tiempo. Lili reconoció que eso era la entrada a la gran escalera.

Feliz de haberla encontrado avanzó con mayor prisa, calando cada paso todavía alerta. Y cuando solo faltaban dos metros, escuchó el sonido ahogado de un disparo y sintió como la bala le rozaba el muslo derecho haciéndola caer, soltó la vara y la linterna que fueron a dar cerca de la entrada.

Rápidamente y con gran dolor en la pierna, se apresuró a llegar a la roca donde la linterna seguía encendida y la apagó. Con la esperanza de que el oficial aun estuviese aturdido y no la encontrara.

Como pude ser tan estúpida y pensar que la nariz rota le detendría, se lamentaba Liliana mirando el agujero mientras se guardaba la linterna en el bolsillo del pantalón y se movía lentamente intentando no hacer ningún ruido que delatara su posición, implorando mentalmente que no disparara nuevamente.

Pero el policía no hacía nada mas que caminar a ciegas, segundos antes era guiado por la tenue luz de la linterna que desde esa distancia no parecía mas que un pequeño destello. Ahora que estaba apagada se limitó a avanzar según lo que escuchaba, y justo en ese momento tuvo la brillante idea de disparar en cualquier dirección, no solo con la esperanza de asestar algún tiro a su presa más bien era para pedir apoyo a sus compañeros. Fue entonces cuando sucedió, al pisar mal una pequeña piedra y perder el equilibrio, trató inútilmente enderezar el rumbo pero al seguir aturdido por el golpe no podía mas que volver a resbalar, esta vez cayendo por el acantilado golpeándose contra algunos árboles y raíces que sobresalían por la inclinada cuesta, también colisionando contra rocas sin la intención de crear el inevitable efecto derrumbe que ya había comenzado, mientras el cuerpo del policía continuaba cayendo.

Liliana dejó de escuchar la ráfaga de tiros y finalmente se atrevió a entrar en el agujero, sabiendo que con todo el alboroto montado por aquel hombre sería cuestión de tiempo para que ese lugar se llenara de policías. Y entendió que ya no había marcha atrás, ninguna posibilidad de retroceder.

Capítulo 38
La motocicleta más rápida

Hacía frío por las calles, Helena desde el interior de su habitación podía sentir bajo sus sábanas el helado rocío matinal de aquella época del año. Se levantó de la cama con la intención de dirigirse a la cocina y preparar el desayuno, pero un ligero sonido recurrente que provenía de la ventana que daba a la calle, llamó su atención.

Era nieve. Cayendo sobre la acera y los coches estacionados sobre ella, recubriendo las puntas de los pequeños árboles plantados frente a algunos parches de las casas de sus vecinos. Y en el resto de ventanas de su propio edificio, donde los restantes inquilinos suelen colocar macetas con pequeñas flores, ya se notaba el cambio de color en la superficie por el blanco de la nieve.

Nevaba, y todo aquello representaba solo una cosa, muy probablemente sería la segunda gran nevada de la temporada. Helena se preocupó por Alan, pues comprendía la gravedad del asunto al imaginarse la carretera congelada y él derrapando mientras caía de la motocicleta. La anterior nevada se había preocupado de igual forma llegando incluso a creer que su prometido había muerto, pero afortunadamente sus dudas y temores, se disiparon cuando llamó por teléfono anunciando que estaba bien y a poco tiempo de llegar a la gran ciudad del este, habiendo así logrado la travesía de cruzar casi por completo todo el país en su flamante motocicleta para cumplir con la promesa que le hiciera a Rene Montesco en vida. Despedirse de su querida nieta.

Helena soltó un leve sollozo y bajó las escaleras, encendió la estufa de la cocina preparando su desayuno, huevos fritos con tocino. Mientras lo hacía, sostenía una mirada enfocada en el teléfono creyendo que su prometido llamaría nuevamente, o incluso la agencia automotriz ya tenía listo su pedido pero solo estaban teniendo algunos contratiempos. Aunque aquel aparato no sonaba.

Así sin más alguien llamó al timbre del edificio, se asomó por la ventana de su departamento, pudo observar un enorme camión de carga y una grúa frente a este. La grúa lucía tan pequeña en comparación, pero se compensaba con la carga que llevaba arrastrando, el nuevo automóvil de la dama.

Tal vez dentro del camión este mi motocicleta, pensaba la joven colocándose la blusa para bajar a recibirlos. Una vez abajo, y después de abrir la puerta, un sujeto robusto con una camiseta un poco gastada y botas antiderrapantes la saludó diciendo:

— ¿Es usted la señorita Helena?

—Por supuesto, y supongo que esa es mi entrega —respondió la joven señalando el automóvil.

—También la motocicleta que esta dentro del camión. Sígame.

Al abrir la puerta de dicho camión, rodeada de diversos muebles de madera y algunos aparatos electrónicos, allí se encontraba la elegante y algo ruda a la vista, la nueva motocicleta de la dama con su color rojo encendido soberbio.

La mirada de Helena se cristalizó pensando en el viaje que le esperaba hacía la gran ciudad del este. El final de la línea.

Los minutos transcurrieron para convertirse en horas, Helena había guardado el automóvil en el garaje de un par de vecinos que no tenían coche, utilizaban aquel espacio para guardar herramientas y diversos artículos de jardinería. Pero la motocicleta, no tenía idea de que hacer con ella, el dueño del edificio le permitió dejarla en su cochera en lo que tramitaba las placas y al mismo tiempo buscaba alguna casa pequeña con garaje en renta. O tal vez ya sería hora de comprar casa propia, un tema que claramente debería hablarlo con Alan.

Un copo de nieve cayó al lado y Helena miró al cielo, preocupada por su amado prometido.

A varios kilómetros de la gran ciudad del este, el final de la línea...

Justo al salir huyendo del hotel, Alan recalculaba la situación pensando en lo que había pasado minutos antes, sabiendo de antemano que a la vieja camioneta de Dizzy le había pinchado un neumático haciéndole imposible que le reanudara pronto la persecución. Así que decidió disminuir un poco la velocidad para estar al pendiente de cualquier camino que se alejara de la carretera para levantar una tienda de campaña a campo traviesa.

Solo fueron diez minutos más de espera, pues mientras Alan medía el puño del acelerador, notó un letrero que anunciaba una pequeña desviación justo después de cruzar una gran cerca maltrecha al lado derecho de la carretera. Disminuyó la velocidad inclinando la pesada motocicleta hacia el delgado camino de tierra suelta adornado en los alrededores con pasto.

Después de haber avanzado tres kilómetros, decidió apagar las luces de la motocicleta y continuar avanzando únicamente con los cuartos encendidos, tratando de evitar llamar la atención de cualquiera que los persiguiera. Y aunque el sonido del motor era algo difícil de ocultar, al menos podía impedir que le vieran a unos cuantos cientos de metros.

—Espero que la luz de la luna te ayude a seguir adelante —decía Angélica desviando la mirada hacia el cielo esperando ver alguna señal de luz, pero era inútil, las grandes nubes de tormenta le impedían a la luna lanzar sus destellos a la tierra, además de representar otra amenaza incluso peor.

—Creo que la tormenta de nieve esta cada vez mas cerca —respondió Alan acelerando con precaución atento a cualquier desnivel del terreno—. Aunque las nubes nos impidan la visibilidad, prefiero eso a ver la tormenta cayendo y acabando por cubrir todo a su paso, incluidos nosotros.

— ¿Aún así, quieres que acampemos ya?

—No podemos esperar, si lo hacemos la tormenta nos golpeará contra la carretera, y eso sería aún peor que estando aquí. Sé de antemano que estamos a merced de la naturaleza, pero creo que me resultara en extremo difícil maniobrar sobre el asfalto congelado.

—Tú ganas, Alan, entonces manos a la obra.

La motocicleta se acercó a la orilla de un gran lago cristalino. El muchacho bajó los artículos que necesitaba para levantar la tienda, junto con las bolsas de dormir, para que la joven fuera haciéndolo. Mientras tanto, él se alejaba del improvisado campamento con la linterna encendida en busca de leña.

Pasaron doce minutos, cuando Alan yacía dormido al lado de Angélica sobre la bolsa de dormir, ella descansaba sobre su hombro con una tierna mirada alegre, conmovida por su lenta respiración. Ambos compartían la bolsa, debido a que la otra había sido rota para cubrir la motocicleta tratando de evitar que se averiara. Poco a poco sus ojos comenzaron a cerrarse, descansando en un estado total de tranquilidad arrullada con la respiración suave y al parecer de la dama, una respiración normal.

Durante toda la noche cayó nieve despacio y constante, pero no dejaba de caer. Poco a poco la delgada y cristalina capa de hielo que recubría el lago comenzaba a crecer, su grosor y frío llegaron a ser peligrosos.

La pequeña hoguera se apagó.

Helena revisaba la hora antes de salir en busca de

Alan...

Ya esta todo preparado para comenzar mi viaje, pensaba mientras cerraba su apretada mochila negra con las cosas que necesitaría. Salió a la calle, su deportiva y veloz motocicleta le esperaba sobre la acera al lado de un árbol de naranjas agridulces.

Estaba nerviosa, había practicado conduciendo por la ciudad pero jamás lo hizo en carretera. Observó al lado del tanque de la gasolina, había un letrero que decía; *RZ900*, y recordó que aquel vendedor llamado Vince le había dicho que era una de las más veloces en la tienda, pero también de las más peligrosas. Una mezcla de alegría y miedo a lo desconocido invadió su cuerpo y mente, mientras le temblaban las rodillas e imaginaba que no encontraba mas que peligro en cada esquina y una vez sobre carretera, solo una cosa le alejaba de su prometido, algo que se mantendría constante durante todo el trayecto, la posibilidad de morir.

Subió a la motocicleta y la encendió, de inmediato sentía un fino masaje entre sus piernas, sujetando los puños del acelerador y embrague metió primera velocidad y arrancó, primero con la idea de salir de la ciudad.

Antes de cruzar el puente del parque Cranston se imagino aquel extraño hombre llevando las curiosas flores al lugar donde había un grupo de cruces. Sin darse cuenta pudo notar que, efectivamente el hombre llegaba al lugar con el mismo ramo de flores abrazado a un lado y acercándose con paso decaído hacía las desiguales cruces de mármol. En aquel momento por fin a Helena se le ocurrió que decir. Aparcó la motocicleta dentro del parque y se acercó al hombre.

—Buenas tardes, señor —decía mirando discretamente el ramo de flores y señalando después de decirle su nombre—. Me llamo Helena, es muy bonito el ramo. Pasó por el puente con mucha frecuencia y no he podido evitar verlo en varias ocasiones, me gustan mucho las flores pero no sé que nombre llevan las que tiene en la mano. ¿Espero que no le moleste el hecho de que yo este aquí?

—No, en lo mas mínimo —el hombre que en aquel momento se hallaba inclinado frente a las cruces, se levantaba para ver a la joven que le hablaba, le acercó el ramo y después señaló la cruz mas grande—. Son orquídeas, a mi padre le maravillaba la forma que tienen sus pétalos... Decía que eran como una especie de helado de vainilla... Solía llevarnos a mis hermanos y a mí a comprar helados, en el transcurso pasábamos cerca de una florería, supongo que de allí sacó la idea.

—¿Entonces, las demás cruces...?

—La mediana pertenece a mi madre, y las otras dos son, la chica de mi hermano menor y la otra de mi hermana mayor —una lágrima se le escapó pero la limpió discretamente—. Murieron intentando protegerse de una fuerte tormenta eléctrica bajo el puente, sin darse cuenta el agua de ese pequeño río creció, ocasionando que se ahogaran.

—Es lamentable —la joven agachó la cabeza arrepentida de haberse acercado.

—Yo me salve, pero no estaba con ellos —otra lágrima se le escapó, pero esta vez no se esforzó en ocultarla y Helena la notó—. Varias horas antes me había peleado con mi padre, estaba en desacuerdo con visitar el parque, yo tenía deseo de acudir a cualquier cine... Discutimos, y preferí quedarme en casa, abrigado y bebiendo chocolate caliente... Mientras ellos luchaban por conseguir una bocanada de aire.

—Tenga —la dama acercó un pequeño pañuelo al hombre.

—Gracias. ¿Sabe que es lo más triste? Ya no podré regresar a este lugar para traer las orquídeas que a papá tanto le gustaban. Me uní en matrimonio a una hermosa dama hace un mes, y hemos decidido mudarnos muy lejos.

—Si no le molesta, yo podría traer esas curiosas orquídeas de vez en cuando.

— ¿En verdad haría eso, no será molesto hacerlo?

—No se preocupe, será un placer. Yo también estaré casada dentro de poco... Al menos eso espero.

— ¿Me permites darte un consejo?

—Por supuesto.

—No olvides que la vida continúa su curso, sin esperar a nadie.

Tras decir esas últimas palabras, ambos se despidieron con un fugaz abrazo deseándose suerte. En seguida Helena subió nuevamente a la motocicleta y continuó hasta llegar al límite de la ciudad, una vez allí, segura de haber tomado la carretera correcta aceleró aún más.

Capítulo 39
El cementerio privado

Tras haber bajado durante un par de segundos, Liliana sintió con la punta del píe derecho en medio de aquella obscuridad, un firme escalón algo gastado. Creyó que había pasado ya suficiente tiempo y después de unos cuantos escalones más, por fin encendió la linterna. De inmediato se iluminó delante de ella una cueva profunda, un poco inclinada siguiendo la gran escalera que iniciara en la cima del acantilado, donde vio el trailer bajar minutos antes.

Aquella gran escalera era el resultado de años de trabajo, había sido construida durante la guerra civil para cruzar por debajo de la carretera y emboscar desde puntos seguros cualquier unidad de soldados que necesitara pasar por allí. Debido a que esa carretera estaba construida en medio del gran acantilado, debería ser absolutamente necesario cruzarla para continuar avanzando. Una brillante idea realmente, aunque algo agotadora para la joven.

Asegurándose de vez en cuando de que nadie la siguiera, regresaba el haz de luz hacia su espalda y después de frente. El descenso además de ser largo y agotador, tenía también un aire sepulcral al no haber más que humedad seguida del eco de cada paso.

Avanzó por mas de diez minutos, después de ver una enorme tarántula, otras mas pequeñas, serpientes y ratas, se dio cuenta de que la cueva terminaba, para dar paso a la orilla del acantilado, desde donde podía ver con claridad en el fondo un esbelto río formado donde una pequeña cascada arremetía contra él, posiblemente creada con agua desbordada del lago congelado en la cima de la montaña. Había un ducto que cruzaba bajo la gasolinera varios metros al lado de la gran escalera, desde donde se escuchaba el sonido de agua correr.

La belleza y simplicidad de la naturaleza en ese lugar, no quitaba el riesgo que representaba una posible caída al ver que el camino que seguía de frente antes de reanudar su descenso por la escalera, era demasiado angosto, debería pisar con sumo cuidado tratando de evitar provocar un derrumbe.

Calculó mentalmente lo que haría después, y en caso de lograr llegar al fondo, no sabía hacia donde dirigirse, pero comprendía que siguiendo la corriente en algún momento avanzaría cerca de la carretera, lo cual era perfecto para conseguir transporte que la llevase a la gran ciudad del este. Cuando durante su estadía en la gasolinera tenía que trabajar sobre carretera, era llevada por Dizzy, aprendió a detener los vehículos y convencerlos para que la lleven. Además de darse cuenta que el río tenía la misma ruta a la par con la carretera, y que con un poco de ingenio se escondería fácilmente entre los árboles.

Observó como el agua caía ferozmente y ella tendría que cruzar por debajo de dicha cascada, se imaginó cayendo en picada contra las rocas del fondo convirtiéndose en una mancha irreconocible de sangre. Las piernas le temblaron y retrocedió un poco ante tan majestuosa caída.

No tenía ninguna intención de morir en ese lugar, recordó a su madre Ashley, y todo lo que tuvo que hacer para protegerla por que la amaba con aquella intensidad y cariño que a veces solo las madres mas aplicadas son capaces de lograr.

Y aún lo hace, pensó al avanzar con firme decisión, aún me ama por que sigue con vida.

Sintió la helada brisa del rocío cuando cruzó la cascada por debajo. El miedo no se ahuyentaba pero ahora no le prestaba tanta atención y cuando menos lo esperaba, ya lo había hecho, la cascada quedaba atrás. Avanzó por las escaleras mirando como la tenue luz del día brillaba con debilidad, eran ya las seis de la madrugada.

Al final consiguió terminar su descenso, apagó la linterna y se alegró de tocar la húmeda tierra a sus píes. Alzó la mirada y contempló con incredulidad la elevada y escarpada colina, con cientos de árboles saliendo de diversos lugares siempre al lado de rocas y agujeros sobre las laderas. Creyó que subiendo con cuerdas resultaría imposible siquiera escalar la mitad.

Sabiendo que no tenía tiempo que perder, se limitó a seguir caminando hasta llegar a la orilla del río. De pronto un olor a sangre se hizo presente, proviniendo no de muy lejos. La joven se llevó la mano izquierda a la boca en señal de repulsión. A un par de metros, sobre grandes rocas afiladas yacían los cadáveres de un par de coyotes putrefactos y completamente deshechos, no soportó mas y vomitó.

Sin mirar aquel grotesco escenario avanzó por entre un par de árboles alejándose hacia el este. Pensando en lo que estaba haciendo, advirtió que estaba en problemas por que después de aquel descenso ya solo le quedaba continuar recto. Estar conciente de que solo había un rumbo a seguir, la hizo vomitar nuevamente.

De pronto un ruido entre arbustos llamó su atención, la alertó de que sin tener mucho cuidado, quedaría a merced de lo que frente a ella saltaba demostrando autoridad, dominio, y ferocidad. Era un lobo grisáceo con las mandíbulas grandes y ensangrentadas, luciendo aquellas aterradoras fauces llenas de afilados colmillos, gruñía mientras daba pequeños pasos para acercarse a Liliana, quién creyó que aquel animal no tardaría en dar un salto al frente y atacar con toda su furia.

La joven no podía sujetar nada para defenderse, no había rocas y las únicas ramas en derredor, eran las que mantenían los árboles a elevada distancia de su alcance. Tragó saliva esperando su muerte, y sonrió creyendo que pronto vería a su madre a través de su muerte. Justo cuando el feroz animal se abalanzó en los cuartos traseros preparándose para saltar.

Liliana imaginó lo dolorosa que sería su muerte entre los colmillos de aquella bestia, que probablemente llevaba ya bastante tiempo sin probar bocado alguno, y estando en ese sitio era lógico luchar por cualquier indicio de comida que se presentara. El lobo aulló y después se abalanzó hacia el frente con el hocico abierto dispuesto a arrancar un enorme trozo de carne de adolescente. Liliana dejó caer un par de lágrimas...

Pero no acabaría allí. Un segundo aullido, seguido del ladrido amenazador de un cazador hizo frenar al lobo.

Otro animal de esos, pensaba Liliana perpleja. Como si una sola de aquellas bestias no fuera suficiente.

Pero no era otro lobo, sino un perro de raza mediana, un Beagle maltrecho con los tobillos heridos y la mirada fija en el lobo. Trataba de protegerla, pero al ver el mal estado del perro se apreciaba que quien necesitaba protección era él.

Y el Beagle se mantenía firme con una postura que se asemejaba a un poderoso ferrocarril con potente motor aunque la carrocería diera poco de que hablar.

Así sin más, el lobo atacó al perro mordiendo con brutalidad su débil cuello desangrándole de inmediato pero no soltándolo por más que Lili gritara. Los colmillos se le engancharon a la piel, y el frenesí de furia le impedía soltarlo. Lili aprovechó aquel ataque a su defensor para arremeter con un puntapié dirigido hacía las costillas, haciendo que el lobo girara sobre sí en dirección a la orilla del río. Rápidamente la dama sujetó al Beagle del torso y lo llevó contra su pecho, un trozo de carne se le desprendió al perro del cuello en respuesta a la fuerza que ejerció ella, logró quitarse de encima al lobo pero ganó una horrible herida que le hacía perder gran cantidad de sangre. El lobo perdió el equilibrio resbalando hacia el río y siendo arrastrado por la fuerte corriente, más feroz que él. Ella y el Beagle cayeron de espaldas contra una roca, Lili soltó un grito por el dolor que le recorría desde el lomo hasta su pecho el cual se manchó de sangre al proteger al perro.

— ¿Estás bien muchacho? Eres un buen perro —la dama sonrió acariciándole las orejas al animal y arrancando un trozo de su camiseta para colocársela de vendaje en el cuello, no le preocupaba tanto lo de la prenda debido a que llevaba otra debajo, miró despreocupada la corriente a sus píes sintiendo que avanzaba un poco mas lenta a cada segundo que pasaba, a lo lejos el lobo intentaba luchar contra la corriente, que gracias a la disminución de su fuerza y velocidad pudo acercarse a la orilla logrando escapar de un grupo de piedras afiladas a varios metros de distancia. Cojeando y con la mirada desviada hacia el suelo aquel feroz animal ya solo parecía un cachorro al que le llamara la atención su amo mientras se alejaba perdiéndose entre los arbustos y rocas al lado del río, en dirección contraria a la joven.

Lili observó también a su acompañante, el maltrecho perro que reposaba a su lado descansando el hocico sobre su zapato, con la mirada triste y llena de dolor.

—Creo que no podrás continuar por tu cuenta — habló la dama acariciando las orejas del animal—. Muchas gracias por ayudarme, mi deber es compensarte por tus esfuerzos, así que te llevaré en mis brazos. Se acerca una tormenta helada y no creo que estar aquí abajo sea una buena idea.

Miró hacía arriba, donde se alzaba una enorme montaña escarpada sobre sí, y sin ninguna manera aparente de poder subir sin utilizar las escaleras. Pero no podría regresar, era imposible que los policías ya se hubieran marchado, menos aún cuando uno de ellos se encontraba golpeado, tal vez muerto colina abajo.

Finalmente se inclinó por la idea de continuar hacía adelante en dirección este. Levantando el perro en brazos, ya que no tenía intención de dejarlo después de lo que hizo por ella, comenzaba a tomarle cariño en señal de agradecimiento. Le miró la pequeña abertura de la herida, tenía sangre alrededor y estaba abierta con el pelaje pegajoso asemejándose mucho a cuando se bañaba y el jabón líquido tocaba su pelo.

Y de nuevo aquel olor a muerte, como los coyotes y animales que morían por caer de la cima del acantilado, pero esta vez el hedor a cadáver en descomposición provenía de algo o mejor dicho "alguien" más.

Conforme avanzaba, aquel desagradable olor crecía, se escuchaba agua correr proveniente de una tubería oculta bajo tierra la cual en algunos tramos del acantilado asomaba el acero oxidado y malgastado entre un par de árboles.

Puede ser que el hedor provenga de esa tubería, pensaba Liliana tratando de que el perro no se lastimara la cabeza al cruzar entre un par de rocas.

Sin darse cuenta del musgo que se aferraba a un extremo de la roca, pisó con firmeza pero aún así resbaló cayendo sobre sus rodillas, lastimándose y soltando al pequeño animal. Alzó un poco la mirada para llevarse la desagradable sorpresa de ver un horrible escenario frente a ella.

Había rocas bordeando lo que parecía un gran circulo de al menos veinte metros de circunferencia, en el centro del mismo se esparcían cruces de madera mal colocadas, algunas de las cuales llevaban mas tiempo en deterioro, y otras ya ni siquiera se aproximaban a las características que una cruz debe tener. El tenebroso lugar tenía la idea de parecer un cementerio hecho por humanos, tal vez algunas aldeas de indígenas de la zona.

A dos metros de altura cerca del acantilado se encontraba el final de la tubería con un agujero de dos metros de grosor, tal vez mas, del cual salía poca agua no tan cristalina pero tampoco pareciéndose a las aguas residuales de las grandes ciudades.

Lili se aproximó a ver donde el agua caía, se llevó la mano a la boca con repulsión y después vomitó. Observó incrédula el cuerpo, la presión del agua cayendo le había destrozado el pecho, era como si tuviera un disparo con una bala de cañón, el agujero le dejaba al descubierto las costillas y los intestinos que al parecer sirvieron de alimento para cualquier animal hambriento que pasara por allí.

La joven regresó la mirada hacia el perro que cayera al lado de una cruz. Lo acarició disculpándose y abrazándolo, pero al levantarlo vio un fémur al parecer de una persona adulta, cerca del hocico del animal. Aún había agujeros sin cuerpos en diversos lugares del cementerio.

El perro aulló de dolor.

—Por favor amigo —imploraba la dama a su peludo acompañante—. No te mueras, no cierres los ojos...

Pero el animal no prestó atención a las palabras de la mujer y terminó cerrando los ojos. Liliana observaba el cuerpo de Bryan con el cuello partido, al parecer había salido de aquel grueso tubo de acero. En seguida ella cerró los ojos también.

Capítulo 40
Luna

Alan despertó.
Había dormido dentro de aquella tienda de campaña durante toda la noche, ahora ya era el día siguiente y a pesar de que aún no amanecía del todo, le resultaba imposible dormir. Escuchaba la voz de Rene Montesco desde las cinco de la mañana, una hora antes, siendo esa la razón para dejar de dormir.

Observó a su lado, su hermosa acompañante aún descansaba manteniendo una respiración constante y calmada, se veía tierna bajo la gruesa tela de la bolsa para dormir. El muchacho la besó en la mejilla tratando no despertarla, y pensando en el bebé que aguardaba dentro de su vientre.

Aquella idea le rondaba la cabeza desde que salieron del hotel donde Dizzy los encontrara. Angélica había dicho con total seriedad, que era muy probable estar embarazada, puesto que la píldora que Liam les obligaba a tomar antes de cada noche ahora no estaba en su sistema. Aunque cabía la idea de que el embarazo no sucediera a causa de haber tomado aquella píldora durante tanto tiempo seguido, además de que nunca oyera nada referente a niños nacidos bajo aquella gasolinera. Aún con todo aquello, Alan seguía sintiendo gran cariño por ella y no reparaba en acercarse para besar aquellas mejillas como duraznos.

Salió de la tienda y avanzó hacia el lago. Cada paso que daba era con la intención de escuchar una vez más la voz de su viejo amigo Rene, y dejó de escucharla. Y fue entonces cuando decidió revisar la motocicleta.

Aquel lugar ya era lúgubre con un clima normal, pero la fría nevada provocó que una densa neblina cubriera cada árbol, arbusto, roca, incluida la motocicleta y el lago. Se dirigió hacía donde creía él que había estacionado la motocicleta y su memoria no le falló, la encontró rápidamente.

Recordaba vagamente haber ocultado algo bajo el tanque de gasolina, la última vez que escuchó a Rene fue cuando estaba a la orilla del río, cerca de la cabaña de Roy. En aquella ocasión pensó lo mismo que ahora, buscar en la motocicleta el pequeño sobre de cocaína y consumirla hasta que no quedara nada, ya que aquella vez no tenía el pequeño sobre a la mano.

—No lo hagas.

La voz ronca del viejo se oyó nuevamente.

—Lo siento amigo, pero no puedo seguir avanzando —respondió Alan mirando el lago, sosteniendo el pequeño sobre con firmeza—. Angie esta embarazada, necesita estar a salvo. No puedo permitir que se arriesgue a sufrir algún daño... Sé que te lo prometí amigo... Pero la quiero demasiado... ¿Comprendes verdad?

No contestó.

En dirección al lago, la niebla se apartaba hacía los lados creando un pequeño camino. Alan dejo caer el pequeño sobre, ya vacío, y se acercó al camino con lentitud.

Sin darse cuenta, sus pies cubiertos únicamente por un par de calcetines ya pisaban la delgada capa de hielo sobre el agua. No dejó de avanzar. Sus pasos eran incongruentes, la luz del sol oculto por nubes de tormenta iluminaba lo necesario para apreciar la niebla salir del cristal congelado.

La substancia en su cuerpo recorría su sistema. Y escuchó la voz de alguien diciendo:

—No lo hagas... Regresa por favor... Puedes morir si continúas... ¡Alaaan!

El sonido del cristal crujir llegó a oídos del joven pero éste no prestó tanta atención. En cuestión de segundos y justo cuando Alan colocaba el píe derecho sobre la capa de hielo, este reventó. Los pequeños cristales helados flotaron alzándose varios centímetros del agua, algunos de ellos incluso lograron elevarse a la altura de los ojos del joven.

Alan miraba curioso cada fragmento que se mantenía en el aire, levantando una mano intentaba tocarlos pero cada que sus dedos se acercaban a los afilados cristales de hielo, estos se alejaban como si quisieran escapar.

— ¡Alan tienes que reaccionar! Por favor no me dejes...

La capa de hielo se había roto, y el muchacho se sumergió en el frío del agua, ya no escuchaba la voz de Rene, ahora quien había estado hablando era Angélica pidiendo que no se acercara al agua, llevaba un buen rato sin escuchar al viejo. Sintió como aquel frío líquido entraba a su boca sin detenerse para así dar paso a perder el conocimiento...

El sol aún no se hacía presente y ya era poco más de las 8 de la mañana. La densa niebla recubría aquel bosque y reposaba sobre la capa de hielo que ahora se encontraba rota cerca de la orilla.

Una tenue luz iluminaba al lado de la motocicleta y la tienda de campaña. Pertenecía a la hoguera y había sido Angélica quien la reanimara para evitar que Alan muriera congelado después de caer en el lago. Sonreía un poco preocupada al ver al joven reposar dentro de la tienda cubierto por la gruesa tela de la bolsa de dormir. Una hora antes y seguiría preocupada intentando reanimarlo para que expulsara todo ese exceso de agua en su sistema res-piratorio.

Y así se mantuvo otra hora más, el sol salió ocasionando que la niebla se disolviera y generando un calor que la muchacha tanto agradeció. Los pequeños restos de la nevada anterior se evaporaban lentamente, pero las impresionantes nubes de tormenta todavía se mantenían a flote sobre sus insignificantes cuerpos. Ella entendía que el tiempo en su contra les afectaba a cada segundo que pasaba. La simple idea de quedarse en ese sitio el tiempo que fuera, les advertía un peligro inminente siempre al asecho, ya sea el morir congelados o de hambre, cualquiera de las dos opciones no era mejor que la otra. Por eso al ver que Alan abría los ojos ella no cabía en alegría.

—No digas una sola palabra —anunció mirándole la tez pálida y rosada—, no tengo idea de por qué has hecho la estupidez que hiciste o si estabas drogado cuando la hiciste, pero de lo que si estoy segura es que si nos quedamos aquí mas tiempo, bueno míralo tu mismo— señaló con el índice hacia el cielo, en el momento justo en el que las densas nubes se acoplaban en una especie de reunión.

—Estoy de acuerdo —contestó Alan abrazado a sí mismo—. Lamento lo que hice, no debí... Sólo espero que la motocicleta responda después del frío de la noche...

Cubierta por la otra bolsa de dormir y además una suave capa de nieve que al retirar la bolsa cayó formando un semicírculo al rededor de ambos neumáticos.

Puso la llave y encendió de inmediato, pero tuvieron que esperar a que el motor se calentara un poco. Mientras tanto ambos desayunaron huevos cocidos dentro de una pequeña lata de frijoles vacía, y algunas tortillas calentadas sobre las brazas de la débil hoguera.

—¿Donde conseguiste los huevos? Están deliciosos —preguntó el joven devorando su desayuno alegremente como si nada de lo ocurrido durante la noche hubiese pasado.

—Prefiero no hablar de eso —contestó la dama tristemente. No quería decir que los había robado del nido sobre un árbol que la madre había abandonado tal vez a causa de la tormenta.

Terminaron el desayuno con paciencia y después se prepararon a reanudar el viaje.

Alan no se decidía entre la opción de continuar rumbo a la gran ciudad del este, o regresar al punto de partida. Estaba conciente que ya solo faltaban unos cuantos kilómetros para llegar, en cambio el retorno implicaba un gran recorrido. Pero ahora con Dizzy tras sus pasos Angélica corría gran peligro, tal vez Liam no le causaría ningún daño, al menos a ella, al fin y al cabo era una de sus mejores empleadas, pero Dizzy pudiera no respetar lo que Liam le ordenara.

Aceleraba cada vez mas mirando de reojo su viejo reloj de mano, eran las tres de la tarde y había decidido regresar al hotel para hacer una llamada. Angélica no estaba enterada de ello, Alan le había dicho que regresaba para que Dizzy les perdiera el rastro, además de que creía haber olvidado algo.

El minutero avanzaba, transcurría una hora casi sin que se diera cuenta. Creía a esas alturas que tal vez Dizzy ya habría llegado a la ciudad, pero aquello no era muy seguro, después de haberle pinchado el neumático todo pudo haber pasado, inclusive pudiera estar arrestado o abatido en una disputa con la policía. Sonrió ante esa idea, y aceleró aún más.

Angélica le sujetaba firmemente por la cintura, apoyando su pequeña cabecita regordeta y sus grandes mejillas sobre la espalda del muchacho protegiéndose así del viento. Agradecía haberse acercado para conocer al misterioso viajero de la otra habitación.

Y así, mientras ella admiraba con ternura la pulsera que le regaló Alan cuando la conoció. Ella lo abrazaba con fuerza sonriendo y agradecida de vivir la aventura junto a él. Alan se preocupaba por la seguridad de ella, por el posible embarazo, y por la presión de terminar el viaje de una vez por todas. Aceleró y el motor rugió, avanzando sobre aquel asfalto en la carretera principal.

De pronto, la camioneta de Dizzy se hizo presente, saliendo detrás de una enorme roca a la orilla de la carretera y poniéndose a tan solo un par de metros de ellos...

Capítulo 41
La liebre y el cazador

—¿Puedes comunicarme con Melinda, es muy urgente?

La voz de Liam parecía alterada, hablaba bajo una gran presión, temiendo lo peor.

—Lo siento Liam —respondió una mujer del viejo prostíbulo, del otro lado del teléfono—. Nos acorralaron, eran policías y estaban por todos lados.

—¿Se la llevaron?

—No, ella no estaba, huyó con Dizzy al resto de mis compañeras no estoy segura de a donde se las llevarían.

—¿Pero cómo demonios escapaste tú?

—Corrí hasta el acantilado, pensaba esconderme allí pero un oficial me persiguió. Al final entré por un agujero y llegué a las escaleras que me condujeron hasta el fondo del mismo.

—No es posible, eso es horrible Lili, pero por suerte ahora estas a salvo —los ojos de Liam parecían realmente enfurecidos esperaba que la joven no hubiese encontrado el cementerio—. ¿Cómo fue que saliste de aquel lugar?

—Regresé por la escalera, no deseaba morir congelada —la mujer se planteaba la idea de contarle lo que había encontrado allá abajo, el cuerpo de Bryan, y al final se inclinó por no hacerlo—. Cuando huí, el oficial que me perseguía cayó colina abajo y creo que murió, así que al regresar, el lugar estaba repleto de policías. Por lo tanto seguí avanzando por las escaleras hasta llegar a la cima después del lago congelado...

—¿Lago congelado?

—Si, es un lugar que esta justo arriba del todo, por

allí hay una desviación que te lleva a la carretera —Lili hablaba tratando de no irse de la lengua, mas de lo debido—. El asunto fue que ahora estoy en un lugar seguro y también sé que conoces aquel cementerio que hay en el fondo, en la salida de las tuberías del desagüe...

—Ve directa al grano —Liam tragó saliva, sabía de antemano que el cementerio era propiedad, y para uso exclusivo de Hopper, pero era él quien trabajaba cerca de allí y con la negra historia que había conseguido lograr hacía su rival número uno, el detective Thomas, solo era cuestión de tiempo para que lo vincularan a aquel lugar y claro que Tom estaría muy feliz de tener un motivo para encerrarlo, y hasta matarlo—. ¿Que es lo que quieres Lili?

—No he dicho nada a nadie, pero créeme, si encontré ese lugar con tanta facilidad, también la policía lo hará. Y según lo veo ahora toda la ayuda que puedas tener es bien agradecida... En pocas palabras, quiero que me ayudes a salir de este problema.

— ¿Y qué me darás a cambio?

—Estoy completamente a tu servicio, has lo que quieras conmigo.

— ¿Puedo confiar en ti?

—Por supuesto, y la prueba está en que acudí a ti y no a la policía.

—Está bien, te ayudaré. Pero no seré yo quién te recoja.

— ¿No esperarás que acepté ir con ese maldito de Dizzy? Creo que el hijo de perra está buscando asesinar a Alan junto con Angélica, y de paso a Melinda.

—No te preocupes, enviaré a alguien mas, que creo ya está cerca de ti. Solo dime, ¿donde te encuentras exactamente?

Después de dar toda la información a detalle sobre su paradero, Liliana Farsi colgó y se preparó a esperar la ayuda de Liam.

La luna estaba presente, pero se mantenía oculta tras grandes nubes de tormenta. Dizzy aceleraba tratando de encontrar al lado de la carretera rastro alguno de Alan, Angélica, inclusive del hijo de perra Liam James.

Había tardado poco menos de diez minutos en cambiar el neumático —todo un record en cuanto a rapidez— pensaba mientras calculaba mentalmente el tiempo que le tomaría a la policía en llegar. Una vez terminó, subió y aceleró hacia la carretera, intentando inútilmente de alcanzarle la pista a la motocicleta.

Decidió pasar la noche cerca de una vieja granja abandonada, dormir mientras la tormenta desquitaba su furia, arremetiendo contra todo a su paso, y sentenciándolo a utilizar aunque fuera un poco la calefacción. Y así descansó hasta cesar de caer los débiles y helados copos de nieve.

Las horas continuaban avanzando, y nuevamente volvía a reanudar su persecución, esta vez con mejores resultados puesto que justo después de arrancar, salió de un viejo camino de tierra una motocicleta y tomar curso hacia la gran ciudad del este. Sin dudarlo siquiera un instante, se colocó detrás de Alan, y aceleró más...

Golpeó con un suave roce la llanta trasera de la motocicleta, y ésta se cruzó al carril contrario derrapando un poco, pero el piloto pudo estabilizarse.

Una vez más la camioneta embistió al muchacho provocándole regresar a su carril evitando así ser golpeado nuevamente. Dizzy enfureció ante la extraña habilidad de su presa para enfrentar la situación.

Pero la poca fortuna de Alan terminó cuando un enorme trailer evitó que invadiera otra vez el carril contrario. La camioneta le obligó a esquivarle, haciendo que el joven arremetiera contra el neumático delantero del trailer.

Después del impacto todo se silenció, asemejando

a cuando el tiempo se detiene en una película triste para dar paso al llanto desenfrenado de los espectadores. La motocicleta se le desprendió de las manos quitándole el absoluto control, justo después de golpear aquel enorme neumático doble voló por los aires para estrellarse contra la camioneta de Dizzy. Al girar, Alan entendió que era el fin, y en una última esperanza por salvarle la vida a la dama que le acompañó siendo su copiloto y confiándole la vida, la abrazó fuertemente decidido a recibir todo el impacto contra el cristal de aquella maldita camioneta.

Y así sucedió, Angélica no tuvo daño alguno por la colisión.

Dizzy frenó de golpe, ocasionando que los jóvenes cayeran sobre el asfalto, pensó en arrollarlos, pero al fin y al cabo solo quería matar a la chica. Aunque la tentación de arrebatarle la vida al muchacho, también le llamaba mucho la atención. Tomó la escopeta con la que mató al anciano en el hotel, bajó de la camioneta, apuntó a la cabeza de Alan y disparó...

Pero Angélica se interpuso, las múltiples municiones le destrozaron los intestinos, y se derrumbó al instante perdiendo la vida.

— ¡Hija de perra estúpida! Ese no era para ti —se lamentaba Dizzy mientras recargaba y apuntaba al joven nuevamente, y su disparo se desvió hacia el brazo del joven.

El trailer avanzando en reversa había arrollado a Dizzy, provocando que fallara. Aquel conductor bajó del armatoste y se acercó a la camioneta. Frente a los restos del cristal de la misma yacían los tres cuerpos.

Aquel hombre llamado Frank se quitó la gorra de béisbol, Yankees de Nueva York, en señal de respeto y no soportó derramar lágrimas por sus antiguos camaradas, la pareja de la gasolinera.

Siempre pensó desde que era un joven y estúpido adolescente, que terminaría de alguna forma siendo poco más que alguien sin utilidad ante el resto de seres humanos. Sirviendo únicamente para dar y recibir tragedias, Dine Zeno, a quién sus camaradas solían llamarle Dizzy, ahora después de haberse cargado a Melinda dejando su cadáver en aquel húmedo sitio para que se pudriera, y también siendo culpable de ocasionar el accidente sobre la carretera principal a pocos kilómetros de la gran ciudad del este, descansaba plácidamente sobre la camilla de los paramédicos dentro de una vieja ambulancia.

Cuando los paramédicos descuidaron la ambulancia donde reposaba dicho asesino, Liam James aprovechó para entrar. Había dejado su vehículo un kilómetro adelante y regresó caminando, amparado por la obscuridad de la noche y avanzando cautelosamente. Tampoco era que tuvieran tanta seguridad dispuesta para proteger a un maldito asesino.

Una vez dentro, Liam cerró la portezuela con la intención de tener algo de privacidad. Tomó una pequeña jeringuilla de la mesita al lado de la camilla y también sacó un frasco de su bolsillo. Se inclinó hacía los oídos del moribundo Dizzy para preguntarle:

— ¿Sabes lo que es esto maldito hijo de puta?

Con el pequeño líquido del frasco dentro de la jeringuilla, la inyectó en la manguera donde le administraban el suero... Hasta que no quedó una sola gota... Los signos vitales del paciente se alteraron inmedia-tamente.

—Es el veneno de uno de los alacranes más peligrosos de nuestra zona. ¿Por favor, jodido perro, no te mueras sin escucharme? Esto es por haber matado a mi hija.

Al terminar de asesinar a Dizzy, Liam se alejó nuevamente por la obscuridad. Cuando llegó al vehículo y arrancó, en lo alto del cielo por fin asomaba un tenue resplandor de la luz de la luna.

Última parte
Los muertos

Una mujer esperaba sentada en aquella banca pública.
No creí que fuera tan linda.
¿Cómo podré acercarme siquiera a saludarla?
Espero que sea ella...

...La nieta del señor Montesco.

Capítulo 45
Sobre los cinco escalones

Un par de hombres de mirada y actitud seria, abordaban un automóvil negro con vidrios polarizados que estaba situado en una vieja casa a las afueras de la gran ciudad del este. Uno de ellos, el que llevaba el volante miraba serio a su copiloto, quién distraído guardaba una gastada maleta entre sus piernas.

Ambos sujetos eran de edades avanzadas, y sus caras representaban la experiencia de toda una vida reflejada en sus ojos.

—A que hora llamó —preguntó uno de ellos al otro después de haber encendido en tono bajo, la radio del automóvil.

—No hace mucho —el copiloto abría la maleta entre sus piernas y sacaba una carpeta color café—. Aquí está la fotografía de la chica...

—Es bellísima, ¿y la dirección?

—Es a cinco kilómetros de la vieja gasolinera de Liam. Cerca de una desviación que lleva a la gran escalera.

—Esta bien, pasemos a recoger a los hombres, después partiremos de inmediato.

Liam conducía su automóvil deportivo por la entrada principal a la gran ciudad del este, una de varias avenidas, debajo de aquella ancha avenida viajaba consecutivamente el sistema de tren suburbano, y a las orillas, cada cierta cantidad de calles se hallaba la estación correspondiente.

Aquella gran ciudad era reconocible por estar localizada cerca del mar, aguas pertenecientes al océano

Atlántico. Con puertos bien construidos justo en el extremo contrario a donde se encontraba situado Liam.

Cerca de un puerto de esos residía Hopper, aunque su finca principal estuviera en Long Beach, se cambió allí por petición de Liam. Para estar al pendiente, en caso de que Alan llegara antes que él.

Los cuatro asesinos principales, enviados por Hopper para seguir instrucciones de Liam, iban ya tras la pista de Liliana.

Un plan atrevido se había dibujado en la mente de Liam, un plan en el que no figuraba su viejo y recién asesinado jefe de seguridad. Con los problemas recientes como, acabar con el hombre de Thomas que sobrevivió al incendio en el hotel, y ahora que Angélica había muerto, tener que acabar con Alan.

Una mueca de rabia apareció en su cara. Tragó saliva y reanudó su viaje al hospital de la ciudad.

Hopper Wallace llamó a uno de los conductores privados que tenía a sueldo, para que le trajera la limosina. Se encontraba de píe mirando el cielo que gracias al sol deslumbraba con intensos tonos naranjas cayendo sobre la superficie, a él le tranquilizaba esa clase de colores rodeándole. Llevaba tiempo sin tener algún caso difícil como abogado, en el que tuviese que emplear gran parte de su tiempo, ahora se limitaba a controlar sus viejos negocios legales, con los que lavaba el dinero obtenido de manera ilícita. Lugares como varios casinos, bares en el centro de la ciudad, y un hotel en la playa más solicitada el cual había obtenido por una oferta grandiosa, y después de varias remodelaciones había quedado cómo uno de los mejores de la zona.

La limosina aceleró cruzando parte de la ciudad, para llegar al hospital. A Wallace le preocupaba verse envuelto en un escándalo como aquel, donde su nombre estaba oculto pero podría salir a la luz, ya que las victimas sepultadas en el cementerio privado, estaban relacionadas con él, no todas, claro está, por que también prestaba los servicios de ese lugar para las necesidades de algunos de sus mas respetados clientes.

Después de bajar de la limosina, notó que varias personas le miraban incrédulas, no por que fuera reconocido, pues de solo dentro de los tribunales era conocido, y hasta cierto punto ya que en la mayoría de las veces prefería recomendar al cliente, en caso de ser posible, arreglar las cosas fuera de los tribunales.

Al llegar a la puerta, se detuvo para fumar un cigarrillo antes de entrar, de pie junto a varias señoras gordas que también dejaban escapar el humo por la boca y nariz, contemplaba anhelando aquella vida tranquila cuando Liam no cometía tantas imprudencias, y él no tendría por qué solucionar sus problemas, todo marchaba bien y solamente visitaba la gasolinera para recibir su pago, que la hermosa Liliana le hiciera sexo oral, y de paso tirar el cadáver de algún pobre desgraciado por la coladera.

Suspiró mirando la figura de las nubes, después dirigió su vista hacía las doradas letras del edificio donde se leía "Hospital San Francis" tan imponente sobre la entrada, y exhaló el humo del cigarrillo.

No escuchó ni vio nada más. Su enorme cuerpo se desplomó sobre los cinco escalones que había antes de entrar al hospital. Las mujeres gordas soltaron un grito ahogado al ver un charco de sangre formándose alrededor de Wallace, hasta que una de ellas notó de reojo que en el pecho tenía lo que al parecer era el resultado de un disparo, que le había impactado en el corazón.

En cuestión de minutos, un grupo de paramédicos ya le trasladaban en camilla, directo a urgencias, aunque era ya demasiado tarde por que a pesar de no morir al instante, la pérdida de sangre había terminado el trabajo.

Dentro del hospital, el detective Thomas Henson esperaba que el médico que atendía a su sospechoso Alan Jackson, le diera información sobre cualquier señal de vida, y dejando de lado todo presentimiento sobre la inocencia del joven, por razones de protocolo tenía que conocer los detalles del accidente, además de saber si había tenido él algo que ver con el incendio en aquel hotel cerca del río.

El medico salió de la sala de urgencias, luciendo su elegante bata blanca manchada por sangre.

—Todo salió bien —anunció abiertamente el médico—. Aunque para que su brazo no sea perjudicado a futuro, necesitara reposar durante largo tiempo.

—Es una suerte que sobreviviera después de aquello —una extraña sonrisa de alivio se dibujó en el rostro del detective—. ¿Cree que podrá hablar conmigo?

—Está un poco agotado, pero si no tarda mucho, yo diría que si. Aunque le advierto que esta realmente alterado, aullaba durante horas, tal vez inconciente, por la mujer que lo acompañaba, Angélica.

— ¿Ella cómo esta?

—Muerta, querido amigo, y le diré que es una verdadera lástima, era una mujer muy hermosa y tan joven...

Thomas agradeció al médico y entró en la sala donde reposaba Alan.

—Hola, me alegra ver que te has mejorado —anunció después de ver que el joven lo miraba con pequeñas mangueras conectadas a su cuerpo por medio de agujas, y el brazo envuelto en vendajes descansaba sobre la camilla extendido y aparentando no tener vida—. Usted no me conoce señor Alan, soy el detective encargado de su caso. Me llamo Thomas Henson, y estoy aquí para hacerle unas cuantas preguntas.

—Responderé a todo —las débiles cuerdas bucales del joven se escucharon con poca claridad, y una simple sonrisa apenas reconocible se dibujó sobre su rostro, haciendo que Tom sintiera lástima por él.

—Está bien. ¿Conoces de alguna parte, a un sujeto llamado Liam James?

—Si... De una gasolinera... Prostíbulo...

—La conozco, no te molestes. ¿Ese Liam tuvo algo que ver en el accidente?

—Directamente no... Pero si su hombre... Dine Zeno...

— ¿El que llaman Dizzy? No tienes por que preocuparte por él, ha muerto.

—Mejor dicho... Lo han matado...

—Si, efectivamente —Tom se sorprendió al ver lo audaz que era el joven haciéndole sentir empatía hacía su situación—. Lo encontraron atropellado al lado tuyo, el conductor de un trailer llamado Frank, fue quien lo hizo.

—Lo conozco... Es una buena persona...

—Pero no lo mató él, al parecer solo actuó como lo hizo para salvarlos, el trabajo de asesinarlo lo terminó alguien más, una vez estando dentro de la ambulancia. ¿Tienes alguna idea de quién pudo haberlo hecho?

—Puede ser —Alan miró hacía el techo de la habitación pensando en algún candidato, tratando de ser lo mas astuto posible pues no conocía a nadie en concreto—. Creo que fue Liam.

— ¿Por que Liam haría algo así? Tengo entendido que Dizzy era su mejor aliado.

—Jefe de seguridad... Pero últimamente se portaba raro... Es lo que decían todas...

— ¿Estuviste en la gasolinera por mucho tiempo?

—Solo el necesario... Tenía que sanar algunas heridas... Un maniático me las hizo cuando trató de robarme la motocicleta... En la cabaña de un bosque...

—Lo sé, también investigué ese caso —Thomas

agradeció la honestidad del joven—. Al parecer alguien lo mató.

—Nadie mató a ese hijo de perra, murió por el aguijón de un alacrán altamente peligroso —Alan cerró los ojos intentando soportar el dolor. No sabía que el detective conocía de antemano los resultados de la autopsia donde se encontró el piquete del alacrán y su veneno.

— ¿Sabes algo mas sobre Liam?

—Si te refieres a algo para poderlo arrestar, además de su negocio con la gasolinera, creo que puede servir el hecho de que en algunas ocasiones, durante el día realiza viajes... No tengo idea a donde se dirigía... Pero estoy casi seguro de que cometió un crimen... Tal vez Melinda este mejor informada, pues siempre la llevaba cómo copiloto.

Thomas escuchó con total atención esas palabras, no conocía con seguridad sobre Melinda, pero el hecho de ser una mujer le hizo recordar que un testigo en el incendio del hotel dijo haber visto a una mujer hermosa al lado del principal sospechoso, huir en un vehiculo después del incendio, que la mujer avanzó hacia el bosque donde fue encontrado el cadáver de uno de sus hombres.

Las piezas comenzaban a encajar entre sí. Todas las pistas le llevaban a un solo hombre; Liam.

Después de pensarlo un poco y plantear su siguiente paso, decidió al final dirigirse a la gasolinera, ahora que estaba bajo vigilancia de la policía, podía darse el lujo de inspeccionar cada rincón.

Sonrió ante la idea de finalmente ir un paso por delante de Liam, y mientras disfrutaba el momento, observó tras el cristal de la habitación, que en una camilla llevaban el cuerpo de Hopper Wallace, para quien trabajaba Liam. Por un costado fluía mucha sangre derramada, y escuchó al abrir la puerta para apreciar mejor el cadáver, a un medico decir que le dispararon en la entrada del hospital directo al corazón, provocándole una muerte casi al instante.

Capítulo 46
La lealtad de los cuatro hombres

Liliana Farsi esperaba cerca de la gasolinera, oculta en la gran escalera, de vez en cuando salía y avanzaba hasta llegar a la que solía ser la oficina de Liam, lo hacía incluso arriesgándose a ser descubierta por los policías que vigilaban la zona. Pero ante todo, necesitaba intentarlo, pedir ayuda a cualquier persona que pudiera sacarla de allí.

Llevaba en brazos un perro Beagle color blanco con manchas en café. Lo abrazaba con fuerza para evitar que se congelara, la herida que tuvo por enfrentar aquel lobo había cicatrizado pero todavía se sentía muy herido.

De vez en cuando, Lili tenía que salir de su escondite para conseguir comida y ropa limpia, le resultaba sumamente difícil con toda la investigación, y de no ser por la escalera subterránea y toda posible salida que memorizaba a cada paso, el trabajo le resultaría imposible.

Bloqueó todas las entradas disponibles y las disfrazó para que no hubiera sospecha de aquel lugar, utilizando ramas y algunas rocas pequeñas, solamente había dejado en total libertad la salida en la cima del acantilado, cerca del lago congelado.

Lamentaba el hecho de que el policía que la persiguió hasta el agujero, hubiese caído colina abajo, y no solo por que no soportaba la idea de que un hombre inocente muriera, por que también significaba que la investigación no cesaría hasta encontrarlo, por lo tanto era cuestión de tiempo para que se descubriera el viejo cemen-terio privado.

La dama pasaba el tiempo libre pensando en lo que sería mejor para ella, si entregarse o esperar la ayuda de Liam. Se encontraba de pie en la cima del acantilado, mirando cerca de la carretera, el Beagle descansaba a su lado jadeando y mirando una pequeña araña que huía de él.

Los diminutos copos de nieve, caían sin detenerse, lentamente, formando capas de hielo muy frágiles, haciendo casi imposible pisar. Ella sostenía su mirada de frente a la carretera, con la esperanza de notar que un vehículo se acercara.

Pero no había nada.

El Beagle se puso en pie con gran esfuerzo, moviendo la cola, avanzaba torpemente alrededor de la dama, marcando pequeñas huellas sobre la nieve. A Liliana le parecía gratificante ver cómo el pequeño animal se reponía de las heridas. Y después de escuchar algo, el perro comenzó a ladrar mirando la carretera.

—¿Crees que sea Liam? Espero que sea él— decía ella mirando al perro—. Creo que no es...

Un automóvil color gris giraba por una curva a un par de metros, dirigiéndose a ella, y acelerando no tan rápido, para evitar perder el control.

El vehículo se detuvo frente a Liliana, y un hombre de estatura promedio bajo, envuelto por un abrigo grueso el cual se quitó de inmediato y lo ofreció a la dama, quién se lo puso rápidamente abrazándolo con fuerza.

—Me llamo Thomas Henson y vengo de parte de Alan Jackson —anunció el detective manteniendo la distancia con el perro que no dejaba de gruñir.

—Gracias por el abrigo —respondió Lili inclinándose para calmar al Beagle—. ¿Puedo saber de dónde conoce al joven Alan?

—Lo que estoy a punto de decirle es muy fuerte —Tom tragó saliva e intentó acercarse, el perro estaba mas tranquilo, por lo tanto pudo tocar el hombro de la dama para consolarla—. Alan y su copiloto fueron victimas de una agresión antes de llegar a la ciudad del este. Ahora esta mejor, pero su brazo necesita mayor reposo.

—Oh, santo cielo —lanzó un suspiro mientras continuaba acariciando al animal—. ¿Y qué pasó con Angie?

—Lamentablemente la señorita que viajaba con él, falleció a causa de la herida en el estómago. Creemos que fue Dine Zeno bajo las órdenes de Liam.

—No, jamás ordenaría una cosa así.

—Sé que es difícil aceptarlo, el hombre con el que trabajo resulta ser un maldito asesino...

—No, usted no entiende —se limpió un par de lagrimas que comenzaban a rodarle por las mejillas—. Liam era el padre de Angie, la protegía mucho, y parece imposible admitirlo, pero ahora me doy cuenta de que en realidad la quería bastante.

—Increíble, ella fue su hija, eso resuelve muchas cosas.

Hubo un momentáneo silencio en el cual ambos se limitaban a pensar en los asuntos que acaban de conocer. Tom por su parte se planteaba la idea de acabar con Liam antes de que fuera un asunto serio, debido a que ahora que estaba por arrestar a Hopper por encubrimiento, siendo que protegía a un criminal, con las pruebas y testigos que había de la gasolinera no quedaba duda, el problema de haber muerto, a pesar de ahorrarle el trabajo de perseguirlo, le complicaba la captura de Liam.

Liliana por su parte, pensaba en el peligro que corría estando sola con Liam allí fuera. Miraba al detective sin prestar atención en la profunda concentración de éste. Acariciaba a su perro y finalmente se atrevió a hablar:

—Ahora que Liam busca a Alan, creo que obviamente no parara hasta dar con él. ¿Piensa usted que yo este en peligro?

—Claro que si —el detective se dirigió al vehículo en el que llegó, sacó un portafolio negro y lo abrió delante de la dama sacando una fotografía del tamaño de la palma de su mano—. Este hijo de perra se llamaba Hopper Wallace, ahora ya esta muerto, y creo que Liam fue el asesino. ¿Lo conoce?

La dama observó perpleja el retrato de un hombre con sobrepeso y rostro rudo, en el cuello llevaba varias arrugas adornadas por una pequeña cadena de oro. Sus ojos estaban cerrados, aunque eso no ocultaba el hecho de que Lili ya los había visto abiertos, cada repugnante noche en que tenía que practicarle sexo oral.

—Lo conozco —anunció finalmente la joven—. Y puedes contar conmigo para atrapar a Liam. Aunque me da gusto que ese infeliz muriera, eso no quita el hecho de que Liam sea un mal nacido...

—Estupendo y aunque no dudo que sea capaz de ayudarme —respondió el detective guardando el retrato—, el verdadero problema aquí es que cuando murió contaba con cuatro asesinos bajo su nómina, y posiblemente ya estén trabajando para Liam. Si usted le es útil, podrá utilizarla y si no, la va a matar, así de simple. Ya no es como cuando estaban en la gasolinera, ahora él tratará de apoderarse de todo lo que Hopper tenía.

—No si podemos frenarle el paso antes de que sea más difícil. Puedo citarme con él, y usted aprovecharía para emboscarlo.

—Es más complicado que eso, pues seguramente ordenará a sus cuatro hombres para recogerte. En cambio si le insistes en verte él mismo, sospecharía. Ya no va a dejar nada a la suerte.

—Creo que podré citarme con él en algún hotel o restaurante cerca de la ciudad del este. La oferta que puedo entregarle para que se presente, puede ser que le ayudaré a matar a Alan, y él no ha olvidado que el joven motociclista confía en mí.

—No es mala idea. Hay un hotel de paso cercano a la ciudad, hace poco hubo un homicidio y ahora el lugar está mas tranquilo, si pudieras hacer que se entrevisten allí...

—Lo haré, no se preocupe, solo le pido una última cosa. Tiene que ir usted solo, por que ese hijo de puta sabe que hay policías en lugares cercanos aunque no estén a simple vista.

—De acuerdo —el detective sonrió—. Aunque debo admitir que a Liam siempre quise atraparlo estando solos él y yo. Por lo tanto será un placer.

Ella subió al vehiculo con Thomas y juntos se alejaron para plantar la emboscada.

A varios kilómetros de allí.
Los cuatro hombres de Liam recibieron una llamada telefónica, y con ella nuevas ordenes, ahora ya no se dirigían hacía Liliana, cambiaron el rumbo y prepararon sus armas.

La señorita Liliana Farsi contactó con Liam esa misma tarde, se citaron en el hotel que Thomas había sugerido. Al principio el sujeto dudó de las palabras de la dama, pero al escuchar la propuesta de que ella misma sería la que mataría a Alan aprovechándose de la confianza que le tenía, se inclinó por aceptar su oferta.

Pero ella no tenía intención de hacerle daño al joven, quién rechazó estar con ella prefiriendo a la hermosa Angélica, y a pesar de todo no le guardaba rencor alguno.

Solo deseaba encontrar a su madre, la cual todos creían muerta. Ella no aceptaba esa idea y se limitó a buscarla ahora que Thomas le garantizaba seguridad junto con una nueva identidad.

Le quedaba eso, buscar a su madre, con la esperanza de estar viva y en compañía de un perro Beagle que desde ahora en adelante sería llamado bajo el nombre

"Bobby".

Capítulo 47
Entre cruces y lápidas

Un automóvil avanzaba a prisa por la carretera principal, estaba a unos cuantos kilómetros de llegar a la vieja gasolinera de Liam, cuando tuvieron que frenar por que el copiloto recién se había enterado de algo.

El coche aparcó sobre un mirador donde se podía apreciar el paisaje dominante de colinas empinadas bordeando el cauteloso río Biacci.

—Habló Liliana —anunció el copiloto mirando a Liam concentrado en el camino—, dice que puedes citarte con Thomas, en un hotel cerca de aquí.

Entregó la dirección sonriendo y comprendiendo lo que pasaría.

—Llama a los cuatro hombres —añadió Liam—. Te dejaré en la siguiente estación para cargar combustible, esperando a que los hombres pasen por ti. Me voy a entrevistar con Thomas y ustedes van a emboscarlo, pero necesito llegar sólo, por que ese cabrón es muy listo. No estoy seguro de que quiera solo hablar conmigo, así que pensaré como él y tiraré a matar.

—Puedes contar con nosotros.

—Pero pase lo que pase, no se confíen...

Alguien me dijo hace tiempo que la calma siempre llega antes de la tempestad.

Una canción sonaba en la radio del auto de Liam, Creedence Clearwater Revivals tocaba uno de sus temas clásicos, y el hombre esperaba paciente fumando un cigarrillo con una escopeta recién cargada en el asiento del copiloto. Sus cuatro hombres no demoraban en llegar.

Lo sé, ha estado llegando hace tiempo.

El estacionamiento estaba en total calma, Dizzy había dejado un rastro de sangre desde que salió de la gasolinera. El cadáver de Melinda lo descubrió Liliana mientras estaba oculta en la gran escalera subterránea, y la noticia del macabro hallazgo se esparció como la pólvora una vez revelada la noticia a los periódicos.

Cuando termina, o eso dicen, lloverá un día soleado.

A Liam le afectó la noticia, a pesar de estar casi seguro de que ya estaba muerta, la ligera sospecha de que aún viviera se disipó la tarde anterior cuando leyó la noticia. Sufrió en silencio y lamentó el hecho de haber asesinado a Dizzy de la manera que lo hizo. Deseó poder haberlo hecho sufrir hasta que ya no pudiera más. Extrañó las veces que Melinda le preparaba café cuando esperaba en el coche.

Lo sé, brillando hacia abajo como agua.

Y en el instante en que el coro de la canción empezaba con la guitarra eléctrica sonando de fondo, notó un automóvil acercarse y advirtió que la hora de enfrentarse con su viejo rival había llegado. Tomó la escopeta saliendo del coche y la puso sobre su hombro, sacó una pistola 9mm de la guantera revisando el cargador que estaba lleno, ocho disparos adjuntos a los dos cartuchos expansivos que estaban situados dentro de los cañones de la escopeta.

Quiero saber, ¿alguna vez has visto la lluvia?

El vehiculo se alejó y un vagabundo se acercó a Liam con un pequeño papel blanco en la mano.

—El hombre de ese carro me dio diez dólares para que le entregara esto señor —decía el vagabundo mirando de reojo el cañón de la escopeta sobresaliendo tras su espalda y facilitándole el papel.

Liam lo leyó cuando el vagabundo se marchó, en el papel estaba escrito lo siguiente; a siete kilómetros por la carretera, en el cementerio que está al lado del camino por una pequeña desviación.

Subió al coche y aceleró. No deseaba enfrentar a Thomas solo, por que comprendía que estaba en desventaja. Pero al ver que ninguno de sus hombres llegaba, supo que estaba destinado a combatirlo uno contra uno, sólo ellos dos.

Y la canción resonó por todo el auto cuando Liam subió el volumen de la radio.

Quiero saber, ¿alguna vez has visto la lluvia, cayendo en un día de sol?

Desde la carretera, ayudado por las luces del automóvil, diferenciaba a lo lejos el cementerio donde supuestamente le esperaba Thomas Henson, también por una orilla estaba la desviación al mismo, así que redujo la velocidad y condujo hacía el obscuro sitio.

Las rocas se movían causando un ruido similar al que hace una revolvedora de cemento, cuando los neumáticos pasaban sobre ellas. El haz de luz lanzado por los faros delanteros del coche iluminaba el camino delante y los alrededores en un ángulo de ciento veinte grados, alcanzando los árboles en la orilla del mismo, y una cerca de un metro de altura hasta llegar a la entrada del cementerio.

Con una puerta de acero desgastada y barrotes mohecidos entre los cuales se apreciaba fácilmente el interior del lugar, de no ser por que era de noche y la única luz que se veía era la del coche de Liam. La entrada de aquella tierra santa, rechinaba cuando el hombre trataba de abrirla empujando los dos extremos de ella hacía ambos lados, parecía que una de las puertas se desplomaría en cualquier instante.

Cuando terminó, dejando atrás el automóvil y cogiendo la linterna en la mano izquierda, se dispuso a entrar y avanzar sigilosamente intentando encontrar a su anfitrión.

Ayer y días antes el sol es frío y la lluvia dura.

Las nubes de tormenta que cubrían a la luna, lentamente comenzaron a disiparse dejando escapar los destellos hacía tierra. Y en el cementerio se dibujaron las siluetas de varias cruces, al parecer hechas con madera y acero. También podían apreciarse diversas lápidas de piedra pintadas de tonos blancos distribuidas por todo el lugar, y un sendero con hierba crecida sobre el cual Liam pisaba firmemente dirigiendo la luz de la linterna al frente.

—Detective, señor Thomas —susurró con oídos abiertos a cualquier ruido por minúsculo que pareciera—. ¿Si está usted allí, podría hacérmelo saber?

No se escuchaba nada.

—Maldición Liam, pero no puedo creer que vinieras solo...

— ¿Qué demonios? Necesito verte Tom, no podemos hablar entre todas estas tumbas —gritaba Liam mirando en derredor y dándose cuenta de que estaba en el centro del lúgubre lugar.

Una bala impactó contra el pecho de Liam haciéndole retroceder, seguida de dos más en el mismo sitio. El hombre cayó de espaldas sobre una lápida, destrozándola de un lado con ayuda del hombro.

Lo sé, ha sido así por todo mi tiempo.

Thomas Henson se hizo presente cubierto por una gabardina negra para perderse entre la obscuridad. De pie frente a su presa, retiró la gabardina mostrando una camiseta blanca reluciente por la linterna de Liam, avanzando lentamente con el rifle de alta precisión sostenido en ambas manos, cargado y listo para rematar en la cabeza de Liam.

Sentía que estaba a punto de culminar una carrera de esfuerzos inmensurables, con la liquidación del hombre que tantos años de trabajo le habían costado, con el reciente fracaso en capturar al abogado Wallace y la muerte de tanta gente inocente a manos de Dizzy, su jefe de seguridad, por fin estaba por trazar una línea final ante ese expediente negro en la historia de su país.

Alegaría defensa propia, sabiendo que estaba planeando matarlo a sangre fría durante varios días. Aunque tal vez dijera la verdad, que mató a ese infeliz por que no tenía intenciones de dejar con vida a una rata tan despreciable y poco favorable para el resto de seres humanos.

Así que preparó su rifle, y apuntó a la cabeza...

Hasta siempre, sigue y sigue, por el círculo, rápido y despacio.

...Pero al final soltó el arma.

Y no lo hizo por falta de valor, por la necesidad de hacer las cosas de manera correcta, para él en algunos casos esa era la manera correcta, ni siquiera fue por lástima. Soltó el rifle por una trágica y sencilla razón; sentía que las últimas fuerzas de su cuerpo se alejaban de él, impidiéndole seguir sosteniendo el arma y soltándola para que cayera al lado de Liam, quién se levantaba y la cogía, con la mano que sostenía la linterna sobre su pecho, respirando con mayor dificultad. Era cierto que aquel par de disparos le impactaron en el pecho, que de no ser por el chaleco antibalas, ahora estaría muerto y tal vez sepultado en cualquiera de las tumbas vacías de ese extraño y tenebroso lugar.

Liam aprovechó la confianza de su rival y le destrozó el cráneo con una única bala de la vieja 9mm...

Eso fue lo que hizo. Sepultó el cadáver del detective junto con el chaleco y el rifle en una tumba que habían cavado recientemente, tal vez Thomas cómo parte de su plan. No quería llevar evidencia con él durante su cacería de la última presa, a quién ya no buscaba por que fuera realmente peligroso, sino mas bien por que deseaba vengar de alguna manera la muerte de sus seres queridos, y festejar el reciente acenso al poder, tras la caída de su anterior jefe, Wallace.

Ahora solo le inquietaba el hecho de que sus

cuatro hombres tardaban demasiado en llegar. Por lo que se limitó a buscar su automóvil y largarse de aquel lugar cuanto antes.

Intentaba recordar lo que Liliana le había dicho, sobre el cementerio privado, y estaba seguro de que sería imposible visitarlo por toda la seguridad que había puesto Thomas, y con esto que acababa de ocurrir, resultaba obvio que ella lo había traicionado y el detective la habría puesto bajo su protección, así que seguramente la muchacha ya debería estar fuera de su alcance. Por lo que tomó la decisión de no seguirla más, y sólo limitarse a sentir el placer de ocultarle la verdad sobre su madre. La verdad de que aún seguía viva.

Sentía odio y cantaba con extraña felicidad la última parte de la canción:

Lo sé, no puede detenerse, supongo.

Capítulo 48
La dama

Alan Jackson se despedía del detective Thomas Henson, quien se retiraba rumbo a la vieja gasolinera para hablar con Liliana. El joven le miraba alejarse de la entrada principal, donde habían asesinado a Hopper, solo le miraba sintiendo un hueco en el estómago, sin saber que aquel día sería el último que vería al buen Tom.

Pidió un taxi estando sentado en la silla de ruedas que por políticas del hospital, era necesario para salir de allí, aunque al joven no le molestaba en absoluto con tal de salir de ese lugar.

No le dio problema alguno ponerse en píe y subir al taxi, minutos después se dirigió a la dirección que el detective le había entregado. El brazo le dolía bastante, pero la herida comenzaba a sanar, había escuchado a un médico decir que era un milagro que no perdiera el brazo, ya que el impacto fue demasiado fuerte como para morir al instante sobre el parabrisas de la camioneta. Pudo haber sido que era una camioneta vieja y aquel cristal se rompiera suavemente amortiguando el golpe.

Ya sea cualquier cosa, el hecho era que Angélica había muerto y Alan visitaría el cementerio de la ciudad para ofrecerle el último adiós.

Media hora mas tarde, el taxi aparcaba cerca de la entrada principal al cementerio, una entrada hecha con ladrillos en forma de arco y la puerta formada por barrotes de acero, con un par de ángeles hechos con arcilla puestos a la altura de los muros que rodeaban el lugar, justo encima de las bisagras. Al ponerse en píe frente a la puerta, el joven veía por entre los barrotes diversas lápidas esparcidas por todo el lugar, con caminos que recorrían todas ellas desde la entrada, donde encontraba el área de reposo de ataúdes y la pequeña oficina del viejo hombre que administraba el recinto.

Alan se acercó a dicha oficina para pedir informes de donde reposaba el cuerpo de Angélica. Mientras había estado en el hospital, recordaba que muchas veces le ofrecieron servicios funerarios a crédito, y él había decidido aceptar uno de ellos. Nunca pasó por su mente que un extraño hombre convirtiera su cuerpo en cenizas. Y ya que no contaba con suficiente efectivo, esa le pareció una excelente opción.

El administrador le entregó el lugar de la tumba donde descansaba la chica. Le advirtió que no sería difícil identificarla, se notaba ante las demás por que el cemento aún estaba fresco. Y allí la encontró, con las palabras ausentes, solo de pie frente a ella, mirándola con aire melancólico. No sabía que decir.

Miraba tristemente los gruesos relieves que formaban el nombre de la copiloto; ANGÉLICA FISHER. Los tocaba con las yemas de sus dedos como si al hacerlo pudiera acariciarle una vez mas, sus hermosas mejillas que parecían duraznos.

Suspiró levemente tratando de soportar el llanto, recordando hacía un par de días cuando ella le rodeaba por la cintura mientras él conducía. La noche que le salvó de morir congelado o ahogado por haber consumido lo que él decidió el último gramo de cocaína. Ahora no sentía miedo, había conseguido la labor de cruzar casi todo el país en la búsqueda de una mujer misteriosa, y aunque el precio que tuvo que pagar fue demasiado alto, por fin se encontraba en esa ciudad, sin saber que era lo que seguía, o como regresaría.

—De frente... Es ella... Puede ser...

Una voz gastada y lejana le susurraba al oído. Era el viejo Rene Montesco pidiéndole que mirara al frente, donde una mujer se encontraba inclinada frente a un sepulcro opaco y gastado en color blanco, dejaba un ramo de tulipanes sobre una maceta que formaba parte del sepulcro, justo al lado de un libro del mismo material que el resto de artículos, una mezcla de cemento con granito.

La mujer se alejaba de espaldas al joven, quién no podía verle el rostro. En ese momento él se acercó para leer del pesado libro a quién pertenecía el sepulcro. Una expresión triunfal se apoderó de su cuerpo cuando leyó:

Queridos papá y mamá, siempre los recordaré…
Con todo mi amor y cariño…
Señor y señora Montesco…

Podía ser ella, pensaba Alan, y decidió seguirla un poco. Salieron del cementerio, el joven detrás de la misteriosa mujer, llevaban rumbo a un parque público cercano a ese lugar. Y la mujer tomó asiento sacando de su bolso un pequeño pañuelo de seda blanco.

No creí que fuera tan linda… ¿Cómo podré acercarme siquiera a saludarla? Espero que sea ella, todas las ideas llegaban a su mente como misiles. ¿Será ella la nieta del viejo Montesco?

Caminó lentamente tanteando cada paso e intentando verle la cara, pero un hermoso cabello negro le caía por un costado cubriendo su rostro y haciendo imposible que encontrara algún parecido con el viejo Montesco.

—Hola, disculpa mi atrevimiento —dijo antes de que la mujer notara que se estaba acercando demasiado, ella levantó la mirada, sus ojos cafés lo miraron llorosos e irritados, tenía una hermosa sonrisa casi perfecta con pequeños y blancos dientes, y la mirada semejante a la que mostraba el viejo Rene, era una mezcla de curiosidad con asombro—. Me llamo Alan Jackson, he recorrido prácticamente todo el país buscando a una mujer, y creo que eres tú…

—Me da gusto saludarte Alan —respondió ella

mientras secaba sus húmedas mejillas—. Lo siento, pero siempre que visito este lugar me entra la nostalgia.

—No tienes por que disculparte, hace unos minutos yo también estaba a punto de llorar —señaló el cementerio—, mi copiloto esta sepultada en una tumba muy cercana a donde estabas tú, por esa razón note que estabas allí.

—Siento mucho lo de tu copiloto. ¿Pero que te hace creer que soy la mujer que buscas?

—Pues si tú conoces a alguien llamado Rene Montesco, eres la indicada...

—Mi abuelo se llama así... Pero no vive conmigo, él vive en el extremo oeste del país, imagino que es de donde vienes, ¿cierto?

—Fue él quien me envió a buscarte, por que quiere despedirse de su nieta... Antes de morir... Lamentablemente, la muerte tocó a su puerta y no pudo despedirse él mismo en persona, lo que era su última voluntad.

— ¿Mi viejecito se fue? No puede ser... —Mary llevó sus manos a la cara y derramó el llanto que se había detenido cuando Alan llegó.

—Conocí a tu abuelo, un gran hombre y mejor amigo —se sentó a su lado y abrazó a la dama para calmar su dolor, aunque también él se sentía mal—. Fue en un bar, llegué a ese lugar por que me sentía atrapado en una vida que no deseaba, y estaba a punto de contraer matrimonio con una hermosa mujer y de buenos sentimientos, él me invitó a viajar como su copiloto pero falleció antes de emprender la aventura. Me ofreció su motocicleta cómo obsequio, también me dijo que tú se la regalaste, le dolía en serio tener que despojarse de ella pero sabía de antemano que moriría pronto. Padecía cáncer...

— ¿Te contó por qué mi familia lo despreció y me apartó de su lado?

—Aquella noche que nos despedimos, bebíamos y mencionó que su padre mató a un hombre a sangre fría en una farmacia local.

—El señor Montesco mató a un asesino que buscaba a mis padres, le llamaban Silvio...

—¿El asesino Silvio? Ese hijo de... Lo siento... Pero ese animal fue quién mato a mi hermano.

»Vivíamos en una granja al sur del país, Silvio era perseguido por policías hasta que decidió refugiarse en el granero de papá. Eso a mi hermano no le hizo ninguna gracia y se preparó para hacerle frente, cogió el viejo revólver que papá guardaba en la alacena, era una vieja arma de ocho balas que algunas veces solía fallar, después se dirigió al granero. Yo le pedí que no fuera. Las autoridades llegarán, así que no será necesario. Pero él era demasiado obstinado. Me dijo que tenía que asegurar la puerta para que no escapara. Salió de casa, yo le vid por la espalda, él no me miró. Aquella noche fue la última vez que hablé con él...

»Papá dijo que el arma falló cuando mi hermano intentó detenerle, la tragedia sucedió cuando el arma de Silvio no le falló a él. Trasladaron a mi hermano al hospital y fue allá donde murió... El mal nacido de Silvio logró escapar... Me enteré días después, que era uno de los asesinos mas buscados en todo el país.

—Pues ese asesino buscaba a mis padres, y de no ser por el señor Montesco tal vez habrían muerto. Él tuvo que morir en prisión, su sacrificio por salvarles la vida y que yo pudiera disfrutarlos durante la mía. Creo que Rene lo sabía...

—Claro que lo sabía, pero no quería decirte nada hasta que fue muy tarde para eso.

—Y ahora está muerto... Nunca podré pedirle que me disculpe...

—Él te amaba mucho Mary, desesperado decidió buscarte para decírtelo, comprendía en sus últimos momentos de vida que ya no había tiempo, puso sus esperanzas en mí, para que te trajera su despedida y todo su cariño —contuvo un llanto ahogado—. Lamento no poder traértelo, en verdad lo lamento.

—No fue tu culpa...

El sonido de un motor rugiendo se escuchó llegar desde el otro extremo de la calle. Al dar vuelta en la esquina, una motocicleta deportiva se dejaba ver, y la piloto luciendo bellísima con toques de rudeza, mientras bajaba de la misma y le miraba sonriendo.

¡Era Helena! Y Alan pudo darse cuenta de ello al verla quitarse el casco y avanzar hacia ellos.

—Increíble —anunció Alan perplejo—. ¿Cómo supiste donde encontrarme, cariño?

—Tu accidente —Helena se apresuró a abrazarle y besarle suavemente los labios con desesperación—. Me enteré que una camioneta te embistió, terminaste en el hospital, salió todo en los periódicos. Viajabas con una chica que, desafortunadamente falleció, así que deduje que estabas en este sitio. ¡¿Pero que demonios le pasó a tu brazo?!

Durante el abrazo, Helena notó algo diferente con el brazo del joven, quién de inmediato levantó la manga de su camisa para dejar al descubierto una llamativa herida recorriéndole todo el brazo hasta una pequeña parte del hombro.

—Una fuerte herida, afortunadamente no sentí el dolor, caí desmallado después de colisionar contra su parabrisas y romperlo con mi cuerpo —contestó Alan mirando a ambas mujeres con expresión de derrota—. El mismo que me embistió fue quién lo destrozó, no pude evitarlo, aunque pudo haber sido peor ya que Angélica murió...

—No puede ser, todo lo que ocasioné al decidir no buscar a mi abuelo —Mary se levantaba de la banca pública y retrocedía sintiéndose avergonzada, totalmente culpable al quedarse en ese lugar esperando que llegara su abuelo y le platicara cómo había pasado la vida sin ella.

—No te preocupes, no fue tu culpa...

Un automóvil negro con vidrios polarizados se acercaba súbitamente aparcando sobre la acera, justo al lado de la motocicleta de Helena. Un hombre con traje negro y mirada seria bajó del coche con ametralladora en mano y apuntó a los tres jóvenes. Lo más rápido como le fue posible, sujetó por el hombro a la primera mujer que vio y sin dejar de apuntar a la cabeza de Alan, la metió dentro del coche y se alejó pisando hasta el fondo el acelerador. Por su ventanilla arrojaba una pequeña tarjeta, con una dirección escrita y el aviso "no llames a la policía, tienes que venir solo".

— ¡Maryyy! Regrésala hijo de perra —gritaba el muchacho empuñando la única mano que le quedaba al aire, y desvió la mirada hacía su prometida—. Helena, necesito que me lleves hasta esa dirección.

La mujer dudó por un segundo, pero Alan no le dio tiempo de retroceder, y después de trepar en la motocicleta, Helena conduciendo, comenzó el trayecto a la dirección que venía en la pequeña tarjeta.

Capítulo 49
Sobre la avenida

Un sonoro rugido se escuchaba pasar por la avenida principal, la motocicleta deportiva *RZ900* conducida hábilmente por Helena se dirigía a la dirección indicada en la pequeña tarjeta.

—Detente aquí un momento —indicó el copiloto Alan al ver una caseta telefónica al lado de una vieja tienda de pasteles—. Llamaré a Thomas Henson, para que nos ayude a detener el automóvil, creo que Liam trata de enfrentarse a mí. Pero no puedo fiarme de él, a estas alturas debe estar conciente de que Angélica ha muerto.

— ¿De qué estas hablando Alan? ¿En qué te has metido?

Helena se alteró al ver el semblante de su prometido, y lo miraba confusa.

—Te lo explicaré luego, querida —añadió Alan y después se enfocó en el auricular—. Buenas tardes, necesito comunicarme con el oficial Thomas Henson, por favor, habla Alan Jackson...

—Lo sentimos, pero el detective murió, puede comunicarse conmigo, soy uno de sus oficiales al mando, me llamo Seth —la voz del hombre en el otro lado de la línea se escuchaba cansada y ausente. Era cierto que trabajó con Tom cuando éste vivía, fue informado del deceso por teléfono con la dirección de donde se encontraba sepultado el cadáver, el informante había sido uno de los guardaespaldas de Liam—. ¿A que se debe su llamada, señor Alan?

—Necesito su apoyo, Liam James ha ordenado el secuestro de una jovencita llamada Mary Montesco, creo que quiere entrevistarse conmigo me entregó su dirección, ella fue raptada por un coche negro con vidrios polarizados, le daré el numero de placas. Posiblemente esté en estos momentos sobre el puente de la avenida principal, lo estamos persiguiendo en una motocicleta deportiva. Le agradezco su ayuda Seth, y lamento mucho lo de Thomas aunque no tuve el placer de conocerlo suficiente debo decir que me agradó lo que a simple vista demostró.

—Justo ahora llamaré a todas las patrullas policiales que tenga disponibles para que rastreen ese automóvil, y señor Alan —la voz del sujeto se quebró—, tenga mucho cuidado por que esos hijos de perra son sumamente peligrosos.

Ambos colgaron y la motocicleta reanudó su perse-cución.

Media hora más tarde
Por fin Helena veía el coche mientras conducía por el puente de la avenida, aquel automóvil circulaba por la calle inferior bajo el mismo, parecía que aún no se daba cuenta, ya que no aceleró más de lo que a simple vista se veía.

—En la siguiente calle, debes salir del puente y acercarte por detrás —pidió Alan a la joven quien parecía nerviosa—. No te acerques mucho, o de lo contrario le alertaremos y pudiera intentar escapar. Además no quiero que trate de lastimar a la chica.

—Pero que estamos haciendo Alan —Helena se alteró—. Ni siquiera tienes un arma, ¿cómo esperas defenderte?

—No te preocupes por mí, solo le seguiremos hasta que vea alguna señal de Seth.

—No creo que ese tal Seth quiera arriesgar el pellejo por un total desconocido...

—Seth está enfurecido, cuando estaba en el hospital, Thomas me contó que alguien había asesinado a dos de sus hombres, y el tercero reposaba en una camilla del mismo hospital con graves quemaduras. Ahora estoy casi seguro de que dicho asesino era Liam, y Seth lo sabe.

Un auto patrulla saliendo por una pequeña calle bajo el puente interrumpió la charla, Alan lo miraba desde arriba, parecía ser el oficial Seth acelerando para alcanzar el coche blindado. Helena distinguió por la ventanilla de la patrulla un arma asomarse, y cuando la altura del puente disminuyó a la par con la calle donde ambos coches conducían, Alan reconoció que dicha arma era su viejo revólver.

Una pequeña persecución se llevó a cabo en esa calle hasta una desviación donde el auto blindado aceleró aún más al darse cuenta de que lo seguían. Helena también aceleró pero tratando de mantenerse por detrás del coche policíaco, el cual se acercó tanto que estaba en una excelente posición para comenzar a disparar.

Únicamente fueron necesarios dos disparos para que el segundo pinchara uno de los neumáticos traseros, el auto blindado respondió perdiendo el control y estrellándose contra un árbol a la orilla del camino. No había casas, al parecer se encontraban en la parte trasera de una vieja bodega abandonada.

El auto patrulla se detuvo al lado del camino y un sujeto de estatura promedio con una calva notoria y mostacho, bajó del vehículo con el revólver en mano. Acercándose con pasos decididos hasta la portezuela del coche blindado, la abrió y sujetando al viejo conductor lo echó fuera para tenerlo a su merced. El viejo se arrastró aturdido por el impacto con el árbol tratando de escapar del hombre con mostacho llamado Seth.

No fue tan difícil para el policía reconocer al viejo, era uno de los hombres más peligrosos de Hopper Wallace, y ahora solo se limitaba a arrastrarse a la orilla del camino. No deseaba seguir viendo eso, Seth apuntó con todo el odio que sentía a la cabeza del viejo, pero antes de disparar, un segundo hombre de una edad parecida salió de la parte trasera del coche blindado arremetiendo con dos disparos, uno de ellos le impactó en el hombro a Seth y haciéndole retroceder, pero aún así disparó contra la cabeza del sujeto que después de recibir el disparo dejó de arrastrarse.

Un tercer disparo contra la humanidad del oficial le alcanzó el pecho cuando éste giró contra el hombre del vehículo blindado. También reconoció a ese viejo, era otro de los guardaespaldas de Hopper, disparó y logró asestar al corazón.

El guardaespaldas cayó fuera del vehículo y Mary salió huyendo, al verla, Helena la siguió para intentar calmarla.

Alan se acercó a Seth y lo miró desmayado, con el pecho sangrando y la cara completamente llena de cicatrices de las quemaduras sufridas varios días antes. Observó el revólver y lo cogió, después se dirigió a la motocicleta deportiva.

—¡Alan! Por favor no —Helena gritó mientras sujetaba a Mary por el hombro—. ¿Qué es lo que haces? Esto ya ha terminado...

—Todavía no acaba, querida —respondió Alan trepando la moto—. Esto tiene que terminar, espera a que llegue la ambulancia el policía tiene una herida grave pero no parece de muerte, después entrégales la dirección, yo iré por Liam.

Mientras Helena y Mary le pedían que no lo hiciera, el motor arrancó y la motocicleta se perdió de vista al regresar al puente y tomar nuevamente por la avenida principal.

El joven viajero llevaba el revólver dentro del pantalón con solo tres balas, una por cada uno de ellos...

Capítulo 50
El piloto solitario

El sol se ocultaba y el alumbrado público comenzaba a encenderse en aquel vecindario suburbano a la orilla de la ciudad del este. Los pequeños niños jugaban bajo el haz de luz que arrojaban las elevadas lámparas. Era un vecindario tranquilo con todas las luces interiores de las casas encendidas y algunos padres esperando en las entradas de éstas a que sus pequeños terminaran de jugar, platicando entre vecinos de cualquier cosa...

Liam esperaba en su auto, mirando como un acosador el panorama que tenía delante. Se había enterado que a dos de sus cuatro hombres los liquidó Thomas antes de que Liam lo matara en el cementerio y dejara su cadáver para que la policía lo encontrara un día después. A los otros dos hombres los mató un policía que trabajaba para Tom, el oficial Seth, de esto apenas se había enterado mientras escuchaba las noticias por radio.

Ahora se encontraba solo sentado tras el volante en aquel vecindario. Después de acabar con la vida de Hopper en el hospital San Francis, comprendió que podía quedarse con la fortuna que éste había amasado, siempre y cuando supiera cuidarse de sus rivales o cualquier persona que se sintiera con derecho a reclamar dicha fortuna. Por lo tanto, los cuatro guardaespaldas le traicionarían en cualquier momento, así que con lo sucedido recientemente, se consideró afortunado de que alguien más se deshiciera de ellos por él.

Alan no debe tardar, pensaba Liam y se dispuso a fumar mientras esperaba. Estaba dispuesto a perdonarle la vida, al fin y al cabo él no era culpable de la muerte de Angélica, y solo estaba en aquella gasolinera como descanso en su largo viaje para cumplir una promesa,

Liam respetaba eso, tal vez por ello había regresado a éste vecindario, donde su antigua esposa residía en compañía de sus hijas. Ya que al quedarse con la fortuna de Hopper estaba obligado, y no tanto por ética o cualquier otra obligación a ofrecer apoyo monetario a su familia, sino que sentía que corría gran peligro y necesitaba hacer algo útil con la mayor parte del dinero antes de que algo le pasara. Sabía de antemano que su esposa lo odiaba, pero tenía la ligera sospecha de que aceptaría el dinero, ya que estaba informado que la mujer pasaba por una crisis monetaria, una situación preocupante, además de que él prometería no volver a molestarla jamás.

Al fin llegó...

La motocicleta deportiva se acercaba deteniéndose tras el vehículo, Alan bajó y se acercó a la ventanilla con el revólver sostenido por el cinturón del pantalón tras de sí.

—Llegaste temprano Alan —dijo Liam mientras lo miraba sacar el arma y apuntarle a la cabeza—. No te preocupes, no estoy armado, vamos entra, no querrás que alguno de esos niños descubra que llevas un arma contigo.

Alan pensó en qué hacer durante un par de segundos, después decidió hacerle caso y entrar al coche para sentarse en el asiento del copiloto. Sin dejar de apuntarle a Liam en la cabeza.

—La luna ha salido —continuó Alan mirando el reflejo sobre el capó del coche—. ¿Qué es lo que quieres de mí Liam?

—Relájate hijo, no te haré daño, si esa fuera mi intención le hubiera pedido al guardaespaldas que te matara —indicó Liam, pero el joven no bajó el arma—. Mira esa casa, la que esta al frente de todas las demás...

—Si, la veo.

—Allí vive mi vieja esposa junto con mis hijas. Las abandoné hace mucho, después me enamoré de Melinda y tuvimos una hija, la pequeña Angélica. De vez en cuando intento acercarme a ver a las niñas, pero mi esposa no me lo permite.

—No puede ser...

—Así es hijo, Angie fue mi hija, y también sé que ahora esta muerta. Yo mismo acabé con Dizzy... No tengo nada en contra tuya, de hecho me agradas hijo, eres alguien en quién puedo confiar —le entregó un sobre amarillo y el joven lo aceptó con la mano que no sostenía el revólver.

— ¿Qué es esto?

—Puedo confiar tanto en ti que me atrevo a pedirte un pequeño favor. Me cautivó la razón por la cual realizaste este viaje. Movido por una promesa que le hiciste a un viejo, que conociste en un bar. Recuerdo que una mujer llamada Esmeralda paso por la gasolinera hace mucho y me contaba la historia de un viajero solitario que buscaba ver a su nieta, por eso me resulto familiar tu aventura. No sé si ese misterioso viajero era Rene, tampoco estoy seguro de lo que hago en estos momentos. Tal vez simplemente, quiero marcharme en paz...

—Ese hombre fue un gran amigo...

—No lo dudo Alan, pero sea cómo sea has demostrado que tú también puedes ser un gran amigo. Mi familia necesita éste dinero —sacó debajo del asiento un maletín y lo abrió mostrando varios fajos de billetes, tanto que Alan no pudo calcular cuánto dinero era—. Yo no puedo hacer nada para que ella reciba el dinero. Pero tú puedes entregárselo por mí. Sólo entrégaselo y ya. Se acabó mi tiempo hijo, y no puedo cruzar la calle con millón y medio de dólares en una maleta y dárselo así como así. Esa mujer me odia mucho, golpearía mi rostro azotando la puerta al verme...

—Maldición —el joven tragó saliva—. ¿Es serio es tanto dinero?

—Llévatelo antes de que la policía llegue, por favor... Y dile a mi esposa que lo lamento, siempre amé a mis hijas, y nunca las descuidé... Ellas son tan lindas e inteligentes, no quiero que dejen sus estudios por falta de dinero... Sé que puedo confiar en ti, como tu viejo amigo... Ahora vete antes de que la policía te vea.

—Solo entrégate Liam...

—No puedo ir a prisión hijo, soy demasiado viejo para eso —una leve sonrisa se dibujó en el rostro de Liam, con una cara afilada y un poco arrugada, adornada por un fino bigote al más puro estilo de Texas—. Una cosa más. Creo que hubiésemos sido buenos amigos, al menos eso quiero creer. Y no te preocupes por mi pequeña Angie, no es tu culpa que ahora este muerta. Cuando la vea se lo diré.

Alan bajó del vehículo y subió a la motocicleta alejándose un poco para perderse entre la obscuridad de una pequeña calle. Observó como el coche de Liam avanzaba lentamente alejándose del vecindario y decidió seguirlo hasta llegar a un puerto, seis o siete calles abajo.

Alan entendía lo que pasaba, y prefirió retirarse con el maletín del medio millón sobre la motocicleta.

Condujo hasta llegar al hospital donde tenían a Seth en terapia intensiva. Allí se encontraban sentadas en la sala de esperaba Helena y Mary, que se pusieron de pie al verlo muy alegres y totalmente agradecidas de que se encontrara a salvo.

—Fue una noche larga —decía Alan abrazando a su futura esposa —, hay luz de luna sobre la carretera, creo que daremos nuestra declaración de los hechos a la policía y nos iremos esta misma noche Mary...

—De acuerdo —respondió la joven mirando de reojo la pequeña carpeta de documentos que llevaba Alan en el brazo.

—Es para ti —Alan entregó la carpeta y Mary la sostuvo por instinto—. Son los papeles de la motocicleta de Rene, esta en un garaje de la policía retenida pero una vez aclarado todo este asunto, te la podrán entregar, aunque lamento mucho el estado en el que está, pero después de un accidente como aquel, es un milagro que aún encienda.

—Pero la motocicleta es tuya Alan.

—Yo no estoy en posición para conducirla, además cuento con una excelente piloto que me llevara de vuelta a mi nuevo hogar —besó la mejilla de Helena—, y esa moto representa más para ti de lo que podría apreciar yo. Siento que con el simple recuerdo que tengo de él me basta...

—Espero verlos pronto.

—No te preocupes que vendremos a visitarte de vez en cuando.

Los tres jóvenes se despidieron y después de entregar el informe a las autoridades correspondientes, Alan y Helena pusieron rumbo a su antigua ciudad, donde comenzó todo.

***

Un extraño maletín apareció en la puerta de la esposa de Liam junto con un pequeño sobre amarillo. En dicho sobre estaba escrita una carta que decía cuanto lo sentía, y todo el amor que Liam refugiaba para su familia.

La policía encontró el cuerpo de Liam James a la orilla del puerto, dentro de su viejo auto deportivo. Se había suicidado con un único disparo dentro de la boca, pero de esto no había mención en la carta.

Un disparo del revólver recuperado la noche que Dizzy fue envenenado. Después de aquello, el arma quedó bajo la custodia del departamento de policía y con el tiempo fue olvidada, hasta la fecha no se sabe nada de ella.

Epílogo
Día de pesca

Un año después...
—Querida —decía Alan al levantarse de la cama en su pequeña casa nueva, cerca del edificio donde solía vivir Rene—. ¿Puedes hablarle al tío Bob y decirle que iré en un par de minutos?

—Si, no te preocupes yo le llamó para avisarle —desde la cocina, en la planta baja, su bella esposa Helena respondía.

El joven saltó de la cama y se puso los pantaloncillos cortos, mientras buscaba con la mirada la antigua gorra de su padre, la que según el viejo le traía mucha suerte a la hora de la verdad. Y la encontró, justo debajo de una montaña de ropa que recién había hecho tratando de buscar su camisa.

Cuando hubo finalizado de preparar su ropa y terminaba por guardar su mejor caña de pescar, miró con cariño el pequeño baúl de plástico donde guardaba los señuelos, recordando que él y su hermano solían competir cuando pescaban con su padre, en aquella vieja granja.

De pronto la puerta se abrió y entró Helena sosteniendo la correspondencia.

— ¿Hay algo para mí? Parece que llegaron muchas cartas —preguntó Alan sonriéndole a su esposa, quién le entregó una postal con la fotografía de una hermosa playa y una mujer sobre la arena. Alan la reconoció, era Liliana Farsi, tras la postal estaba escrito un mensaje dirigido al joven:

Estimado Alan...
Muchas gracias por haber compartido conmigo aquellos maravillosos momentos, y por saber respetarme.

Ahora me encuentro en una playa, no sé bien donde, pero es muy tranquila, creo que me quedaré un tiempo... Aún no he encontrado a mi madre, no sé si esté con vida, pero planeo disfrutar mi búsqueda el tiempo que sea necesario. No te preocupes por mí que no estoy sola, un fiel amigo me acompaña a donde sea que valla y cuida bien de mí, le debo la vida.

Perdón por buscar tu dirección en la guía postal, pero en serio necesitaba agradecerte...

Tú buena amiga, Liliana Farsi.

—Aún hay más —Helena señaló por la ventana hacia la calle donde una camioneta aguardaba en la entrada principal—. Creo que ese mensaje es de Mary...

Alan bajó rápidamente y salió a la calle. De la camioneta bajo un hombre con la camiseta sudorosa sosteniendo una pequeña hoja en su mano derecha y en la otra mano un bolígrafo, que se acercaba diciendo:

— ¿Me firmaría de recibido, señor?

Alan firmó y en seguida el hombre se apresuró a bajar de la parte trasera, la flamante motocicleta que una vez perteneció a Rene Montesco. Totalmente reparada y con una nota sobre el marcador de la gasolina de parte de Mary que decía; Gracias.

Helena se acercó acariciando su vientre, y el joven le besó fugazmente la boca. Tenía seis meses de embarazo, razón suficiente para no poder conducir aquella motocicleta deportiva, así que la habían vendido tres meses antes. Alan extrañaba esa sensación que sentía al conducir por carretera, y aceptó la motocicleta con gran entusiasmo. Ella sonreía saludando a los hombres mientras se perdían al girar en una esquina, deseaba que Alan le contara a detalle cada segundo de su aventura, pero él siempre se negaba, argumentando que había cosas que era mejor no mencionar.

Alan claramente, se refería a la hermosa Angélica, la primera vez que la vio, el día que ella entró en su habitación a hurtadillas vistiendo una bata blanca, cuando le mostró el lago congelado, el momento en el que lo besó, a la orilla del acantilado, su pequeña aventura en el baño público, la noche del hotel cuando se enteró del embarazo, también el desafortunado momento en que casi muere congelado y ella cuidando de él. Cada momento se va volviendo más trágico, hasta culminar con el triste desenlace, la imagen de ambos siendo embestidos por la camioneta, y el último abrazo de Alan cómo intento por salvarle la vida a su amada. En ese momento, Angie perdía la vida con un bebé en el vientre.

Media hora más tarde, el tío Bob y Alan ya se dirigían al río Biacci para pasar un buen día pescando. Alan conducía esa motocicleta como nunca antes lo había hecho, completamente feliz.

Ya no tenía la meta de recorrer toda la ciudad para entregar un mensaje. Y no volvió a escuchar la voz de Rene.

Aunque la idea ver nuevamente a su amada Angie no desaparecía. Siempre recordaba sus mejillas, su risa, su calidez.

Made in the USA
Coppell, TX
19 March 2022